秋の蝶《てふ》

立場茶屋おりき

今井絵美子

時代小説文庫

角川春樹事務所

本書は時代小説文庫（ハルキ文庫）の書き下ろし作品です。

目次

秋の蝶《てふ》

三吉《さんきち》が竹箒《たけぼうき》を手に中庭を掃《は》いていると、目の前を、桐《きり》の葉がうねるような曲線を描《えが》き、ひらりと散っていった。

三吉はあっと手を止めた。

恐らく、落葉が地面で、がさりと、乾《かわ》いた音を立てたに違いない。

けれども、自分の耳は何ひとつ捉《とら》えることが出来なかった……。

三吉はきっと下唇を嚙《か》み締《し》めた。

桐の葉が落ちたのは、たった今、掃いたばかりの場所である。

たまたま目の前に落ちたから判《わか》ったようなもの、背を向けていたら、三吉は気づかなかったに違いない。

蟲《むし》の音《ね》に誘《いざな》われし桐一葉《きりひとは》
三吉の耳がまだ聞こえていた頃、下足《げそく》番の善助《ぜんすけ》がひねった十七文字である。

その頃の善助は、どうした風の吹き回しか俳人かぶれしてしまい、ことある毎《ごと》に、下手《へた》な句をひねっていた。

だがそれは、大概《たいがい》が句というより川柳《せんりゅう》に近く、それも耳にした端《はし》から忘れてしまう、そんなしょうもないものだったが、どういうわけか、この句だけは三吉の記憶にしっかと留《とど》まっていた。

あっ、爺《じ》っちゃん、巧《うめ》ェこと言うな。そうだよな、桐って、落ちるとき、大きな音を立てるもんな……。

きっと、そんなふうに思ったせいだろう。

だが、三吉はその音を二度と耳にすることが出来ない。

桐の葉が落ちる音ばかりではなかった。

風の音、雨の音、蟲の声……。

昨日も、草叢《くさむら》で蟋蟀《こおろぎ》を見つけ、地べたに這《は》い蹲《つくば》るようにして、蟋蟀が翅《はね》を摺《す》り合わせる姿を瞠《みつ》めていたのだが、あっ、今鳴いた、と記憶の中にある音を頭に浮かべてみるだけで、結局、音は捉えられなかった。

三吉の世界から音が消えて、ほぼ一年……。

この頃では、闃《げき》とした静寂《せいじゃく》に慣《な》れっこになったとはいえ、それは、やはり背筋が凍《こお》りそうなほど、寂《さみ》しいものである。

けどさ、おいら、生まれつき耳が聞こえねえんじゃねえ。風の音も雨の音も、蟲の声だって、しっかと記憶の中に留めている……。

そう思い、折に触《ふ》れ、頭の中で何度も音を再現しようとするのだが、ややもすれば、蟋《と》蟀と松蟲《まつむし》の声を混同してみたり、いや、待てよ、ありゃ鈴蟲《すずむし》じゃなかったっけ……、と途端《たん》に自信を失ってしまうのだった。

三吉は太息《ふといき》を吐《つ》くと、庭を見回した。

裏庭に続く籬《まがき》に白木槿《しろむくげ》が、離れの茶室には、ぐるりと取り囲むように糸萩《いとはぎ》が枝垂《しだ》れ落ちている。

そして、女将《おかみ》のおりきが丹精《たんせい》を込《こ》めた花畑に目をやると、桔梗《ききょう》や吾亦紅《われもこう》、水引草《みずひきそう》とさまざまな草の穂《ほ》が、今を盛りと咲き乱れている。

そんな中にも、敷石の隙間《すきま》から露草《つゆくさ》が小さな青い花をしっかりと覗《のぞ》かせていて、中庭はどこに目を向けても、物寂《ものさみ》しいほどの秋意《しゅうい》に包《つつ》まれていた。

三吉は落ちた桐の葉を摘《つま》み上げると、もう一度、中庭全体を見回した。

そうして、竹箒と塵取《ちりと》りを手に、裏庭へと廻《まわ》っていく。

薪小屋《たきぎごや》の前に、善助の背を認めた。

薪割《まきわ》りの途中で中休みといったところであろうか、善助は割った薪の上に腰を下ろし、煙管《きせる》を吹かしていた。

考え事でもしているのか、三吉が近寄っていくのにも気がつかない。

煙が輪を描き、丁髷《ちょんまげ》を掠《かす》めるようにして、上へと昇《のぼ》っていった。

三吉は善助の背後に立つと、そっと、肩に触れた。

すると、善助がワッと野太《のぶと》い声を上げ、飛蝗《ばった》のように跳《と》び上がった。

「置きゃあがれ！　なんでェ、三吉、驚《おどろ》かすんじゃねえ！」

善助の頬《ほお》がびくびくと顫《ふる》えている。

爺っちゃん、怒《おこ》ってる……。

別に、驚かせるつもりで肩に手を触れたわけではない。

だが、善助のこの狼狽《うろた》えよう……。やはり、自分は悪いことをしたのであろうか……。

三吉はつと目を伏せた。

「おめえな、口があるんだろ？　口がよ。耳は聞こえねえかもしんねえが、まさか、言葉まで忘れちまったってことねえだろうが！　だったら、喋《しゃべ》れよな。おっ、どうしてェ、三吉……。おう、顔を上げな」

善助が俯《うつむ》いた三吉の顎《あご》に手をかけ、顔を上げる。

「いいか、爺っちゃんの顔を、いや、口をよく見るんだ。俺《おり》ゃな、怒ってるんじゃねえ。怒っちゃねえが、おめえ、喋れるくせして、日増しに口数が減っていくだろ？　それが心《しん》配《ぺえ》なんだ。心配、おっ、解《わか》るか？　じゃ、待ってな」

そう言うと、善助は懐《ふところ》から紙と矢立《やたて》を取り出し、拙《つたな》い字で、しんぺえ、と書いた。

三吉がこくんと頷《うなず》く。

「俺もよ、おめえのお陰で、この歳《とし》して、字が書けるようになった。おめえに感謝しなくっちゃなんねえな。それでよ、おっ、待てよ、俺ャ、一体《いってえ》、何を言いたかったんだっけ？　おお、そうか。なっ、三吉よ。おめえにゃ、爺っちゃんの言葉が聞こえねえかもしんねえが、爺っちゃんにはおめえの声が聞こえるんだ。おめえは喋れ。腹に思ったことはなんでも口に出して言え。なっ、そうしねえと、おめえが何を考えてるんだか、何をしてェんだか、爺っちゃんには解らねえ。第一《でえいち》、喋らねえと、どんどん言葉を忘れちまうぜ。俺ゃ、それが一番心配《しんぺえ》なんだ」

善助は身振《みぶ》り手振《てぶ》りで話し、それでもまだ足《た》りないとばかりに、しんぺえ、と書いた紙をもう一度指で叩《たた》き、なんとか三吉に理解させようと懸命《けんめい》になる。

「そんでよ、すぐにとはいかねえだろうが、追々《おいおい》にゃ、他人《ひと》の口の動きを見てよ、相手が何を言ってるのか読み取るようにならなきゃな。なっ、解るか？」

どうやら、三吉にも善助の言おうとすることが理解できたようである。

が、何を思ったか、三吉はさっと善助の手から紙と矢立を奪《うば》うと、わかった、と書いた。

「おう、解ったか。よし、それでよし。えっ、おい、待てよ。おめえ、ちっとも解っちゃねえじゃねえか！　解ったのなら、口で言えよ、口で！」

善助の啞然《あぜん》とした表情を見て、三吉がくすりと笑う。

「解ったよ、爺っちゃん」

「ほれみろ、言えるんじゃねえか！　なんでェ、おめえって奴はよ。それで、どうした？　庭掃除が終わったのか」

善助が箒を指差し、身振りで掃いてみせる。

三吉が頷く。

「はい、だろ？　はい！」

「はい！」

「そうだ、それでよし！　じゃな、爺っちゃんの薪割りを手伝ってくれ」

斧《おの》を手渡され、三吉がやる気満々《まんまん》に着物の裾《すそ》を尻っ端折《ぱしょ》りする。

「だがよ、怪我《けが》しねえように気をつけな！」

善助は太息を吐くと、再び、ドッコラショイ、と薪の上に腰を下ろした。

糟喰《かすくらい》（酒飲み）の父親に、たった三両で女衒《ぜげん》に売られた三吉であるが、その後、陰間《かげま》専門の子供屋を転々としていたところを、おりきや亀蔵《かめぞう》親分の尽力《じんりょく》により助け出され、再び、立場《たてば》茶屋《ぢゃや》おりきに戻ってきたのは、端午《たんご》の節句を迎えようとする頃だった。

余程《よほど》酷い目にあったのか、三吉は両耳の聴力《ちょうりょく》を失い、固《かた》く、心まで閉《と》ざしていた。

あれから、三月《みつき》……。

三吉を実の孫のように可愛《かわい》がる善助や、双子《ふたご》の妹おきち、おりきを始めとする立場茶屋の使用人全《すべ》ての愛情に支えられ、三吉の心に深く刻《きざ》みつけられた疵《きず》も次第に癒《い》えつつあるようで、時折、笑顔さえ見せるようになっていた。

だが、失った聴力は、二度と戻ってこない。

善助は三吉の目に、瞑《くら》く、暗緑色《あんりょくしょく》に包まれた極寒《ごっかん》の海を想《おも》う。

それは疑心《ぎしん》と絶望に満ちた色でもあり、未《いま》だ、心の疵が完全には癒えていないことを物語っていた。

なんとかしてやらにゃ……。

気ばかり焦《あせ》るが、だからといって、善助には何をどうすればいいのか解らない。

解っていることは、耳が聞こえないのは致《いた》し方ないとして、人として男として、せめて世間並みな暮らしが出来るだけの技量《ぎりょう》を、自分が元気でいるうちに、身に着《つ》けさせなければということだけである。

だが、善助もそろそろ六十路《むそじ》に手が届こうとする歳である。

この頃は、以前のように身軽な動きも出来なければ、食も細くなった。

行動から行動に移そうとするや、つい、ドッコラショイ、と掛《か》け声にも悲鳴にも似た声が、何気なく口を吐いてしまう。

あと何年、こうして息災《そくさい》でいられるのだろうか……。

そう思うからこそ、今日のように、苛立《いらだ》ちのほうが先に立つ。

焦っちゃなんねえ。焦ったところで、三吉の耳は、二度と元のようにはならねえんだ……。

俺ャ、やっぱ、大かぶりだ……。

善助はまたまた、ふうっと、今度は声まで出して、溜息《ためいき》を吐いた。

おりきやおきちは、三吉の前で、殊更《ことさら》だった行動は取らなかった。

まるで、三吉の耳が聞こえているかのように、ごく自然に、普通に話す。

ただ、話すときに三吉の目を瞠め、幾分《いくぶん》ゆっくりとした口調になるだけで、善助のように、解ったか、ええい、解ってるな、と念を押す諄《しつこ》さがないのである。

「人はね、口と耳だけで会話をするものではないのですよ。目と心でも話すのです。相手の目を瞠めて、心《しん》から語りかけてごらんなさい。必《かなら》ずや、自分の言いたいことが伝わるものです」

確か、おりきはそう言っていた。

言われてみれば、成程《なるほど》と思う。

どうやら、三吉のほうでも、おりきやおきちの言うことは解るようで、言葉数こそ少ないが、受け答えもしっかりとしているようである。

「女将さん、あっしはますます自信がなくなっちまった。もしかして、三吉の奴、あっしの声だけが聞こえねえんじゃねえかと思ってよ……」

いつだったか、善助がおりきに愚痴《ぐち》めいたことをぽろりと洩《も》らしたことがある。

「何を莫迦《ばか》なことを……。三吉には誰の声も聞こえていませんよ。ただね、聞こえなくても、三吉は賢《かしこ》い子だから、懸命に、相手の心を読み取ろうと努《つと》め、何が言いたいのか察しているのでしょう。おまえみたいに、一言一句《いちごんいっく》、理解させようとしてごらんなさい。却《かえ》って、混乱してしまいます。わたくしもそうですが、おまえだってそうですよ。相手の言うことを一言一句耳に留《と》めていなくても、阿吽《あうん》の呼吸とでもいうのでしょうか、しっかりと意思の疎通《そつう》は出来ているのです。さあ、もっと肩の力を抜いて！」

おりきはおっとりとした笑顔を見せ、善助の骨張《ほねば》った背をそっと撫《な》でてくれたのだった。

「そら、そうだよなあ……」

善助は納得《なっとく》したように呟《つぶや》くと、今まさに斧を振り下ろそうとする三吉に、穏《おだ》やかな視線を投げかける。

なんと、三吉の奴、ここに来たばかりの頃に比べ、背丈だけはいっぱしに伸びやがって……。

そう思った途端、つっと熱いものが、善助の鼻腔《びこう》に駆《か》け上ってくる。

やべェ、と思ったときには、熱いものが溢《あふ》れそうになっていた。


そんな善助を、息を詰《つ》めて窺《うかが》う男がいた。

大番頭の達吉《たつきち》である。

達吉は今宵《こよい》の泊まり客の到着時刻や細《こま》かい指示を、確認の意味でもう一度打ち合わせしておこうと裏庭に廻ってきたのだが、ふと耳に入った善助の声に、湯殿《ゆどの》の焚口《たきぐち》で脚《あし》を止めた。

「解ったのなら、口で言えよ。口でな！」

「はい、だろ？　はい！」

善助の苛立つ心が、手に取るように伝わってきた。

そして、更《さら》に達吉をあっと驚かせたのが、善助の深く抉《えぐ》られた頬の皺《しわ》を、つっと伝ったひと筋の涙であった。

今、声をかけるのは、余りにも酷《むご》い……。

達吉はくるりと背を返した。

今はまだ、四ッ(午前十時)を過ぎたばかりである。

前夜の泊まり客を出立《しゅったつ》させ、下足番には今が一番余裕《ゆとり》のあるときではあるが、今宵の泊まり客を迎えるには、まだ暫《しばら》く間があった。

なに、中食《ちゅうじき》を済ませてからでも、遅くはないのだ……。

達吉は独《ひと》りごちると、帳場へと戻っていった。

「達吉です。入《へえ》りやす」

達吉は帳場の障子《しょうじ》を開ける。

すると、長火鉢の脇に、庭下駄のような四角い顔を捉えた。

「あっ、親分、お越しになってやしたか」

達吉は慌《あわ》ててぺこりと頭を下げた。

亀蔵親分が何やらご満悦《まんえつ》な様子で、小鼻をぷくりと膨《ふく》らませ、細い目を糸のようにして、脂下《やにさ》がっている。

「さてもさても、お見受け致しますところ、何やら、ご機嫌《きげん》なご様子。さては、珍重事《ちんちょうごと》でもありましたかな?」

「置きゃあがれ! ちょうらかすもんじゃねえ!」

亀蔵親分は慌てて目尻を元に戻すと、態《わざ》とらしく、咳《しわぶき》を打った。

「まあ、親分、宜《よろ》しいのじゃございません？　初孫の食初《くいぞ》めですのよ。百日《ももか》を迎えようというのに、これが珍重事でなくて、他に何を珍重事といえましょうか」

おりきがふわりとした笑《え》みを湛《たた》え、お入りなさい、と達吉に目まじする。

「親分のお持たせですのよ。おまえもお上がりなさい。今、お茶を淹《い》れますから」

おりきが小皿に麩《ふ》の焼《やき》を取り分ける。

「おっ、麩の焼か。こいつァ、珍《めずら》しい……」

「おう、珍しくって悪かったな。俺だってよ、毎度、おりきでご馳《ち》になってばかりもいられねえ。たまにゃ、手土産《てみやげ》のひとつでも持って来ねえと、大番頭に嫌味《いやみ》のひとつも言われちまうからよ！」

どうやら、亀蔵親分は達吉の珍しいという言葉を誤解したようで、むっと小さな目を剝《む》いてみせた。

「親分、てんごう言っちゃいけやせんや。あっしが珍しいと言ったのは、麩の焼のことで、何を申しやしょう、あっしはこいつが大の好物でやしてね。けど、この前《めえ》食ったのがいつだったか思い出せねえほど、久しくお目にかかっていなかった……。で、親分、これは證《しょう》誠寺山門前《じょうじさんもんめえ》の茶店で？」

「そうだがよ」

「そうでやすか。二本榎《にほんえのき》にゃ、麩の焼を売る見世《みせ》が数軒ありやすが、證誠寺山門がずば抜けて旨《うめ》ェと評判で……」

達吉が舌なめずりをする。

麩の焼とは、小麦粉を捏《こ》ねて薄く伸ばし、中に餡《あん》を包んで焼いた菓子のことであるが、甘さ加減《かげん》も程々《ほどほど》で、日頃は甘いものを口にしない成る口の達吉も、これぱかりには目がないようである。

「さっ、お茶が入りましたよ。お上がりなさい。それはそうとね、親分がおっしゃるには、みずきちゃんの百日の祝いを、このおりきでなさりたいそうです。大番頭さん、ようござんすね」

おりきが山吹《やまぶき》の出花《でばな》を湯呑《ゆのみ》に注《つ》ぐと、つんと芳《こう》ばしい苑香《えんが》が鼻を衝《つ》いた。

「みずきちゃんの……。早ェ《はえ》もんだ。もう食初めか。ええ、そりゃ、ようござんすよ。それで、いつ？」

「それがよ、正確に数えりゃ、百日は八月の終わりだったんだがよ、丁度その頃、こうめの奴が夏風邪《かぜ》を引いちまってよ。それで、百二十日をと思ったら、今度は後《のち》の月に鉢合《はちあ》わせでェ。立場茶屋おりきの最《もっと》も忙しいときだ。まっ、一日二日遅れたって、どうということもなかろうと思ってよ。九月十五日と決めたところよ」

「大番頭さん、確か、その日は浜千鳥《はまちどり》の部屋が空《あ》いていましたよね」

「へい」

「では、押さえておいて下さいな」

「ですが、女将。食初めは昼膳《ひるぜん》にございましょう？　だったら、泊まり客の予約は入れて

「なりません！　そんなことをすれば、親分が帰りの時間を気になさいます。譬《たと》え、お泊まりにならない方でも、時間を気にすることなく、寛《くつろ》いでいただくのが立場茶屋おりきの方針ですからね。ですから、親分、どうぞお気になさらず、その日は一日、お使い下さいまし」

「おりきさんにそう言ってもらえるのは有難《ありがて》ェが、悪《わり》ィな。何も、高々《たかだか》、餓鬼《がき》の食初めをおりきで祝うこともねえのだが、みずきの初の祝いだ。そこら辺りの料理屋でお茶を濁《にご》すなんてこたァしたくなかったのよ。へへっ、親馬鹿《おやばか》、いや、爺馬鹿《じじばか》と呼ばれても構わねえ。俺ャ、清水《きよみず》の舞台から飛び下りたつもりでよ、目一杯《めいっぺえ》のことをしてやろうと思ってよ。それが父親《てておや》のいねえあの娘《こ》への、せめてもの餞《はなむけ》と思ってよ」

亀蔵親分が心ありげに、神妙《しんみょう》な顔つきをする。

「ええ、ええ、解っていますことよ。みずきちゃんはわたくしにとっても、我が娘《こ》同然ですもの。あの娘がこの世に生まれ出て、間近にその成長を見守ることが出来るのですもの、わたくしもどんなに嬉《うれ》しいことか……。巳之吉《みのきち》に言って、その日は、大いに腕を振るってもらいましょうね」

「だがよ、女将。恥ずかしい話なんだが、俺ャ、一両しか用意できねえ。巳之吉に言ってよ、なんとかそれで収《おさ》まるよう工夫《くふう》して……、ああ、全《まった》く、みっともねえ話だぜ」

「親分、莫迦を言っちゃいけませんよ。みずきちゃんはわたくしにとっても我が娘同然。

たった今、そう言ったばかりですよ。お金のことなど気になさらず、どうぞ、このおりきにお任《まか》せ下さいませ」

「いや、そいつァ、いけねえ。女将にはその日一日をみずきのために部屋を空けてもらうんだ。もう、それで充分《じゅうぶん》すぎるほどの厚意《こうい》を受けてるんでェ。それによ、あいつの面倒を見るのは、この俺の務《つと》めだ。充分とはいかねえまでも、俺に出来ることの精一杯《せいいっぱい》をしてやれれば、俺ャ、それだけで満足なんだ」

「解りました。でしたら、親分からきっちり一両いただきましょう。けれども、あとは全て、こちらにお任せ願います」

おりきはそれ以上は言わせないぞとばかりに、毅然《きぜん》と言い切った。

「済まねえ……」

「親分、女将さんがああ言ってなさるんだ。いいってことですよ。それに、なんてたって、女将さんはみずきちゃんの名付け親だもんな」

達吉に言われ、しゃちこ張った親分の頬が、ようやく弛《ゆる》んだ。

亀蔵親分の義妹《いもうと》こうめに、女の子が生まれたのは、三吉が立場茶屋おりきに戻ってきて、暫く経った頃だった。

こうめは亀蔵親分の亡くなった女房、おあきの妹である。

亀蔵親分はおあき亡き後、こうめを香西《かさい》から引き取った。それが、おあきの生前の願望だったからである。

いつの日にか、おあきに代わって、こうめを立派に嫁に出してやりたい……。

いつしか、亀蔵親分はこうめを実の娘《うま》のように思うようになっていた。

ところが、人の世は、そうそう甘く運ばない。

あろうことか、こうめは妻子ある男に騙《だま》され、身籠《みご》もってしまったのである。

亀蔵親分が気づいたときには、既《すで》に、お腹の子は五ヶ月を過ぎていた。

青天《せいてん》の霹靂《へきれき》とは、まさにこのことである。

だが、男に騙されたと知ったこうめは、気丈《きじょう》にも、おりきに独りでも子を産《う》み、立派に育ててみせると言い切った。

「子供に罪はありませんもの。それに、この子は伸《しん》さんの子でもあるけど、あたしの子供なんです。それに、やっぱり、あたし……」

こうめは騙されたと解ってからも、男を愛したその心に嘘はなかった、と凛然《りんぜん》と顎を上げ、未練はないが、悔《く》いてもいない、ときっぱりと言ったのである。

おりきにはこうめの気持が、痛いほどに理解できた。

自分とて、国許で立木雪乃《たちきゆきの》と名乗っていた頃、想《おも》いを寄せた藤田竜也《たつや》との間に仮に密事《みつごと》があったとして、子が出来ていたならば、裏切られようと何があろうと、竜也を慕《した》ったことを後悔しない。

寧《むし》ろ、子を授《さず》けてくれた竜也に、神仏《しんぶつ》に、感謝するに違いない。

そして、節分の日、風のように現われて、おりきの胸に小波《さざなみ》を立てたまま、再び、風のように姿を消してしまった、如月《きさらぎ》鬼一郎《いちろう》……。

幾度《いくたび》、鬼一郎の胸に縋《すが》りたいと思ったことだろう。

あの方になら、裏切られようと騙されようと、構わない……。

それが、自分の正直な気持なのだから……。

おりきは現在《いま》でもそう思い、心のどこかで鬼一郎が再び現われるのを待っている。

おりきにはこうめが神々《こうごう》しいほどに輝いて見えた。

「こうめちゃん、大丈夫よ。このわたくしがついていますよ。親分だって、ついている。お腹の子は、みんなの子供だと思って、大切に育ててやりましょうね」

あのとき、おりきはそんなふうにこうめを励まし、こうめも緊張の糸が解《ほど》けたのか、初めて、微《かす》かな笑みを浮かべたのだった。

だからというのでもないのだが、こうめは赤児《あかご》の名付け親を、おりきに頼んできた。

「義兄《にい》さんたら酷いの。名付け親に自分がならないでどうするかって、最初《はじめ》は息巻《いきま》いてたんだけど、それがね、女将さんのような女性になってもらいたいのは解るんだけど、こりき、それが駄目なら、りきのにするって言い張ってさ。それじゃあんまり赤ん坊が可哀相《かわいそう》なんで、だったら、いっそ、名付け親を女将さんに頼みましょうよと言ったの。義兄さん、それならしょうがねえかと、ようやく折れてくれて……。そんなわけなんで、赤ん坊の名付け親になって下さいませんか？」

こうめにそんなふうに頭を下げられたのでは、おりきも断りようがなかった。

それで、丁度、満開となった花水木《はなみずき》に肖《あやか》り、みずき、と命名したのである。

「みずき……。なんて良い名だろう。なんだか、あっしまでが自分の孫のように思えてよ。考えてみりゃ、あの娘は皆の子だ。だからよ、親分、堅《かて》ェこと言わずに、皆で祝わせて下せえよ」

達吉も満足そうに目を細め、うんうんと頷いて見せた。

「ところで、当日の顔ぶれでやすがね、親分のほうは、親分にこうめちゃん、おさわさん。それから、なんて名でしたかね、賄《まかな》いの婆《ばあ》さん……。そうだった、おきんさん。この四人に、いけねえ、肝心《かんじん》のみずきちゃんを忘れるところだった。この五名の他に、誰か呼びやすか？」

達吉が指折り数える。

「いや、それが、おきんは表立《おもてだ》った席にはどうしても出たくねえと言い張ってよ。それを聞いて、おさわまでが自分も遠慮するなんて言い出しちまったから堪《たま》んねえ。まっ、おさわはこうめが頭を下げてよ、なんとか出てくれることになったが、おきんは駄目だ。あの二人にゃ、取り上げ婆《ばば》の真似《まね》までさせちまったしよ、なんとしても出てもらいたかったんだが、まっ、おきんにゃ、巳之吉に頼んで、送り膳でも仕度《したく》してもらおうと思ってよ」

「するてェと、送り膳は別として、四人か……。他には、本当に宜しいんで？」

「他に誰がいるってんでェ」

亀蔵親分は蕗味噌《ふきみそ》を嘗《な》めたような顔をして、じろりと達吉を睨《ね》めつけた。

「つまり、その……、みずきちゃんの父親《てておや》、仲介《しんすけ》は……」

「置きゃあがれ！　てめえ、じゃらけたことを抜かすんじゃねえ。あのすかたんが、風の便りにこうめが子を産んだことくれえ知ったはずだが、見舞のひとつ寄越《よこ》すわけでもなければ、寄りつきもしねえ。まっ、しらっとした顔をして、見舞だの祝いだのを寄越してみな、ただじゃ済まさねえ！　叩き返してやるばかりか、半殺しにしてやっても、まだ腹の虫が治《おさ》まらねえ！」

「親分！　まだそんなことを言ってるのですか。こうめちゃんの中では、仲介さんのことはもうすっかり折り合いがついているのですよ。それに、親分も自分で言ったばかりではないですか。みずきちゃんは親分の子、達吉の子、そして、わたくしの子。こんなに親が沢山《たくさん》いるのですもの、それでいいではないですか」

おりきに睨《にら》まれ、亀蔵親分は気の毒なほど潮垂《しおた》れた。

「いや、解ってるんだ。解っちゃいるが、俺ャ、仲介のやり口を思い出すと、途端に、業《ごう》が煮《に》えくり返ってよ。その度《たび》に、おりきさんの言った、子は天からの授かりもの。こうめの腹の中には新しい生命《いのち》の芽が宿ってるんだ。名草《なぐさ》の芽を育《はぐく》むように、大切に見守ってやらないでどうするって言葉を思い出してよ、そうだったそうだった、と腹の虫を宥《なだ》めてやるんだがよ……。へへッ、いけねえや、人間が出来てねえもんでよ」

亀蔵親分はばつが悪そうに、鼻の下をちょいと掻《か》いた。

「だがよ、うちは四人出るが、おりきさん、その日ばかりは、おめえさんも女将の顔を取っ払って、みずきの名付け親として、参列してくれなきゃ駄目だぜ。おう、達っつァんよ、おめえさんもでェ。仮にも、みずきの父親面《てておやづら》するなら、そのくれえのことをしてもらわなくちゃな。そこで、改めて、頼む。おりきさん、大番頭さん、みずきのために、どうかひとつ宜しく頼まァ」

亀蔵親分は改まったように威儀《いぎ》を正すと、深々と頭を下げた。

「あら、いけませんわ。頭をお上げ下さいませ。解っていますよ。こちらでもそのつもりで、当日の仕切は全て、おうめに委《まか》せますので、どうか安心して下さいな」

おりきが、さっ、もう一杯、と二番茶を勧《すす》める。

「旨《うめ》ェ……。やっぱり、お茶はおりきさんの茶に限る。こうめが淹れた茶なんて、ただ色がついてるってだけで、不味《まず》くて飲めたもんじゃねえぜ」

「あら、おさわさんがいるでしょうに」

「そりゃ、おさわの茶は少しはましだ。だがよ、おさわは一日中《いちんちじゅう》、みずきに掛かりっきりでよ。こうめの奴もそれをいいことにして、この頃うちじゃ、あたしゃ子なんて産んでませんって顔をしやがってよ。おさわにみずきを預けて、けろっとしてやがる！」

「まあ……。でも、それはおさわさんのことを思ってのことではないかしら？　小石川《こいしかわ》の黒田《くろだ》さまにも、確か、男の子がお生まれになったとか……。おさわさんにしてみれば初孫ですもの、どんなにか顔を見たいことでしょう。それが、抱くことも出来なければ、顔を見ることも出来ないのですもの。我が手で取り上げたみずきちゃんを孫と思って、可愛がっても不思議はないでしょう」

「そう、それよ。陸郎《りくろう》の奴、川口屋《かわぐちや》に養子に入《へぇ》った際、いずれ折を見て、川口屋の舅《しゅうと》や嫁に、本当のことを話す。それまで、辛《つら》いだろうが辛抱《しんぼう》してくれなんて殊勝《しゅしょう》な文を寄越したというが、あれから二年ほど経つってェのに、それっきりだ。おさわは子が出来たことも、風の便りに知った有様《ありさま》でよ。酷《ひで》ェ話じゃねえか」

「きっと、言い辛いのでしょうね」

「へっ、言い辛いが聞いて呆《あき》れらァ！　祝言《しゅうげん》を挙《あ》げる前《めえ》ならいざ知らず、陸郎は現在《いま》じゃ黒田家の家長だぜ。川口屋の入り婿というわけじゃなし、小禄《しょうろく》とはいえ、お武家だ。四の五の文句をつける筋合いがどこにあるってんでェ！　考えてもみな？　川口屋は娘の一人を何がなんでも武家に嫁《とつ》がせたかった。その夢が叶《かな》ったのは、陸郎のお陰じゃねえか。だったらよ、今さら、陸郎の出自《しゅつじ》が海とんぼ（漁師）と判ったところで、百姓と判ったところで、知ったことじゃねえ。なんてたって、昌平坂《しょうへいざか》の学問所じゃ、今や、一、二を争《あらそ》う成績を修《おさ》めてるってんだからよ。陸郎をそこまで仕立てたのは、誰のお陰だよ！　おさわじゃねえか。おさわがよ、雨の日も風の日も、海に潜《もぐ》ってよ、寸暇《すんか》を惜《お》しんで担《にな》い売りまでして、雀村塾《じゃくそんじゅく》に陸郎を託《たく》したんでェ……。おさわにゃ陸郎が全てだった。その陸郎に川口屋の養子話が来たときもよ、一旦、川口屋に養子として入り、御家人株《ごけにんかぶ》を買って自立したあと、川口屋の娘を娶《めと》るんだと話してやったらよ、おさわはそれが陸郎のためになるのなら、と自《みずか》ら身を退《ひ》く覚悟してよ……。今後、自分はどうなるのかとも、見返りとして何かしてくれとも、何ひとつ注文をつけなかった。心《しん》から陸郎の幸せを願ったんだ。おさわはそんな女《おな》ごなんだよ。今度もよ、陸郎に子が出来たと聞いてよ、良かった、幸せに暮らしてるんだ、それが何よりだと言ってよ。自分は毎朝東の空に向かって、どうか、あの子が息災でいますように、幸せに暮らせますように、と手を合わせているから、それで満足なんだと涙を流しやがってよ。俺ャ、陸郎が許せねえ！　せめて、孫の顔を見に来いと言ってやれねえのかと思ってよ……」

亀蔵親分の小さな目がきらと光った。

おりきも思わず、溜息を吐く。

恐らく、おさわは今もみずきをあやしながら、まだ見ぬ陸郎の子をみずきに重ね合わせているに違いない。

いや、それはもしかすると、陸郎そのものの姿なのかもしれない……。

いずれにしても、切《せつ》なく、遣《や》り切れない話であった。

「けどよ、陸郎は、あっ、いけねえ。陸郎なんて言っちゃいけねえんだ。現在《いま》じゃ、お武家さまだもんな。その黒田さまはよ、どうして、実のおっかさんを蔑《ないがし》ろにするんだろうか……」

達吉がぽつりと呟《つぶや》く。

「蔑ろ……。そう、そうなんだよな。別に、おさわを引き取れとまでは言わねえ。いや、本当は引き取ったっていいんだぜ。小石川片町《こいしかわかたまち》にゃ、舅が同居してるわけじゃねえもんな。俺ャよ、考えるんだが、陸郎の奴、栄進《えいしん》するにつれ、傲慢《ごうまん》さが出てきたんじゃねえかとな。おさわを引き取ってみな？　おさわの、あの性格だ。武家のご隠居面《いんきょづら》をして、じっくり構えてろなんて言ったって、土台《どだい》、無理な話だ。婢《はしため》や下働きの女に混じって、掃除、洗濯と、夜の目も見ずに働くだろうて。そんなおさわを、女房や使用人たちの前で、自分のお袋《ふくろ》さまだと胸を張って言えるかよ？　陸郎の奴、おさわを恥《は》じているんだよ！」

「まさか……、そんなこと！」

亀蔵親分の言葉に、おりきは絶句した。

「いや、おさわ自身も、自分は陸郎にとって、恥ずかしい存在なのではなかろうかと悩んでいたことがあるのよ。俺ャ、そんとき、怒鳴りつけてやったがな。おめえがいなきゃ、陸郎はこの世に生まれてこなかった。十三で雀村塾に入《へえ》るまで、おめえが糟喰の亭主を抱えて、どんだけ苦労したか、陸郎が知らぬわけがなかろう。奴ァ、感謝してるに違《ちげ》ェねえ。解ったら、金輪際《こんりんざい》、恥ずかしいなんてことを言うもんじゃねえってよ。俺ャ、心《しん》からそう思ってた。ところがよ、人の心なんて判らねえもんだぜ。立場や状況が変わっちまうと、腹ん中まで変わるとみえる。見ろや、あんとき、おさわが危惧《きぐ》していたことが、現実の話になっちまった……」

「そうですか。やはり、親分もそんなふうに感じていらっしたのですね。実は、わたくしもおさわさんのことが気懸《きがか》りで、一度、それとなく、川口屋さんに相談してみようかと思っていたのですが、そんなことをして、陸郎さまが立場を失うようなことになってはと懸《け》念《ねん》しましてね。何より、おさわさんが嫌がるに違いありません。川口屋さんにしても、わたくしどもとは旧知《きゅうち》の仲。旅籠《はたご》の女将から内々《うちうち》のことを差出《さしで》されたのでは、顔を潰《つぶ》されたとお思いになっても仕方がありません。それで、黙って見ていたのですが……」

おりきの脳裡《のうり》を、小柄な身体《からだ》でくりくりと我勢《がせい》する、おさわの日に焼けた顔が過《よ》ぎった。

「だがよ、幸いと言っちゃなんだが、肝心のおさわが平然とした顔をして、現在《いま》じゃ、こうめの母親代わりだ。みずきなんてよ、どうやら、こうめよりおさわのほうがいいみてェでよ。おさわが抱くと、ぴたりと泣き止《や》んじまう。俺なんぞ、いい歳こいて、時折、おさわに肝精《きもせい》を焼くほどでェ」

「へっ、爺馬鹿と婆馬鹿《ばばばか》が競《きそ》い合ってちゃ世話ねえや！」

達吉が茶を入れてくる。

「この大かぶりが！」

達吉はへっと肩を竦《すく》めた。

「でも、ようございましたね。みずきちゃんが生まれたことで、おさわさんの居場所が出来たのですもの。四十路《よそじ》を越えて、海女《あま》の仕事は辛かろうと案じていましたからね。それに、人は誰かのためにと思えばこそ辛さも厭《いと》わないものですが、おさわさんには、その誰かがいなくなった。独りで生きていくことほど、寂しいものはありませんものね。それが、現在《いま》は、八文屋《はちもんや》という家族が出来たのです。こうめちゃんやみずきちゃんのお世話をすることが出来て、おさわさん、どんなにか感謝していることでしょう」

「ああ、全くだ。だがよ、感謝しなくちゃなんねえのは、寧ろ、こっちのほうだ。おさわがいてくれると、おいらも安心してお務《つと》めに励めるからよ。なんせ、こうめの置いて来坊《きぼう》にみずきを委せてたんじゃ、何をされるか判ったもんじゃねえ。おちおち、お務めも出来ねえからよ」

「へへっ、また親分の爺馬鹿が！　ねっ、どうでやす？　いっその腐《くさ》れだ。親分、おさわと夫婦《めおと》になっちゃ！　歳の按配《あんばい》も頃合《ころあ》いときちゃ、お似合いですぜ！」

「達、てめえ、黙って喋れってんでェ！　これ以上、戯《たわ》けたことを抜かしやがると、ただじゃ済まねえからよ！」

亀蔵親分のどっちょう声に、達吉はおどけたように月代《さかやき》をぽいと叩く。

「鶴亀《つるかめ》鶴亀……」

その頃、茶屋のほうは、朝餉客《あさげきゃく》にひと段落《だんらく》ついたあとで、昼の書き入れ時《どき》を迎えるまでの、束《つか》の間の寛ぎを見せていた。

広間には、遅めの朝餉を摂《と》りに来た六尺《ろくしゃく》（駕籠舁《かごかき》）たちが四、五人、少し離れた窓際の席に、二十歳《はたち》前後の地娘《じむすめ》が一人、六尺たちに背を向けるようにして坐《すわ》っているだけで、人がいないとこうもと思わせるほど、やけに広間をだだっ広く見せていた。

ところが、この六尺たちがいけなかった。

朝餉は疾《と》うに食い終わったというのに、他に客がいないのをいいことに、お茶のお代わりだけは飽《あ》きもせず何杯もして、空話《からばなし》に余念《よねん》がなかった。

飯台《はんだい》に頰杖《ほおづえ》をつくのはまだいいとして、中には、板敷きの上に寝そべり、腕枕《うでまくら》をしたまま口っ叩きする者もいるほどで、茶立女《ちゃたておんな》が傍《そば》を通るにも、どうかすると、脚が引っかかりそうになる。

無作法《ぶさほう》を通り越して、これでは危険である。

「あたしゃ、もう勘弁《かんべん》ならない！　やっぱり、注意してこなくっちゃ」

茶立女のおよねが、眉根《まゆね》に皺《しわ》を寄せ、広間に上がろうとする。

その腕を、茶屋番頭の甚助《じんすけ》がぐいと引いた。

「止《よ》しな。おっつけ、帰るに違《ちげ》ェねえ。なに、昼近くになりャ客足《きゃくあし》が増すことくれえ、奴ら、百も承知《け》さ。下手《へた》に波風を立てるより、ここは柳に風と吹き流すこった」

甚助の言い分は尤《もっと》もであった。

六尺の顔ぶれの殆《ほとん》どが、立場茶屋おりきの常連で、その中の一人は、女将のおりきが贔屓《ひいき》にする男であった。

八造《はちぞう》というこの男、日頃は丁場《ちょうば》あたりで客待ちをしているのだろうが、おりきが駕籠《かご》を表に出ると、虫の知らせか、計《はか》ったように、すっと寄ってくる。

いつしか、おりきのほうでもすっかり八造を当てにするようになり、たまに八造が出払っていて、他の六尺が寄っていくと、明らかに失望の色を見せるようにもなっていた。

だが、そんな男でも、同僚に混じれば、同じ穴の狢《むじな》とでもいおうか、自ら口っ叩きしないまでも、黙って、その輪の中に坐っている。

「それによ、朝っぱらから酒食らって、曰《のたま》ってるってわけでもねえしよ」

甚助にそう言われてみれば、そうである。

「そうだね」

およねは頬をぷっと膨らませた。

そのときである。

六尺の中でも一番年若《としわか》と思える男が、突如、素っ頓狂《とんきょう》な声を上げた。

「本当だってば！ 嘘《うそ》ァねえ。おいら、ちゃんとこの目で見たんだからよ」

「へっ、草太《そうた》が見たものをよ、どうして、孫市《まごいち》が見てねえんでェ！ 前棒《まえぼう》と後棒《あとぼう》を担《かつ》いでよ、同じ路を走ってるってのによ、一人が見て、もう一人が見てねえって話が信じられるか？」

宰領格《さいりようかく》の六尺が言う。

「だからよ、前棒を担いでた孫さんは気づかなかったが、おいらの目には入《へえ》った。目に入ったというか、赤ん坊を抱いた女がすっとおいらのほうに寄ってきて、赤ん坊を抱いてくれって、こんなふうに差し出したんだ。五ッ半（午後九時）は過ぎてたしよ。女は髪を振り乱し、夜目《よめ》にも白《しれ》ェ顔しててよ、第一《でえいち》、おいら、駕籠を担いでるのに、赤ん坊なんて抱けっこねえだろ？　そいで、慌てて、孫さんに声をかけたのよ。そしたら、たった今、目の前にいたはずの女がすっと消えてよ。臀《しり》の穴が縮《ちぢ》み上がるってのは、ああいうのを言うんだろうな。途端に、おいら、歯の根が合わなくなっちまって……。膝《ひざ》が顫《ふる》えるって、解るかい？　今まで、俺ャ、言葉の綾《あや》かと思ってたが、そうじゃねえ。本当に顫えるんだ。ガクガク、ガクガク、音がしたみてェだった」

草太という男は、そのときのことを思い出したのか、唇まで色を失い、膝を揺《ゆ》すって見せた。

孫市と呼ばれた男が、草太を引き継《つ》ぎ、続ける。

「おいらよ、草太が莫迦なことを言い出すもんだから、気色悪《きしょくわる》くなってよ。とにかく、一刻も早く林を抜けようと思って、釈迦力《しゃかりき》に走ったのよ。するとよ、大崎村《おおさきむら》に出たとき、目《め》黒川《ぐろがわ》に灯《あか》りを見つけてよ。見ると、男二人が川に張った布に水をかけてるじゃねえか。夜中だぜ？　どう見ても、尋常《じんじょう》じゃねえよな。それで、何やってるんだと訊《き》くと、流れ灌頂《かんじょう》だというじゃねえか」

「流れ灌頂？　おお、仏さまに水をかけるっていう、あれか？」

「なんでもよ、庄屋の娘が産褥熱《さんじょくねつ》で死んじまったとかで、夜な夜な、産女《うぶめ》になって化けて出るんだとさ。通行人を誰彼《だれかれ》なしに捕《つか》まえて、赤ん坊を無理矢理《むりやり》抱かせようとしてみたり、背負《せお》わそうとするんだとよ。要するに、この世に未練が残り、成仏《じょうぶつ》できねえのよ。それでよ、死んだ女の戒名《かいみょう》を布に書いて川に張り、戒名が消えてしまうまで、道行く人に、次々と、水をかけてもらってると言うのよ。そいつを聞いた草太が、またまたワッと悲鳴を上げ、腰を抜かしちまってよ。参ったのなんのって……」

孫市は身振り手振りにそのときのことを話す。

「するてェと、草太が見たというのは、その庄屋の娘か？　つまり、その……、産女ってのか」

「いや、俺ャ、草太の戯言《たわごと》なんて聞いちゃいなかったんだがよ、百姓の話を聞くと、まんざら絵空事《えそらごと》でもなさそうでよ」

「いや、流れ灌頂というのは、おいらも聞いたことがあるぜ。武蔵《むさし》の入間《いるま》ってところでよ、お蘭《らん》という武蔵一の美女と謳《うた》われた女がよ、殿さまに見初《みそ》められ側室《そくしつ》に上がったのだが、殿の寵愛《ちょうあい》を一身《いっしん》に受けながらも、五年経っても、子が出来なかった。それが六年目にようやく授かってよ。殿も殊《こと》の外悦《ほかよろこ》ばれた。ところが、面白《おもしろ》くねえのは、正室《せいしつ》や他の側室たちよ。それでなくても、殿の寵愛を一身に受けたお蘭さまだ。このうえ、お腹さまになったのではと、やっかんだのだろうな。臨月《りんげつ》ってときになって、死産させようと毒を盛られた。哀《あわ》れなるかな、お蘭さま。腹の子ばかりか、血膿《ちうみ》に埋まって死んじまった。入間川《いるまがわ》に産女が現われるようになったのは、初七日の晩からだとよ。しかもよ、ここの産女は通行人に子を抱かせるなんて生はんじゃくなものじゃなかった。産女を見た者は一人残らず翌日高熱を出し、中には、生命《いのち》まで奪われたってェのだから、お蘭さまの怨念《おんねん》は計り知れなかったのだろうて。かれこれ百年以上も前《めえ》の話だがよ、入間川には一町《いっちょう》に渡って白布が張られ、白布にびっしりと書かれた戒名が消えてしまうまで、村人や通行人が水をかけたという話だ」

「流石《さすが》、宰領よな。物知りでェ。だが、それをどこで？」

「誰に聞いたかということか？　おいらの爺さまから聞いた話だがよ、話半分としても、流れ灌頂の伝説は各地で伝えられてるからよ、かたきし、あり得ねえ話でもねえってことよ」

「するてェと、草太の見たという産女も……。ええっ！　おいおい、そそ髪が立つような話じゃねえか」

「俺ャ、金輪際、大崎村のほうにゃ行かねえ。いや、御殿山《ごてんやま》より北も、真っ平《ぴら》ご免《めん》でェ！」

「何言ってやがる。ちょいと酒手《さかて》を弾《はず》まれりゃ、ほいほいどこでも行くくせしてよ！」

「おっ、見なよ。女中頭《じょちゅうがしら》のおよねが、目くじら立ててらァ。さっ、行こうぜ。そろそろ、早昼客《はやびるきゃく》が入《へえ》って来るからよ」

宰領が声をかけ、全員が、おらよッ、と立ち上がる。

「おっ、およね、騒《さわ》がせて済まなかったたな。少ねえが、釣りは騒がせ賃だ。花だと思って取ってくんな」

宰領が南鐐《なんりょう》（二朱銀）を一枚摘み出す。

「あら、どうも」

現金なものである。途端に、剣呑《けんのん》だったおよねの顔に笑みが戻る。

「あっ、おいでなさいまし。ささっ、奥が空いていますよ。どうぞどうぞ」

昼餉客《ひるげきゃく》が次々に入ってくる。

「おまき、真ん中の飯台を片づけておくれ！　さあさ、時は待っちゃくれないよ！」

およねの甲張《かんば》った声が飛ぶ。

すると、今まで六尺の陰に隠れ、ひっそりと息を潜《ひそ》めていた、窓際の女が立ち上がった。

六尺たちの飯台を片づけていたおまきが、おやっと、手を止める。

そうだった。この女《ひと》がいたことをすっかり忘れてた……。

女は顔を伏せ、つつっと摺り足で帳場へと向かった。

横顔がちらと見えただけであったが、化粧気《けしょうけ》のない女の蒼白《そうはく》な顔が、たった今耳にしたばかりの産女の顔に重なり、おまきの背筋を、ぬらりと冷たいものが伝っていった。

妙国寺《みょうこくじ》と品川寺《ほんせんじ》の間を北に上がった路に、産女が出現するようになったのは、三日後のことだった。

刻《とき》は五ツ半からほんの四半刻《しはんとき》（三十分）ほどの間であったが、このなだらかな丘陵《きゅうりょう》に別荘を持つ、街道筋の大店相模屋《おおだなさがみや》の主人《あるじ》に手代、そして、お座敷帰りの自前芸者美代治《みよじ》の三人が、太郎《たろうが》ヶ池《いけ》の前に佇《たたず》む、浴衣姿《ゆかたすがた》の女に遭遇《そうぐう》した。

女は草束《くさたば》ねした髪の上から手拭《てぬぐい》を吹き流しにし、白布《はくふ》にくるまれた赤児を抱えて、人影《ひとかげ》を認めると、ひと言も喋るわけでもなく、赤児を差し出すような恰好《かっこう》をして、近寄ってきたという。

「気色《きしょく》悪いのなんのって。ええ、そりゃもう、おんでもないこと、すたこら逃げましたよ。万が稀《まれ》、主人に何かあっては大変ですからね」

翌朝、自身番に駆《か》け込んできた海産物問屋相模屋の手代は言った。

美代治が産女らしき女に出会《でくわ》したと噂が広まったのは、湯屋《ゆや》や見番《けんばん》からである。

どうやら美代治は、あんなもの怖《こわ》くもなんともないさ、と味噌気《みそけ》に自慢し、あちしが睨み返してやったら、産女のほうが怖《お》じ気づいたように逃げちまったよ、と触れ回ったらしい。

産女の噂は瞬《またた》く間に品川宿門前町《しながわしゅくもんぜんちょう》ばかりか、南本宿《みなみほんじゅく》、北本宿《きたほんじゅく》、歩行新宿《かちしんじゅく》へと駆け抜けていった。

そうなると、人とは不思議なものである。

気味悪《きみわる》がって、五ツ（午後八時）過ぎには、太郎ヶ池には近づかないという者がいるかと思えば、逆に、怖いもの見たさに、ひと目、この目で見ようと、わざわざ産女見物に出かける者まで出る始末で、遂《つい》に、門前町自身番や町役人、亀蔵親分の出番となったのである。

が、この騒動に、産女のほうが肝《きも》を冷したようである。翌日からふっつり姿を現わさなくなった。

すると、江戸者《えどもの》に負けず劣《おと》らず飽《あ》きっぽい品川宿の連中も、潮が引くように静かになった。

中には、相模屋の目の錯覚《さっかく》だろうとか、出居衆《でいしゅう》（自前芸者）の座興話《ざきょうばなし》に、美代治が話題作りしたに違《ちげ》ェねえという者もいて、その実、彼らの話題は、三日後に控《ひか》えた後の月へと移っていった。

ところが、その夜、再び、産女が現われたのである。

その夜、克次《かつじ》という小揚《こあ》げ人夫《にんぷ》が、山向こうの百姓家の祝言《しゅうげん》に呼ばれ、ほろ酔い気分で、貸しぶら（ぶら提灯）を手に山越えしてきた。

百姓家を後にしたときには東方にあった月が、いつの間にか頭上《ずじょう》を通り過ぎ、坂道を下り太郎ヶ池に差しかかったときには、既に西へと傾《かたむ》きかけていた。

月明かりがあるとはいえ、この辺《あた》りは五ッ過ぎになると極端《きょくたん》に人影が少なくなる。時折 魂《たましい》を揺さぶるように流れてくる梟《ふくろう》の声まで、ひと際《きわ》、不気味さを誘《さそ》うようであった。

克次の目が、月明かりの下《もと》、白衣を着た女を捉えたのは、そんなときである。

克次は稲妻《いなずま》にでも打たれたかのように、立ち竦んだ。

これが、噂の産女……。

「た、た、助けてくれ！　おら、金なんぞ持ってねえ……。しがねえ小揚げ人夫だ。済まねえ……、見逃《みのが》してくれ。いや、いらねえ、いらねえ、赤ん坊なんか！　うちじゃ、五人も餓鬼が待ってるんだ。勘弁《かんべん》してくれや。おら、知らねえ……」

克次は貸しぶらを放り出すと、街道を目指して一目散《いちもくさん》に駆け下りた。

克次が相模屋や美代治と違ったのは、その脚で自身番に駆け込んだことである。

門前町自身番には、折良く、亀蔵親分が立ち寄っていた。

「待て！　ここで大騒ぎをしちゃならねえ。この前《めえ》みたいに、また取り逃がしちまァ。いいな、克次、今宵、おめえが見たことを誰にも喋っちゃなんねえぞ！　なんなら、産女をとっ捕まえるまで、おめえをここに縛《しば》りつけたっていいんだ」

亀蔵親分は気負《きお》い立った店番《たなばん》や下っ引きに鋭い目を飛ばすと、克次をきっと睨《ね》めつけた。

「滅相《めっそう》もねえ！　俺ャ、なんにも見ちゃいねえんだ。親分、頼んますよ。帰《けえ》らせて下せえ！　うちじゃ、嬶《かかあ》と餓鬼がおいらの帰るのを首を長くして待ってるんだ。帰らねえと、それこそ大騒ぎだ。だからよ、この通り……。頼んます」

克次は泡《あわ》を食ったように、手を合わせた。

「よし。なら、帰《けえ》ってもいいが、嬶にも喋るんじゃねえぞ！」

克次はまるで罪人になったかのように、しおしおと帰っていった。

亀蔵親分が下っ引きの金太《きんた》と利助《りすけ》を連れ、自身番を出たのは、その直後である。

他に、自身番から店番の恵太《けいた》という男が一人、四人は灯りも持たず、少しずつ、間合《まあ》いを取って、妙国寺脇の路を上っていった。

刻《とき》は五ッ半過ぎ。四ッ（午後十時）には、まだ少し余裕がある。

亀蔵親分の腹は決まっていた。

産女の奴、今宵は既に姿を消していたとしても、必ずや、明日、また現われる。

そのためにも、先日のように、品川宿上げての大騒ぎにしたくなかったのである。

四人は足音を忍ばせ、そろそろと太郎ヶ池へと近づいていった。

が、いつの間に出たのか、叢雲《むらくも》が月を覆《おお》ってしまい、視界は闇《やみ》に包まれていた。

やはり、今宵は無理か……。

亀蔵親分が腹の中でチッと舌打ちしたときである。

利助の狐目《きつねめ》が、闇の中に動く白い影を捉えた。

利助は脱兎《だっと》のごとく駆け出した。

他の三人も、四方から、足音のする方向へと駆けていく。

「キャッ！」

絹を裂《さ》くような、女の悲鳴がした。

金太が腰に差した提灯《ちょうちん》を引き抜き、火打ち石を打つ。

闇の中に、うっすらと灯りが灯《とも》った。

「てめえ、やっぱり……」

亀蔵親分が倒れた女の顔をぐいと起こした。

おぼおぼしい光の中に、白塗《しろぬ》りした女の顔が浮き上がった。

「へっ、何が産女かよ！　とんだ猿芝居《さるしばい》をしやがって！」

「親分、見て下せえ。こいつが赤ん坊の正体《しょうたい》でェ！」

金太が地面に転がった白い包みを拾い上げ、小馬鹿にしたように片頬を弛めた。

「なんでェ、こりゃ、案山子《かかし》じゃねえか」

店番の恵太が呆れたように言う。

成程、案山子をおくるみで包んでしまうと、夜目には、赤ん坊と見えて不思議はない。

「おめえ、誰でェ」

亀蔵親分は極力《きょくりょく》冷静《れいせい》に尋ねたつもりであった。

が、女はきっと唇を嚙《か》み締《し》め、俯《うつむ》いた。

白塗りにしているので、正確な年齢は判らないが、身体の線や首筋の艶《つや》から見て、まだ若い女のようである。

「おう、誰か、この女を知ってるか？」

亀蔵親分の問いに、全員が顔を見合わせ、首を振る。

「とにかく、自身番に連れて行こう。調べはそれからだ」

親分に促《うなが》され、女も立ち上がった。

女の胸や腰の辺りにむっちりとした張りがある。

亀蔵親分は、こんな白塗りなどしなければ、案外、愛らしい娘なのかもしれない、と思った。

「おめえよ、どんな事情があるかしらねえが、人騒がせはいけねえ。第一《でえいち》、こんなことをして、おめえになんの得《とく》があるってェのよ」

亀蔵親分は歩きながら、女の顔を覗き見る。

が、女は表情ひとつ変えることなく、きっと前を睨みつけるようにして、歩いていった。

「そんなわけでよ。ひと言も喋らねえ女《おな》ごを相手にしたんじゃ、流石にこの俺もおてちんでェ。これがよ、他人《ひと》を傷つけたとか、盗人《ぬすっと》でもしたってェのなら、女ごであろうと、俺ャ、容赦《ようしゃ》しねえ。拷問《ごうもん》したって、吐かせてみせるが、幸い、大《てえ》した被害も出ていねえ。そりゃよ、他人《ひと》を怯《おび》えさせるのも、立派な罪だ。脅迫罪《きょうはくざい》になりかねないからよ。だがよ、この女がそこまでするにゃ、何か理由《わけ》があるに違《ちげ》ェねえ。そいつを訊《き》かねえことにゃ、下手に動けねえからよ。だが、如何《いかん》せん、この女、何を訊いても、ひと言も喋ろうとしねえ。まさかよ、三吉みてえに耳が聞こえねえのじゃなかろうかと、態《わざ》と、女ごの背後で十手を落としてみたがよ、ふん、なんのこたァねえ。こいつ、逆にこっちが驚くほど慌てふためいて、跳び上がったぜ。となると、敢《あ》えて、喋ろうとしねえというか、完璧《かんぺき》に心を閉ざしちまってるってことだ。そこでだ、おりきさん。こうなると、おめえさんに頼むより、他に方法がねえ。済まねえが、この女から何か聞き出してもらえねえだろうか」

亀蔵親分が困《こう》じ果てたように、おりきを見る。

亀蔵親分が女を連れて立場茶屋おりきに現われたのは、四ツ半（午後十一時）過ぎのことだった。

旅籠《はたご》の板場衆《いたばしゆう》もそれぞれの寝屋《ねや》に引き上げた後で、おりきもそろそろ休もうかと思っていたところだった。

帳場に蒲団《ふとん》を敷き、枕屏風《まくらびようぶ》に手を出しかけたとき、障子の外から声がかかった。

「遅くに相済《あいす》みやせん。もうお休みになりやしたか……」

達吉の声である。

「達吉かえ？　どうしました」

「それが、亀蔵親分が夜分《やぶん》遅くに済まねえがと……」

「親分が？　お越しになっているのですか？」

「へい」

四ツ半を過ぎて親分がやってくるとは、ただ事ではない。

おりきは、お待ち、と声をかけると、蒲団を畳《たた》んだ。

おりきが障子を開けると、達吉が手燭《てしょく》を手に、途方《とほう》に暮れたような顔をして、板間にきちりと正座していた。

「一体、何が……」

「それが、女連れでやして……」

「女？　誰なのですか」

おりきのその問いに、達吉は怯えたように、ぶるると頬を揺らした。

達吉が怯臆《きょうおく》したのも無理はなかった。

亀蔵親分の連れてきた女は、狐の化物《ばけもの》かと思えるほど白塗りをして、草束ねした髪は解《ほっ》れ、おまけに、白地の浴衣まで纏《まと》っているのである。

「解りました。では、なんとかやってみましょう。但《ただ》し、夜分でもありますし、親分はお引き取り下さいませ。ご案じなさいますな。このお方はわたくしどもが責任を持って、お預かりします。改めて明朝一番にお越し願えませんでしょうか」

おりきは動じることなく、ふわりとした笑みを返した。

「済まねえな。そうしてもらえると有難《ありがて》ェ。じゃ、大番頭さんよ、あとは宜しく頼むわ。夜分遅くに騒がせちまって、済まなかったな」

「親分こそ、夜道は物騒《ぶっそう》でございます。お気をつけて」

「なに、自身番で金太と利助が待ってるのよ。それによ、本宿や歩行新宿はまだ宵の口だ」

亀蔵親分は白塗りの女をもう一度睨めつけると、おめえよ、ここの女将はものの解るお女《ひと》だ。胸ん中のことを全てさらけ出してしまえ、と言って帰っていった。

おりきは達吉に女中頭のおうめを起こしてくるように伝えると、

「おまえさま、お腹が空《す》いているのじゃありませんか？　今、おうめに何か作らせますから、その前に、顔の白いものを取ってしまいましょうね」

と、女に笑いかけた。

女の腹が計ったように、ぐうとくぐもった音を立てた。

「あらあら、お腹は正直ですこと。さあ、一緒にいらっしゃいな。確か、湯殿の湯がまだ残っていると思います」

おりきは女の背を抱えるようにして、湯殿に連れて行った。

「丁度良かったわ。まだ冷めていないし、湯もたっぷりありますわ。ねっ、湯に浸《つ》かって、何もかも、さっぱり洗い流したらどうかしら？　そうね、着るものも何か用意しなくちゃなりませんね。さっ、お入りなさい」

おりきがそう言うと、女は初めて目を上げ、頷いた。

帳場に戻ると、おうめが待っていた。

寝入り端《ばな》を起こされたとみえ、おうめはまだ状況が把握《はあく》できず、おりきから簡単な夜食を用意するように言われると、目をしばしばと瞬《しばた》いた。

が、そこは流石に女中頭である。おりきが手短に説明すると、ぽんと快《こころよ》く胸を叩いた。

「解りました。では、簡単に出来るところで、雑炊《ぞうすい》でも作りましょうかね」

そして現在《いま》、風呂から上がった女が、立場茶屋おりきのお仕着《しき》せに着替え、おうめの作った卵雑炊を掻き込んでいる。

白塗りを落とした女は、どこにでもいそうな、素朴《そぼく》な顔をしていた。

決して美人でもなければ、お徳女《とくじょ》（醜女《しこめ》）でもない。

全体の雰囲気もひっそりとしていて、目立ちもしなければ、邪魔《じゃま》にもならない、そんな野の花のような女性であった。

「お腹がくちたところで、まず、お名前から訊きましょうか。ああ、その前に、わたくしから名乗らなければなりませんね。わたくしは、この旅籠と表の立場茶屋の女将、おりきです。そして、これは女中頭のおうめ。もう何年もこの旅籠に仕《つか》えてくれる信頼の置ける女《ひと》ですから、安心して下さいな。今宵、わたくしたち二人があなたのことを少しお訊きしたいと思いますが、差し障《さわ》りがあると思えることは、仮に亀蔵親分であろうと、決して、口外《こうがい》しないつもりです。いいわね？」

おりきの穏やかな口調《くちよう》に、女は慌てて飯椀《めしわん》を置くと、こくりと頷いた。

おりきが焙《ほう》じ茶を注《つ》いでやる。

「おさん……」

女は鼠鳴《ねずみな》きするような、か細い声を出した。

「おや、おさんちゃんていうの？　可愛い名前だこと。それで、どこにお住まいかしら？」

「大井村《おおいむら》……」

お百姓さんかしら？」

おりきがそんなふうに尋ねたのは、若い女性にしてはおさんの手が骨っぽく、荒れていたからである。

おさんは項垂《うなだ》れた。

おりきは何か拙《まず》いことでも言ったのかと少し慌てたが、続けた。

「わたくしね、初めっから疑問に思っていましたが、こうして素顔のおさんちゃんを見ると、何故あんなことをしなければならなかったのかと、より一層《いっそう》、疑問が大きくなってきましたの。だって、あなたはただ他人《ひと》が怯えるのを見て悦ぶ、そんな女《ひと》ではないのですもの。あなたの目には、そんな邪悪《じゃあく》なものは微塵《みじん》も宿っていませんよ。何か、そうしなければならない理由があったのね。ねっ、おさんちゃん、このわたくしに心を開いて話して下さらないかしら」

「あたし……、あたし……」

おさんの目に涙がわっと溢れたかと思うと、止め処《ど》もなく頬を伝い落ちた。

「あたし、小浜屋《こはまや》を脅《おど》かしてやりたかったの……」

「小浜屋って、海産物問屋《かいさんぶつどんや》の？」

おさんはまた項垂れた。

「けど、この間は、間違えちゃって……」

おさんは小浜屋と相模屋を間違えたと言っているのである。

言われてみれば、太郎ヶ池の上には、街道筋の大店の別荘がずらりと軒を連《つら》ね、中でも、海産物を扱う商人《あきんど》が多かった。

品川宿は海苔《のり》や干物《ひもの》、干鰯《ほしか》などを商《あきな》うお店《たな》が多い。

彼らの多くは街道筋に見世を持ち、住まいを別に構えていた。

「でも、何故、小浜屋をおさんちゃんが脅かさなければならなかったのかしら?」

「…………」

おさんは項垂れたまま、膝で握り締めた手をもぞもぞと動かしている。

おさんは意を決したのか、顎をきっと上げ、話し始めた。

「姉《ねえ》ちゃんが……」

おさんの姉おやすは、小浜屋の別荘に、下働きとして奉公に出ていたという。

それが、昨年のことである。

おやすが小浜屋の主人百蔵《ももぞう》のお手つきとなり、身籠もった。

百蔵は五十路も半ばに差しかかった歳である。しかも、息子の嫁に男児が生まれたばかりでもあった。

世間体《せけんてい》を気にする百蔵の女房には、孫より若い子など考えられない。

おやすはいかがわしい闇医者《やみいしゃ》に送り込まれるや、堕胎《だたい》を強《し》いられたという。

ところが、そのときの処置《しょち》が悪かったのであろう、出血が止まらず、おやすは高熱を発し、大井村に送り返されてきた。

おやす、おさん姉妹の家は小作人で、貧乏人の子沢山《こだくさん》を絵に描《か》いたような家である。医者に診《み》せようにも、金がない。

おさんは父親に言われ、せめて、薬料《やくりょう》だけでもと小浜屋に掛け合った。

だが、おさんはけんもほろろに門前払《もんぜんばら》いをされたという。それどころか、門前に佇むおさんに向けて、泥棒猫《どろぼうねこ》にはこれで充分とばかりに、鰹節《かつおぶし》が投げつけられたのだった。

三日後、おやすは高熱に魘《うな》され、大旦那さま、大旦那さま、と譫言《うわごと》を言いながら息を引き取った。

「小浜屋は姉ちゃんが亡くなったと知っても、詫《わ》びのひとつ言わなかった。あたし、今でも、あんとき鰹節を投げつけたお内儀《かみ》さんの顔を忘れない。貧乏百姓《びんぼうびゃくしょう》が！　誰と乳繰《ちちく》り合ったか知らないが、言い掛《が》かりをつけて金をせしめようたって、そうはいかない。姉が姉なら、妹も妹だ。ふん、おまえなんか、これがお似合いだ……。そう言ったんです。あたし、悔《くや》しくって……。あたしが罵《のの》しられるのはまだいい。でも、姉ちゃんが誰か他の男と乳繰り合ったみたいなことを言われたんじゃ、余りにも可哀相すぎる。だって、姉ちゃん、今際《いまわ》の際《きわ》まで大旦那さまを呼んでたんだ。おとっつァんなんか、大旦那さまの歳から考えて、姉ちゃんが手込《てご》めにされたに違いないって言ったけど、あたし、もしかしたら、姉ちゃんも大旦那さまのことが心《しん》から好きだったのじゃないかと思って……。だったら、尚更《なおさら》、姉ちゃんが可哀相じゃないか。そんなに惚《ほ》れた男の子を孕《はら》んだというのに、子堕《こお》ろしを無理《むりじ》強いされて、その挙句《あげく》、死ぬ羽目《はめ》になったんだもの……。それが、線香の一本手向《たむ》けるどころか、泥棒猫呼ばわりして、誰の子か判らないなんてことを言うなんて酷い！　あたし、このまま じゃ済まさない。姉ちゃんに代わって復讐《ふくしゅう》してやるんだ。恨《うら》みを晴らしてやるんだと誓《ちか》ったの」

「それで、産女の振りをして、脅かそうと思ったのね」

「うん。あっ、でも、脅かすったって、金品を盗《と》ろうなんて気持はなかった。せめて、姉ちゃんのために、小浜屋が流れ灌頂をやってくれたら、それで姉ちゃんも浮かばれると思って……」

おさんは先日、初めて、流れ灌頂のことを知ったのだという。

「まあ、そうだったの。六尺たちがそんな話をねえ……。それで、産女に成りすまし、小浜屋を脅かせば、流れ灌頂をしてくれると思い、わざわざ太郎ヶ池を選んだのね」

「でも、あたし、抜作《ぬけさく》だから、どじを踏んでばかり……。小浜屋と相模屋を間違えちゃったし、怖いもの見たさに、ひと目産女を見ようと、野次馬《やじうま》があんなに集まるとは思ってもみなかった。それで、一旦は諦《あきら》めたんだけど、二日ほど様子見《ようすみ》をしてたら、潮が引くように誰も来なくなった。あたし、他人《ひと》って、こんなに飽きっぽいんだと思ったら、矢も楯《たて》も堪らなくなって……。冗談じゃない。姉ちゃんのことを忘れさせちゃならない。そのためには、適度《てきど》に噂になってなきゃ駄目なんだと思ったの」

おさんは悔しそうに唇を嚙み締めた。

「おさんちゃんの気持はよく解ったわ。でもね、果たして、おさんちゃんがそんなことをするのを、おやすさんは悦ぶかしら？　人を恨む心は、自分を逆行《ぎゃっこう》させるだけで、何ひとつ新しいものが生まれてこないのよ。恨んだところで、おやすさんは二度と戻っては来ない。それより、おやすさんの願いは、自分の果たせなかった女としての悦びを、妹のあなたに味わってもらいたいということではないかしら？　そのためには、おさんちゃん、あなたが地に脚をつけて、前向きに、今後の人生を歩んでいくことしかないように思うのだけど、違うかしら？」

「あたしが、女としての悦びを……」

「そうよ。おやすさんを供養《くよう》してあげるのは、何も、流れ灌頂でなくてもいいでしょう？　小浜屋に供養を求めても、その気持のない者には、恐らく無理でしょう。それより、心からおやすさんのことを想う人の手で、供養してあげることね。及《およ》ばずながら、このわたくしも何かさせていただきたいと思います。だからね、おさんちゃん、恨み心はきっぱりと捨て、これからはおやすさんのおっしゃるとおりだ。おまえ、誰か好きな男《ひと》はいないのかえ？」

「そうだよ、女将さんが出来なかった、幸せな家庭を築いていくのですよ」

今まで口を挟むこともなく、黙って耳を傾けていたおうめが、何を思ったか、突如、槍《やり》を入れてくる。

おさんの頬《あか》に、ぽっと紅《べに》が差した。

「ほうら、紅くなった！　図星《ずぼし》だね」

「違います！　いません。うちみたいな水呑百姓《みずのみびゃくしょう》。こんな貧乏人の娘なんて、誰も相手にしてくれませんよ。それに、もしかすると、あたし、飯盛女《めしもりおんな》に売られちゃうかもしれない……」

「まあ……。解りました。近いうちに、おやすさんの供養かたがた、大井村に行ってみましょう。では、今日のところはこれで休みましょうか。おうめ、離れの茶室に、おさんちゃんとおまえの床を取って、今宵は一緒に休んで下さいな。ああ、それから、亀蔵親分には、やはり、今宵のことを話そうと思います。話したうえで、わたくしの考えを伝えるつもりです。だから、おさんちゃんは何も心配することないのよ。今宵はぐっすり休んで下さいね」

翌日、おさんは何事もなかったかのような顔をして、大井村に帰っていった。

「そうけえ、じゃ、おりきさんが大井村に行って、おやすの供養を……」

「ええ。すぐにでもと思いましたが、明日は後の月です。そして、みずきちゃんの食初めも控えていますからね。それを終えたら、行きたいと思っています」

「だがよ、小浜屋も酷《ひで》ェことしやがるよな。鰹節一本で、頬っ被《かぶ》りしようなんて許せねえ！　俺《おり》ャ、小浜屋におやすの供養塔《くようとう》を建て、見舞金のひとつでも出せと、掛け合ってみらァ！」

亀蔵親分は小さな目を一杯に見開き、額に青筋を立てて怒った。

だが、それを止めたのは、おりきである。

「わたくしもちらとそんなことを考えました。けれども、鰹節を投げつけるような人に、心があるとは思えません。それに、ことを荒立《あらだ》て、おさんちゃんの今後に障《さわ》りが出ては困ります。それより、おやすさんの供養が充分でないようならば、出来る範囲でして差し上げ、おさんちゃんの将来を考えてあげるほうがよいのではないでしょうか」

「おいおい、まさか、女将、おさんまで引き受けるつもりではねえだろうな。ええっ、そうなのかい？」

おりきはふふっと含み笑いをした。

「さあ、それはどうでしょう。全て、大井村の親御《おやご》さんと話し合ったうえのことですが、まっ、うちは茶屋のほうで、人手《ひとで》は幾らあっても足りないくらいですからね」

「なんでェ、やっぱり、その気かよ。そう言えば、茶立女の一人が嫁に出るってな」

「ええ。おときも永《なが》く勤めてくれましたからね。こうして、うちから嫁に出してやること が、わたくしの一番の幸せです」

「おめえは偉《えれ》ェよな。そうして、大《て》《え》して歳も違わねえ娘をよ、我が娘みてェに、仕度までして出してやるんだもんな。俺に言わせりゃ、他人のことより、ちったァ、自分の幸せを考えろってんでェ」

「わたくしのことはよいのですよ。それに、立場茶屋おりきで働く者は、皆、家族と思っています。家族の幸せを願うのは当然ではありませんか」

「そう言ャ、鬼一郎のひょうたくれ、今頃、どうしてるんだろうか」

「まっ、ひょうたくれだなんて……」

「便りひとつ寄越さねえのか？」

「ええ」

おりきはふっと寂しそうに微笑《ほほえ》んだ。

如月鬼一郎が姿を消して、かれこれ半年になる。

その間、便りどころか、噂のひとつ流れてこなかった。

全く、あの男ほど恩知《おんし》らずはいねえぜ。風のごとく現われ、風のごとく去っちまった……。

亀蔵親分は時折思い出したようにそんなふうに言うが、おりきも恩知らずとまで思わないまでも、風のごとくと言われれば、本当にそうだと思う。

ただ一つ、それにつけ加えるとすれば、おりきの胸に小波を立て、という言葉であろうか……。

おりきは現在《いま》でも、何かすると、鬼一郎の胸に頬を埋《うず》めた、あの狂《くる》おしいまでの至福《しふく》のときを思い出し、カッと胸の熱さを覚えるのだった。

けれども、哀しいことに、その感触《かんしょく》、いや、鬼一郎の匂いや声までが、次第に心許《こころもと》なくなっていくようで、このままだと、いつしか、顔まで忘れてしまうのではないかと、怖《おそ》ろしくなってしまうのだった。

「まっ、縁がなかったと思うこった。心配《しんぺえ》することたァねえ。おりきさんには、この俺がついているからよ。俺なんぞよ、もうおめえの顔は見たかねえと言われてもよ、つかず離れず、桃太郎《ももたろう》の犬か猿、いや、雉《きじ》でも構わねえがよ、おりきさんについていくと決めてるんだ」

「また、そんな冗談を！」

おりきと亀蔵が目を見つめ合い、ふっと笑ったそのときである。

「女将さん、いいですか？」

障子の外から声がかかった。

おきちの声である。

「おきっちゃん、どうぞ」

おきちが障子をそっと開け、首を竦めた。

その目が満足そうに笑っている。

「ほら、これ！」

おきちは背中に隠した半紙《はんし》を、つと、前に突き出した。

立場茶屋おりき、と堂々とした筆致《ひっち》で書かれている。

おきちは続いて、二枚ある半紙のもう一枚を、前へと出す。

それには、おりき、善助、達吉、三吉、おきち、と書かれていた。

「まあ、上手《じょうず》に書けましたこと！　これはおきっちゃんが？」

「ううん。あんちゃんが書いたの」

「三吉が……」

「どれ、見せてみな。ほう、こいつァ、なかなかのもんだ。だがよ、善助や達吉の名があって、なんで俺の名前がねえんだ？」

「だって、親分は立場茶屋おりきの人間じゃないもん！」

「おい、そりゃねえだろ！　俺ャ、いつだって、おめえたちのことを家族、いや、親戚みてェに思ってるんでェ！」

「だったら、今度、あんちゃんに親分の名前も書くように言っとく！」

「そうですね。わたくしからも言っておきましょう。けれどもその前に、上手《うま》く書けたと三吉を褒《ほ》めてやらなくてはなりませんね。三吉はどこにいますか？」

「あたしね、自分で見せに行けって言ったんだけど、恥ずかしがって、外で待ってる」

「そう。では、ご褒美《ほうび》を持って、わたくしが出てみましょうかね」

おりきはそう言うと、菓子鉢の中から金平糖《こんぺいとう》を取り出し、懐紙《かいし》に包んだ。

耳の聞こえなくなった三吉に、おきちが手習《てならい》を教えていると知っていたが、こんなに上手くなっているとは思わなかった。

この頃では、善助までが遅ればせながらとおきちから教わっていると聞き、おりきも胸を撫で下ろしていた。

これも、鬼一郎が残した置き土産である。

耳の不自由な三吉と意思の疎通を図《はか》るには、確かに心も大切には違いないが、文字の持つ役割は大きく、鬼一郎に感謝しなくてはならないだろう。

三吉はおりきの顔を見ると、照れたように、上目遣《うわめづか》いにへへっと笑った。

「三吉、よく書けましたね。とても上手に書けていますよ。ほら、これはご褒美。これからも沢山書いて、もっと上手になりましょうね」

「はい、解りました」

三吉はおりきの目を見て、はっきりと答えた。

「おお、大《てえ》したもんだ。ちゃんと伝わってるんだ」

亀蔵親分が慌てたように、つと指を目頭《めがしら》へと運ぶ。

どうやら、涙が衝き上げてきたようである。

「だがよ、俺ャ、思うんだが、三吉もうちのこうめも、まだ幸せだとね。そりゃそうだろ？　男に騙されて子を孕んでもよ、おやすみてェに、無理に子堕ろしを強いられ、生命《いのち》まで奪われてしまう、不憫《ふびん》な女《おな》ごもいる。その点、こうめにもみずきにも、おりきさんやおさわ、達吉と、こんなに温《あっ》たけえ連中がついてるんだ。三吉だってそうだ。酷《ひで》ェ目にあっちまって、耳まで不自由になったが、こんなに沢山の人に見守られている。情《なさ》けは人のためならずというが、本当にそうだよな。俺ャ、この歳になって、おめえさんに教わることが多くてよ……」

「まあ、何を言い出すのかと思ったら、また、それですか。でも、本当ですね。人を思うは身を思う。わたくしも、先代の女将から教わったことですもの」

おきちが中庭のほうで、頻《しき》りに、三吉においでおいでと手招《てまね》きをしている。

気づいた三吉が小走りに寄っていく。

「おや、蝶《ちょう》のようですね」

おりきは目を細めた。

秋色《しゅうしょく》の立つ中庭で、蝶が優雅《ゆうが》な舞《ま》いを見せていた。

「秋の蝶か……。季節外《はず》れじゃねえか」

「蝶には、人の魂が乗り移ると言いますからね」

何気なく口にした言葉であったが、おりきはふっと、そこに女の影を見たように思った。

それは、先代の女将のようでも、三吉たちの姉おたかのようでもあり、もしかすると、おりきが一度も逢《あ》ったことのない、おやすのようにも思えた。

「やァだ。逃げちゃった！」

おきちの甲高《かんだか》い声がする。

蝶はひらひらと海のほうへと飛んでいく。

捕まるんじゃないよ。お逃げなさい……。

おりきは声には出さず、小さく呟いた。

星月夜

後《のち》の月も終わり、ほっとひと息ついた立場《たてば》茶屋《ぢゃや》おりきであるが、みずきの食初《くいぞ》めはそんな長閑《のど》やかな雰囲気のもと、行われた。

「ご苦労だね。本来ならば、今はほんの束《つか》の間の骨休めってときだというのにね」

板場を気遣《きづか》い、おりきが気を兼《か》ねたように言うと、板頭《いたがしら》の巳之吉《みのきち》は、いいってことよ、と日頃の表情の乏《とぼ》しい顔を、珍しく弛《ゆる》めて見せた。

「親分の初孫じゃありやせんか。それに、なんてたって、名付け親は女将《おかみ》だ。これが祝わねえでどうしようか。へっ、腕によりをかけて祝膳《いわいぜん》を作らせていただきやす」

板脇《いたわき》の市造《いちぞう》が、横から嘴《くちばし》を入れてくる。

おやおや……。

おりきは腹の中でくすりと嗤《わら》った。

どうやら、板場衆の間では、みずきは亀蔵《かめぞう》親分の孫で通っているようである。

ということは、こうめは亀蔵親分の娘……。

こうめが聞けば、目を三角にしてぶんむくれるところであろうが、年齢から考えると、別におかしくもない話であった。

祝膳は古式に則《のっと》り、三汁十一菜の本膳が用意された。

祝膳には定番の鯛《たい》に車海老《くるまえび》、穴子《あなご》、蛤《はまぐり》のほかに、季節柄、落鮎《おちあゆ》と、そして山の幸はと見れば、松茸《まつたけ》、椎茸《しいたけ》、栗、衣被《きぬかつぎ》と、これまた目でも舌でも存分に、秋を満喫《まんきつ》できる趣向《しゆこう》であった。

この日、おりきは名付け親として、客席に坐《すわ》った。

考えてみれば、おりきが先代女将に拾われて、かれこれ十年……。

初めて、客として、立場茶屋おりきの客席に坐ったのである。

おりきのこの日の衣装は、茄子紺《なすこん》の紋付《もんつき》に銀色の袋帯《ふくろおび》。

これも、先代から譲《ゆず》り受けたものである。

床の間を背に、みずきを抱いたこうめが中央に坐り、その隣に亀蔵親分が、そして、側面におりきと達吉。その対面におさわといった具合に坐り、女中頭《じよちゆうがしら》のおうめの給仕によって、食初めの儀は進められていった。

まだ、ようやく四月《よつき》を迎えたばかりのみずきは何も食すことが出来ないが、こうめが鯛の身を箸《はし》で掬《すく》い、ちょいとみずきの口に触《ふ》れると、そのまま自分の口へと運んでいく。

「おりきさんよォ、これじゃ、こうめの膳は要《い》らなかったように思うが、勿体《もってえ》ねえことよの」

亀蔵親分が恐縮《きようしゆく》したように言う。

「何をしみったれたことを言ってるんでェ！　祝膳てェもんはだな、形式だけであっても、ちゃんと人数分用意しなくちゃなんねえのよ」

達吉が仕こなし顔をして、ズズッと潮汁《うしおじる》を啜《すす》る。

「それによ、そいつァ、おきん婆《ばあ》さんの送り膳にしてもいいんだからよ」

「おきんさんの送り膳は、巳之吉が別に用意していますのよ」

おりきに言われ、今度は達吉が、ありゃまっ、そりゃ勿体《もってえ》ねえ、と呟《つぶや》く。

おりきは、大番頭さん、と目まじすると、

「でも、本当に、みずきちゃんはお利口《りこう》だこと。こんなに沢山《たくさん》の大人《おとな》に囲まれていて、ぐずりともしないのですものね」

と、愛《いと》おしそうにみずきへと視線を流した。

「本当に……。実は、あたしも祝いの席で泣き出されたらどうしようかと心配してたのですけどね。泣くどころか、まあ、終始《しゅうし》、ご機嫌《きげん》で……。さあ、そろそろ、みずきちゃんをこちらに頂《いただ》きましょうか。抱いていたのでは、こうめちゃんが存分に食べることが出来ませんものね」

おさわの助け船に、こうめが安堵《あんど》したように、ちらと舌を出す。

「これだよ！　全く、おめえって奴《やつ》はいつまで経《た》っても、娘心が抜けねえでよ。そんなんじゃ、みずきの母親が務《つと》まるわけがねえ！」

「あら、おっぱいを上げてるのは、あたしだよ。立派に母親じゃないか！」

「この大つけが！　おっぱいをやるのは、乳母《めのと》の役目でェ。赤児の顔色ひとつで、何をしてもらいてェのかを悟《さと》り、微《び》に入り細《さい》に入り、世話してやるのが母親ってェもんだろうが！」

「まあま、親分、宜《よろ》しいじゃございませんか。あたしもね、少し差出《さしで》が過ぎるのじゃないかと思うのですがね、何しろ、みずきちゃんがこの世に生まれ出て、一等最初に、この手に抱いたもんだから、つい……。ほら、まあ、なんて良い娘《こ》だろう。眠っちまったよ……」

おさわが目を細め、部屋の隅《すみ》に用意した蒲団《ふとん》に、みずきを寝かしつける。

「一体《いってえ》、おさわの手はどうなってるんでェ。みずきの奴、おさわに抱かれると、まるで呪《じゅ》文《もん》にかかったみてェに、ころりと眠っちまう」

「やっぱ、苦労して子供を育てた女《ひと》って、違うんだね。あたし、尊敬しちゃう！」

「こうめ、てめえ、後生楽《ごしょうらく》に！」

こうめは亀蔵親分の胴間声《どうまごえ》をものともせず、へへっと首を竦《すく》めると、鮎の塩焼へと手を伸ばす。

そんなこうめを、おりきは眩《まぶ》しそうに瞠《みつ》めた。

自分には、こうめのあっけらかんとした無邪気《むじゃき》さも若さもなければ、おさわのように子を産み、育てたこともない……。

恐らく、今後も味わうことのないものだと思えばこそ、二人を羨《うらや》ましく思い、眩しくもあった。

事実、久しぶりにみずきを胸に抱いたとき、愛しさより怖《こわ》さのほうが先に立ち、落っことすのではないかと、肝《きも》を冷《ひや》したほどである。

と同時に、つっと鼻を衝《つ》いた乳臭い匂《にお》いに、鳩尾《みぞおち》の辺《あた》りがぎりりと痛んだ。

口では母親代わりなどといってみても、自分は何ひとつ知ってはいないのである。

女《おな》ごは子を産み強くなるというが、こうめも周囲に甘えているように見え、案外、強《したた》かな母の強さを秘《ひ》めているのかもしれない……。

その夜、亀蔵親分が改めて礼を言いに来た。

「お陰《かげ》で、良い祝儀《しゅうぎ》をさせてもらったぜ。これも、何もかも、おりきさんのお陰だ。いや、済まなかった」

亀蔵親分は深々と頭を下げ、恐縮したように、長火鉢の猫板《ねこいた》に小判一枚と小粒《こつぶ》（二分金）を置いた。

「これは？」

「済まねえ。最初《はじめ》に言ったように、俺《おり》ャ、一両しか用意できなかった。だがよ、板場やおうめには迷惑かけちまったからよ。祝儀にしちゃ少ねえが、せめて、あいつらに渡してやってくれねえか」

「まあ、そんなこと、お気になさらなくても宜しいのに……」

「いや、いけねえ。今日の料理を見て、俺ャ、とんでもねえ勝手を言ったんだと悟ってよ。だがよ、ねえもんは払えねえ。だからよ、今度ばかりは恥《はじ》を忍んで、おりきさんの厚意《こうい》に甘えさせてもらうことにした。けどよ、板場や女中たちへの祝儀は、こりゃ別だ。気持だけでもそうさせてもらわねえと、俺ャ、今後、大きな顔をして、立場茶屋おりきに顔が出せねえだろうが」

亀蔵親分が芥子粒《けしつぶ》のような目を、しわしわとさせる。

「解《わか》りました。では、有難く頂戴《ちょうだい》いたします」

「巳之吉に言ってくんな。おめえさんの腕は大《てえ》したもんだ。天下一品だとな。お陰で、十年寿命《じゅみょう》が延《の》びたぜ！」

「おやおや。確か、先《せん》にもそんなことを聞きましたが、一体、親分の寿命はいつまで延びるのでしょうね。さっ、お茶が入りましたよ」

おりきが笑いながら、煮花《にばな》（煎茶《せんちゃ》の淹《い》れたて）を勧《すす》める。

「旨《うめ》ェ。煮花の香りがなんとも言えねえや」

「わたくしね、驚きましたの。みずきちゃんの顔が、まあなんて、しっかりしてきたことでしょう。こうめちゃんにそっくりなのですもの。きっと、小栗鼠《こりす》のように愛らしい娘に育つことでしょうよ」

「おう。俺もな、つくづく、伸介《しんすけ》の虚《うつ》けに似なくて良かったと思ってよ。あの野郎、性懲《しょうこ》りもなく、また新しい女《おな》ごに現《うつつ》を抜かしやがって、今度は、青菜屋《あおなや》の金を根こそぎ持ち出して、女ごととんずらだとよ！」

「まあ……」

「今度ばかりは、青菜屋のかみさんもただじゃ済まさねえと、自身番に伸介の退状《のきじょう》を叩きつけると、退状を出したからにゃ、亭主でもなければ、女房でもない。草の根を掻《か》き分けてでも伸介をとっ捕《つか》まえ、盗人《ぬすつと》として、お縄《なわ》にかけてくれと言ったそうだ」

「そんなことが出来るのですか？」

「伸介は入り婿だからな、出来ねえこともねえ。へっ、ざまァみろってんでェ！　あいつの性根《しょうね》は、それくれェしねえと、直りゃしねえのよ。まっ、俺ャ、その件から外《はず》れたがよ」

「そのことを、こうめちゃんは……」

「知るわけがねえ！　こうめとはとっくの昔に縁が切れてるんだ。俺も知らせるつもりはねえが、知ったところで、今さら、あの愚図野郎《ぐずやろう》についていくわけがねえだろ？　こうめにゃ、みずきの母親という立場があるんだ。それが解らねえ女ごとは思っちゃねえからよ」

「けれども、伸介さんはみずきちゃんの……」

「何が父親《てておや》でェ！　父親ってェのはだな、責任を果たす男のことを言うんでェ！　ただ女ごに子を孕《はら》ませて歩くだけの男はよ、そこらの犬ころとなんら変わりゃしねえのよ」

「そう、そうですよね。こうめちゃんにも、恐らく解っているでしょうよ」

　おりきはそう言ったが、ふっと過《よ》ぎった不安が次第にじわじわと胸全体を塞《ふさ》いでいくようで、もう一度、きっと解っていますよ、と呟いた。

二日後、おりきは大井村《おおいむら》へと向かった。

おさんの家は、立会川《たちあいがわ》を渡り、鈴ヶ森《すずがもり》処刑場の手前を西に半里ほど入ったところにあるという。

行く手に延々《えんえん》と陸田《りくでん》が広がり、そのところどころが青々と見えるのは、今が収穫どきの品川葱《ねぎ》で、土肌を剝《む》き出しにした畑が、種蒔《たねま》きを終えた麦か大井人参《にんじん》の畑であろうか。

見ると、畑にぽつりぽつりと、納屋かと見紛《みまが》うほどの蒲鉾小屋《かまぼこごや》が、はがち（西北の風）を真面《まとも》に受けて、心細げに佇《たたず》んでいる。

屋敷林《やしきりん》もなければ、袖垣《そでがき》もない。

それはやけに寒々しく、侘《わ》びて見えた。

「八造《はちぞう》さん、そろそろではないかしら?」

駕籠《かご》の中からおりきが声をかけると、前棒を担《かつ》ぐ六尺《ろくしゃく》の八造が、ここいら辺りで訊《き》いて参りやしょ、と駕籠を下ろした。

八ツ（午後二時）を過ぎて、畑には人っ子一人見当たらない。

ちろちろと用水路を流れる水音だけが、ひと際《きわ》静寂を誘《さそ》い、おりきはさして寒いわけでもないのに、ぶるると身震いした。

が、八造はすぐに戻ってきた。

どうやら、当たりをつけた蒲鉾小屋が図星《ずぼし》だったようである。

「やっぴし、ここでやした。鼻欠《はなか》け地蔵《じぞう》の吾平《ごへい》なんていうもんだから、もっと立派な地蔵を想像してやしたが……」

八造はぶつくさ呟きながら、用水路脇の地蔵を指した。

成程、足許に、地蔵とも呼べない小さな石が、剝き出しのまま突っ立っている。

「ご苦労でしたね」

おりきは八造に待っているように告げると、用水路を跨《また》いだ。

「女将さァん！」

八造からおりきが訪ねてきたことを知らされたのか、おさんが小走りに駆《か》けてくる。

「まあ、本当に来た下さったんだ……」

おさんの目に涙がワッと溢《あふ》れ、そのまま頰《ほお》を伝い落ちた。

「あらあら、泣いたりして、どうしました？　必ず来ると約束しましたでしょう？」

おさんは感極《かんきわ》まったように肩を顫《ふる》わせ、泣きじゃくった。

だが、おさんが泣いたのには、理由《わけ》があった。

折悪《おりあ》しくと言おうか、良くと言おうか、たった今、女衒《ぜげん》が訪ねてきて、父親の吾平と話をしているというのである。

おりきの頰が、緊張で強張《こわば》った。

「わたくしは品川宿門前町《しながわしゆくもんぜんちよう》で立場茶屋と旅籠《はたご》を営《いとな》みます、おりきと申します。おさんちゃんとは先日ひょんなことから顔見知りになりましてね……」

おりきはおさんの父親吾平と、女衒の照三《てるぞう》の前で、手短《てみじか》に、おさんを知った経緯《けいい》を説明した。

無論《むろん》、おさんが小浜屋《こはまや》を脅《おど》かそうと、産女《うぶめ》に成り済ましたことなど、噯《おくび》にも出さない。

おさんから死んだ姉のおやすに代わって奉公に出たいと相談を受けたと言い、おやすの身に起きた不幸な出来事の何もかもを知ったうえのことだと、暗《あん》に匂わせたのである。

「なら、話が早《はえ》ェや。とっつァんはよ、そのおやすに掛《か》かった薬料《やくりょう》や、弔《とむら》い費用で、首が回らねえんだとよ。その日暮らしの百姓がよ、纏《まと》まった銭を手に入れるにゃ、娘を売るより他に方法がねえだろうが！」

女衒の照三は、いかにも酷薄《こくはく》そうに、薄い唇をぞろりと舐《な》めた。

「おや、妙ですわね。確か、おやすさんは医者に診《み》せることも出来なかったと、わたくしはそんなふうにおさんちゃんから聞きましたが……。しかも、真面に供養《くよう》も出来なかったとか。ねえ、おさんちゃん、そうだったわよね？」

おりきが顔色を変えることなく平然と言い切ると、吾平が挙措《きょそ》を失った。

「そりゃ、まあ、そうなんだが、うちは稼《かせ》ぎ頭《がしら》のおやすに死なれ、大痛事《おおいたごと》でェ。見なよ、嬶《かかあ》はおやすにあんなことがあってからというもの、寝たり起きたりの毎日でェ。畑仕事ばかりか、家の中のことも真面に出来やしねえ。おまけに、おさんの下に、まだ四人も餓鬼《がき》がいてみな？　おさんが親や弟妹《きょうだい》のために犠牲《ぎせい》になったとしても、罰《ばち》は当たるめえ」

吾平は部屋の隅で蓑虫《みのむし》のように丸まった女房を、顎《あご》で指した。

破れた枕屏風《まくらびょうぶ》の陰から、八つの目玉が、そろりとおりきを窺《うかが》っている。

「お父さまのおっしゃることはよく解ります。けれども、仮に、おやすさんが生きていたとして、それでも、おまえさまはおさんちゃんを飯盛女《めしもりおんな》に売りますか?」

「…………」

「失礼と知りつつ申し上げますが、おやすさんは小浜屋の別荘で下働きをしていたと聞きましたが、さほど高直《こうじき》な給金を貰《もら》っていたとは思えません。それでも、吾平さんを始め家族七人が、今までなんとか糊口《ここう》を凌《しの》いできたのではありませんか。だとすれば、これからは、おやすさんに代わって、おさんちゃんが奉公に出れば、決して充分とはいかないまでも、倹《つま》しく暮らすことが出来るのではないでしょうか」

「そりゃそうだがよ。嬶を医者に診せたり、猫の額《ひたい》でもいいからよ、自分の畑も持ちてェし……」

吾平は潮垂《しおた》れ、今では、板敷に額がくっつきそうなほど、屈《かが》み込んでいる。

「医者に診せるのが、何ほどのお金がかかりましょうか。差出がましいのは重々承知《じゅうじじゅうしょうち》で申し上げますが、なんなら、わたくしが手配させていただいても構いませんのよ。それからね、自分の畑を持つことは、これは誰しも願うこと。決して、吾平さんの考えが間違っているとは思いません。けれども、娘を売ったお金で畑を買って、それで、おまえさまは満足ですか? 一度《ひとたび》、水吐場《みずはきば》(遊里)に脚を踏み入れると、いつの間にか雪達磨式《ゆきだるましき》に借金が増え、年季が明けても、なかなか元の生活には戻れないと聞きます。大切な娘がそのような身の有りつきになったのでは、畑の葱や人参を見る度《たび》に、胸が痛むのではないでしょうか。ねっ、吾平さん、我勢《がせい》して、辛抱《しんぼう》して、子供たちが一人前になるのを待ちましょうよ。おやすさんを失ったとはいえ、おまえさまは五人もの子宝《こだから》に恵まれておいでです。今に、五人の子がそれぞれに働いて、いつの日にか、吾平さんに畑を買ってくれるかもしれませんよ。そうして、後《うし》ろめたさなど微塵《みじん》もなく、自分の畑で、自分が育てた野菜を手にしたとき……。そのときが、心《しん》から悦《よろこ》べるときと言えるのではないでしょうか」

おりきは諄々《じゅんじゅん》と諭《さと》すように話した。

「へっ、そりゃよ、女将さんの言われるとおりでェ……。おいら、別に、おさんが憎《にく》いわけじゃねえ。ただ、照さんからおさんの器量《きりょう》なら、上物《じょうもの》とまでいかねえまでも、南女《なんにょ》（品川の遊女）として、ほどほどの銭、つまりよ、二、三十両は取れるだろうと言われてよ。二十両にしたって、水呑《みずのみ》してたんじゃ、生涯《しょうげえ》、手にするこたァ出来ねえ金だ。そいで、つい……」

「心が動いたというのですね。では、改めてお尋《たず》ね致《いた》します。おさんちゃんを立場茶屋おりきで働かせても宜しいのですね？　住み込みとなりますが、まっ、門前町と大井村ではさほど遠くありません。何かあれば、すぐに帰ることが出来ますからね。わたくしどもでは、茶立女《ちゃたておんな》か旅籠の女中として何年か働いていただき、いずれ、嫁《とつ》ぎ先を見つけ、嫁に出すところまでお世話させていただきます」

「そいで、おさんは幾ら貰えるんで？」

「給金ですか？　通常、年二両二分お払いしていますが、それとは別に、奥さまの薬料やおやすさんの供養をわたくしどもでさせていただきたいと思います」

「二両二分……」

吾平は絶句《ぜっく》した。

通常、下女の一年分の給金は、一両二分が相場である。

だが、茶立女はときにどろけん（酔っ払い）に絡《から》まれることもあれば、なんといっても、客商売である。

誰もが気持ち良く働けるようにと、おりきは見世《みせ》の収入を減《へ》らしてまでも、使用人たちに尽《つ》くしてきた。

恐らく、吝《しわ》いことでは定評の小浜屋では、こうはいかなかったであろう。

吾平はごくりと生唾《なまつば》を呑《の》み、途端《とたん》に、相好《そうごう》を崩《くず》した。

「なんでェ、世話ァねえや！　じゃ、おいらの出る幕はねえってことかよ！」

照三がちっと舌を打った。

そのときである。

今まで俯《うつむ》いて話を聞いていたおさんが、突如《とつじょ》、顔を上げた。

「あのう……」

「なんでェ！　おめえを南女にゃ売らねえと決めたばかりだ。まだ文句あるのか！」

吾平に睨《にら》みつけられ、おさんはうっと息を呑んだが、それでも怯《ひる》むことなく、きっと顎を上げた。

「あたし……、本当は、芸者になりたい……」

「なに、芸者だと！」

「まあ、おさんちゃん……」

おりきも口から胃の腑《ふ》が飛び出すのではないかと思うほど、驚いた。

「芸者だなんて、あなた、それが何を意味するのか解っていますか？」

おりきの問いに、おさんは視線を逸《そ》らすことなく、はい、と答えた。

「あたし、茶立女も嫌いじゃないし、立場茶屋おりきも女将さんも大好きだけど、先《せん》から、踊りや三味線《しゃみ》を習いたかったの。それに、いつも、綺麗《きれい》な着物が着られるし、人生、一度っきりだもの。華《はな》やかな世界に身を置いてみたい」

おさんははっきりと言い切った。

「なんでェ、おめえって奴は。回り諄《くで》ェことをするもんじゃねえ。だったらよ、四の五の言わずに、俺についてくりゃ済むことだろうが！」

照三の目が、嫌らしいほどに、きらりと輝いた。

「それは違う！　あたし、飯盛女になりたいんじゃない。芸者になりたいのよ。身体《からだ》を売るのじゃなくて、芸を売るの！」

「おさんちゃん、解ったわ。でもね、芸者になるといっても、簡単にはいかないのよ。あなた、今までに何か芸事をやったことがおあり？　そう、ないのね。踊りも三味線《しゃみせん》も出来ない者は、まず、子供屋に売られ、それから置屋の下地《したじ》っ子（見習）になります。置屋から一本としてお座敷に出るまでには、大層《たいそう》なお金がかかりますからね。置屋はね、一本になるまでのお金を立て替《か》えてくれますが、お披露目《ひろめ》に掛かる費用まで含めて、旦那に身の代《しろ》を要求します。これが何を意味するか解っていますか？　旦那に身体を売ることと同じなのですよ。確かに、揚《あ》げ代さえ貰えば誰にでも身体を売る、岡場《おかば》（岡場所）や飯盛女とは違います。けれども、おさんちゃんが想像しているように、踊りや三味線さえ出来ればよいというわけではないのですよ」

「でも、白芸者《しらげいしゃ》は身体を売らないって聞いたけど……」

「それはね、ひと通りの行程《こうてい》を歩んだ後、自前芸者《じまえげいしゃ》になってからのことをいうのよ」

「てやんでェ！　見ろや、この女《あま》、なんにも解っちゃねえ！」

照三がぺっと土間に痰《たん》を吐《は》きつける。

「これ、おさん、てんごう言ってねえで、女将さんがおっしゃるように、おめえ、立場茶屋おりきの世話になれ！」

吾平が気を苛《いら》ったように、おさんを諌《いさ》める。

「でも、あたし……」

「そうですか。どうしても、芸者になる夢が捨てられないのね。では、もう暫《しばら》く、わたくしにときを下さいませんか？　果たして甘《うま》くいくかどうか分かりませんが、相談してみたい人がいますので……」

おりきはそう言うと、おやすの墓所を尋ねた。

「寺？　寺なんてねえ。おやすはこの畑の隅っこに埋めやした。ほれ、ちっこい地蔵がありやしたでしょ？　あそこです」

吾平は自《みずか》ら石を削《けず》って地蔵を作ったので、顔の部分が上手《うま》くいかず、鼻が欠けてしまった、と首を竦めた。

「………」

おりきには返す言葉がなかった。

なんとかしなくては……。

だが、この場では何も出来ない。

おりきは改めて供養に来ると告げると、鼻の欠けた地蔵に手を合わせ、大井村を後にした。


「なんて太平楽《たいへいらく》なことを言ってるんだろう！　芸者をなんだと思ってるんだよ。綺麗な着物《べ》を着て、華やかに暮らせるだって？　天骨《てんこち》もない！　どら（放蕩者《ほうとうもの》）や、とっちり者（酔っ払い）の手合《てあい》を相手に、あちしら、どんだけ天井《てんじょう》を見せられるか……。けれども、客の前では筒一杯《つっいっぱい》の辛抱をして、裏でそっと涙を拭《ぬぐ》うことだってあるんだよ。つがもない。そんな臍《へそ》が笑うような話を聞く耳は持たないね！」

幾千代《いくちよ》はぞんざい気に言い放った。

大井村から帰ったおりきは、五日後、意を決して、猟師町《りょうしまち》を訪ねた。

幾千代が湯屋《ゆや》から戻ってくる頃合いを見計らって、出かけたのである。

案の定、訪《おとな》いを入れると、幾千代はたった今戻ったばかりのところのようで、洗い髪を櫛巻《くしま》きにして、現われた。

化粧気《けしょうけ》のない幾千代の肌から、湯の香りが漂《ただよ》ってきそうである。

素顔の幾千代は、きめ細《こま》やかな蠟《ろう》のように白い肌をしていて、唇に薄く紅《べに》を引くだけで、はっと人目を惹《ひ》くほどの、凛然《りんぜん》とした美しさを湛《たた》えていた。

「あちしさァ、熱い湯に浸《つ》かると、前夜の酒ばかりか、お座敷であった嫌なことや憂《う》さまで、何もかも綺麗さっぱり、抜けちまう。なんだか、生まれ変わった気分でさ、さあ、今日も我勢しなくちゃって気になってね。へへっ、こんなもんで気放《きほうじ》できるんだから、あちしは根っからお安く出来てるんだね」

いつだったか、幾千代はそんなふうに言っていた。

だからというのでもないのだろうが、幾千代はひと皮剝けたような顔をして、気分まで晴れやかそうに、おりきの顔を見ると、よいところに来た、到来物《とうらいもの》の鹿子餅《かのこもち》があるから上がりな、と言った。

幾千代を訪ねるのは二度目である。

だが、この前は、行方不明になった三吉捜《さんきちさが》しで、頭が一杯だった。

確か、あのときも上がれと勧められたように思うが、とてもそんな余裕《ゆとり》などなく、玄関先で烏猫《からすねこ》（黒猫）の姿をちらと見たことだけを憶《おぼ》えている。

おりきは言われるままに敷居を跨ぎ、目を瞬《しばた》いた。

座敷といい廊下といい、家具の一つひとつまでが、黒板塀《くろいたべい》に囲まれた瀟洒《しょうしゃ》な外見に負けず劣《おと》らず、見事といっていいほど、磨《みが》き立てられているのだった。

長火鉢では、鉄瓶《てつびん》がしゅるしゅると音を立てている。

「おりきさんのお茶には負けるけどさ、これでも、一応《いちおう》、山吹《やまぶき》だからさ」

幾千代が茶を淹れる。

「綺麗にしておいでなのね。どこもかしこも掃除が行き届いていて、寧《むし》ろ、客商売をしているわたくしどものほうが恥《は》ずかしいくらい……」

おりきがそう言うと、幾千代はふふっと含み笑いした。

「だって、おたけは掃除をするしか能《のう》がない娘《こ》だからさ。かい、からきしの里娘《さとむすめ》でね。料理のほうは不の字だが、生まれつきの潔癖性《けっぺきしょう》とでもいうのかね。もういいよと言うまで、磨き立てちゃってさ。ふふっ、本当はね、あの娘、あちしが姫《ひめ》を飼《か》うのも気に入らないのだろうけど、姫に関しちゃ、あちしが一歩も譲らないもんだから、毎日、目を皿のようにして、姫の毛を拾って歩いてんのさ」

どうやら、おたけとは、おりきが訪いを入れたとき玄関で迎えたお端女《はした》であり、姫とは、烏猫のことのようである。

「さっ、お食べよ」

幾千代は鹿子餅を勧め、そこまでは上機嫌《じょうきげん》であった。

が、おりきが本題に入り、おさんのことを話し始めると、途端に、頬が強張った。

「そうですわね。やはり、この話には無理がありますわね。素人《しろうと》のわたくしでもそんなふうに思いますのに、幾千代さんならば、何か知恵がおありなのではと虫の良いことを考えてしまいました。お恥ずかしゅうございます。どうか、お忘れ下さいまし……」

おりきは穴があったら入りたいような想《おも》いに、忸怩《じくじ》とした。

が、幾千代は何を思ったか、ぷっと噴《ふ》き出した。

「莫迦《ばか》だね、おまえ。本気にして、どうすんのさ！」

「えっ……」

「アッハッハ……。ああ、おかしいったらありゃしない！　だって、そんな滅相界《めっそうかい》なことを言ってるのは、先つ頃《さいごろ》、産女騒動で品川宿一帯を騒然《そうぜん》とさせた娘なんだろ？　だったら、はっきりそう言えばいいのにさ、おりきさんも人が悪いよ。一般論で言われれば、あちしだって、一般論として答えるより仕方がないじゃないか。御座《おざ》が冷《さ》めちまう」

「幾千代さん、どうしてそれを……。おさんちゃんを知っているのですか？」

「おさんていうのかえ？　その娘。ふん、知っちゃいないね。けどさ、美代治《みよじ》があれだけ吹聴《ふいちょう》しまくった産女騒動だ。当然、町役人や自身番も動いただろうし、亀蔵親分だって、安気《あんき》に構えちゃいられなかったはずだ。それがさ、あれっきり、ぴたりと産女騒動が影を潜《ひそ》めちまった。これは何かあると思って当然じゃないか。それにさ、美代治って芸者は口《くち》鉾《ぼこ》で、些《いささ》か尾鰭《おひれ》をつけて話す癖があるけどさ、ふてらっこく、見ぬ京物語をするような女じゃないからね。そんなふうに思ってたら、小揚《こあ》げ人夫の克次《かつじ》って男が、太郎ヶ池でやっぱり産女に出会《でくわ》したというじゃないか。克次は自身番に駆け込み、たまたま居合わせた亀蔵親分に産女の出たことを告げた。ところが、それっきり、産女のうの字も人の口端《くちは》にかからなくなったじゃないか。あちしさ、その時点で、ハハンと思ったね。大体、この世に産女なんて幽霊がいるわけがない。これは、亀蔵親分が何か摑《つか》み、間に入った結果、闇に葬《ほうむ》ったんだとね……。けどさ、まさか、おりきさんまで片棒を担いでるとは思わなかったが、今、はっきり解ったよ」

「幾千代さんには隠し事が出来ませんわね。図星です。親分に頼まれ、おさんちゃんから事情を聞きましたの。あの娘《こ》、亡くなった姉さんの恨《うら》みを晴らそうと、あんなことをしたのだと言いましてね」

おりきはおやすの身に起きたことを話した。

「おやすが奉公していたというのは、小浜屋だね？」

幾千代が鋭い目で瞠める。

小浜屋の名を出したつもりのない、おりきは慌《あわ》てた。

「あのあたりの別荘といえば、考えられるのは、小浜屋しかないじゃないか。へん、なんて男だろ、あの男！　いえね、これが初めての話じゃないのさ。小浜屋百蔵《ももぞう》って男はさ、これまでも何人もの御端女に手をつけていてね。根っからの吝ん坊《しわんぼう》でさ、女を漁《あさ》りたきゃ、橋向こう（南品川）には、それこそ掃いて捨てるほど遊郭《ゆうかく》があるってのにさ。それがさ、揚げ代を払うのが惜しくて、お端女に手をつけるってんだから、吝嗇《けち》を通り越して、生爪《なまづめ》親父《おやじ》そのものさ。子堕《お》ろしを強《し》いられたり、実家《さと》に追い返された女も何人かいるっていうしさ。まっ、おやすって娘みたいに、子堕《こお》ろしが原因《もと》で死んじまった娘はいなかったんだがね。そうかえ、あちしにゃ、おさんって娘が産女に化《ば》けて、姉さんの仇《あだ》を討《う》とうと思った気持が解るねえ……」

「大井村を訪ねてみましたが、それは悲惨《ひさん》な暮らしぶりでした。それで、おさんちゃんに立場茶屋で働いてみてはどうかと勧めたのですが……」

「芸者になりたいと言ったというんだね。それが猿知恵《さるぢえ》、藤四郎《とうしろう》だというんだよ！　けどさ、姉さんの仇を討つために、産女に化けようって娘だ。案外、糞度胸《くそどきょう》があるのかもしれないね。そうと判《わか》っちゃ、話は別だ。で、歳《とし》は幾つだえ、その娘」

「歳……。さあ、存外に落ち着いて見えましたので、二十歳《はたち》。いえ、十八くらいかしら？」

「なんだえ、聞いちゃいないのかえ？　だが、十八にしても二十歳にしても、下地っ子としては遅すぎる。まっ、芸の素養《そよう》があるというなら、話はまた別だけど、その娘、撥《ばち》を握ったことあるのかえ？　えっ、なんだって？　じゃ、踊りは？」

おりきはつと目を伏せた。

「おや、何もやったことがないってのかえ……。で、ご面相《めんそう》は？　このうえ、お徳女《とくじょ》（醜女《しこめ》）だなんて言わないでおくれよ」

「そんなふうに言われましても、これぱかりは客観的なことですもの。見る人によって、感じ方が違うと思います。けれども、わたくしが見ますには、楚々《そそ》とした、野の花のような娘ごですわ」

おりきの答えに、幾千代はふうと太息《ふといき》を吐いた。

「とにかく、一度、逢《あ》ってみるしか方法がないね。話はそれからだ。但し、逢うのは恵比須講《えびすこう》が終わってからだ。それまで、何かと忙《いそが》しくってさ」

「有難うございます。そうしていただけると、間に入ったわたくしも助かります。おさんちゃんが芸者に向いていないとしても、幾千代さんの口からそう言われれば、きっぱりと諦《あきら》めがつくでしょうからね」

「けどさ、おまえさんも大変だね。仮に、その娘をうちが預かるとして、そりゃね、うちは芸事見習だけでなく、家事や雑用をやってもらい、お端女としての給金は出すつもりだ。だが、それ以上は出せないからね。となれば、大井村のおっかさんの薬料や、おやすって娘の供養諸々《もろもろ》、おりきさん、おまえさんに掛かってくるんだよ。間に入ったからって、そこまで、おまえさんがやる必要があるだろうか……」

「誰かがしてやらなくては……。わたくしね、妙国寺《みょうこくじ》のご住持《じゅうじ》に相談してみようと思っていますの」

「そりゃ、妙国寺と立場茶屋おりきは、先代の頃からの繋《つな》がりだ。けどさ、本当にそれでいいのだろうか……」

幾千代はまたまた肩で大きく息を吐いた。


ところが、思わぬことから、小浜屋がおやすの供養塔を建てることになったのである。

十月二十日は恵比須講である。

恵比須講は神々が出雲《いずも》に出かけるという神無月《かんなづき》、留守《るす》を預かる留守神として竈様《かまどのかみ》を祀《まつ》り、一年の無事を感謝する民間行事として始まったのであるが、殊《こと》に、商人にとっては、重要な行事といえた。

春から秋にかけての書き入れ時を終えるこの時期、商家は一年の取引状況《とりひきじょうきょう》の総括《そうかつ》や次年度の計画を立て、商《あきな》いの神、恵比須神《えびすがみ》に商売繁盛《はんじょう》を祈願するのである。

この日、商家では、取引先や親戚を招き、無礼講《ぶれいこう》、どんちゃん騒ぎの祝宴《しゅくえん》を催《もよお》した。

そのため、台屋《だいや》（仕出屋）や芸者、幇間《ほうかん》は引く手あまたの大繁盛であった。

幾千代も掛け持ちで、昼前から、数軒のお店《たな》を廻《まわ》っていた。

南本宿《みなみほんじゅく》の海苔《のり》問屋《どんや》高田屋《たかだや》の座敷に上がったのは、六ツ（午後六時）頃である。

昼過ぎに始まった宴席《えんせき》は、既《すで》に大団円《だいだんえん》を迎え、今まさに、恵比須講ならではの醍醐味《だいごみ》、競《せ》りが始まろうとしていた。

何しろ、目につくものならなんでも、手当たり次第競りにかけ、客が千両、万両と法外《ほうがい》の値をつけ、競売《きょうばい》の真似事《まねごと》をして、縁起《えんぎ》担ぎするのである。

「さあさあさ、金屏風《きんびょうぶ》が十万両。次はないか、次は……」

高田屋の大番頭が、擦《す》り手をしながら、鳴り立てる。

「ほい、徳利《とっくり》だ。千両から行こう。さあ、千両！　千両はないか、千両！」

客の誰かが、膳の上の徳利を高々と掲《かか》げる。

「千両！」

「一万両！」

「さあ、一万両と出ましたよ。もうないか！」

「十万両！」

「金屏風が十万両で、徳利がなんで十万でェ！」

「いいんだよ。十万両で！」

「十万両ね。ほい、決まり」

酔客《すいきゃく》がどよめき、大番頭がシャンと一本締《いっぽんじ》めを打つ。

「次はないか、次は」

こうして、手当たり次第高値をつけ、その度に、シャンと手締めが打たれ、座が沸《わ》き立つ。

「猫足膳《ねこあしぜん》、百万両！」

「もうないか、もうないか！」

　大番頭が甲高い声を張り上げた、そのときである。

　何を思ったのか、座の中央にいた小浜屋百蔵がむくりと立ち上がり、背後で三味線を抱
えて坐っていた、芸者鶴亀《つるかめ》の腕を、ぐいと摑んだ。

　百蔵は鶴亀を引きずるようにして、大番頭の前に歩み寄ると、

「この三味線に値をつけようじゃないか。さあ、十万両からどうだ！」

と、呂律《ろれつ》の回らない口調で曰《のたま》った。

　広間に、一瞬あっと白けた雰囲気が漂った。

　すぐに、末席のほうから、百万両！　と声がかかる。

「千万両！」

「もうないか、もうないか。では、千万両！」

　大番頭が慌てたように、シャンと、手締めを打つ。

　ところが、これで終わりかと思ったが、そうではなかった。

　百蔵がにっと薄気味《うすきみ》悪い嗤いを湛えると、鶴亀の腕を高々と翳《かざ》したのである。

「今度は、この芸者だ。百万と言いたいところだが、可哀相《かわいそう》に、ご面相が悪いとくる。だ

が、こんなお亀でも芸者が務まるのは、三味線の腕だけは一級品だからだとよ！　まっ、この際、ご面相は勘弁《かんべん》してもらい、仕方ない、千両から行こうじゃないか。千両、さあ、ないか！」

鶴亀が腕を振り解《ほど》こうと懸命《けんめい》になる。

「鶴亀、おまえが今さら恥ずかしがる玉かよ！　おまえ、今まで一向に旦那がつかず、置屋のお情けでようやく一本にしてもらったというじゃないか。こんなときしか、おまえの晴れ舞台ではないんだよ！」

百蔵はすっかり出来上がっているとみえ、目が据《す》わっている。

「小浜屋さん、そいつァいけやせんや。これぱかりは……」

大番頭が狼狽《うろた》え、百蔵を宥《なだ》めようとするが、五十路《いそじ》を過ぎても体軀《たいく》だけは偉丈夫《いじょうふ》な百蔵は、ふらつきながらも、鶴亀を放そうとはしなかった。

「何がいけねえ、何がよ！　徳利に十万の値がついて、すべたにゃ、千両の値もつけられないというのかよ！」

遂《つい》に、鶴亀がワッと声を上げ、傍目《はため》も気にせず、泣き出した。

そのときである。

「止《や》めな、小浜屋！」

入り側から、幾千代の甲張《かんぱ》った声が飛んだ。

幾千代は高田屋の座敷に上がったものの、既に競りが始まっていたので、入り側に立ち、中を窺っていたのだった。

が、座興《ざきょう》にしては度を越していて、このまま放っておくわけにはいかない。

幾千代は廊下側を小走りに伝い、床の間へと急いだ。

その幾千代の顔を、百蔵が色を失い、気圧《けお》されたように瞠めている。

「どうしたえ、小浜屋、蒼《あお》い顔をしてさ！　洒落《しゃれ》ころばしにしちゃ、度が過ぎちゃいないかえ？　ふん、どうやら、おまえ、お端女のびり事だけじゃ足りないとみえ、今度は、芸者を虚仮《こけ》にしようって魂胆《こんたん》のようだね。だったら、この幾千代姐《ねえ》さんが相手になろうじゃないか！　さあ、どうした、あちしを競りにかけてみな！」

幾千代はきっと百蔵を睨《ね》めつけた。

「いやいやいや……、滅相《めっそう》もない。こりゃ、ほんの座興のつもりで……」

百蔵は鶴亀の手をさっと払うと、胸前《むねまえ》で手を合わせた。

「鶴亀、さあ、行きな」

幾千代は鶴亀に目まじすると、再び、百蔵へと視線を戻した。

「何が座興だよ！　冗談も大概《たいがい》にしてくんな。おまえはじゃらけたつもりかしらないが、それで深く傷付く者もいるんだよ！　さあ、どうした。このあちしがおまえのじゃらけに乗ってやろうってんだ。あちしが相手じゃ、座興のひとつも出来ないっていうのかえ？ふん、おまえ、それでも男かえ！」

百蔵は今では全身で顫えている。

「まあまあ、姐さん、もうそのくらいで……」

大番頭が割って入ってくる。

幾千代はくるりと身体を客席に向けると、深々と辞儀をした。

「皆さま、そんなわけで、これも座興のひとつと思い、堪忍《かんにん》してやって下さいな。御座が冷めたところで、ささっ、さらにひとつ、酒《ささ》など召し上がって下さいまし」

幾千代の口上《こうじょう》に、座のあちこちから喝采《かっさい》が上がる。

「よっ、幾千代、男前！」

「三味線《しゃみ》だ、三味線だ。幾千代の三味線を聞こうじゃないか！」

「あいよ！」

幾千代は満面《まんめん》に笑《え》みを浮かべ、撥に手を掛けた。

それから四半刻《しはんとき》（三十分）ほどで、高田屋の恵比須講はお開きになった。

客が三々五々に帰っていく。

幾千代は小浜屋百蔵の半白《はんぱく》になった髷先《まげさき》を目に捉《とら》えると、後を追った。

「小浜屋さん！」

幾千代の声に、百蔵の背がびくりと固まった。

「ふふっ、そなえにあちしを怖《こわ》がることないじゃないか」

百蔵は腹を括《くく》ったのか、怖《お》ず怖ずと振り向いた。

「済まない。この通りだ。許してくれ……」

百蔵は人目を気にしながらも、すり寄ってくると、手を合わせた。

「おや、なんのことだか、あちしにゃ一向《いっこう》に判りやせんが」

「また、そういうことを……。おまえさん、おやすのことで、あたしを責めてるんだろ？　解ってる。解ってるんだ。あのままじゃ済まない。なんとかしなくちゃとね。ところが、うちは嬶が強くってよ。恥を晒《さら》すようだが、あたしにゃ自由に遣《つか》う金を持たせてくれなくてよ。けれども、自分の蒔《ま》いた種だ。尻を食わないようでは、男と言えないからね。なに、嬶を千の万もないと怒鳴りつけてでも、後始末はつけるつもりだからさ。後生一生《ごしょういっしょう》のお願いだ。人前で、二度と、尻を割るようなことはしないでくれないだろうか」

幾千代はふふっと鼻先で嗤った。

「相解《あい》った。二度と、人前で尻を割るのは止《よ》すよ。だがよ、おまえ、今言ったことを忘れるんじゃないよ。おやすのことはきっちり後始末をつける。それと、もう一つ約束しておくれ。二度と、お端女に手をつけないとね。それが出来ないようなら、おまえの行く先々に付きまとって、不始末を並べ立ててやるからさ。いいね、それで！」

「ああ、解った。約束する」

小浜屋百蔵は青菜に塩のような顔をして、帰っていった。

幾千代は胸の支《つか》えが下りたように思った。

鶴亀の助け船に入ったとき、殊更《ことさら》だって、おやすのことを言ったつもりはなかったが、瓢箪《ひょうたん》に駒《こま》とは、このことである。

だが、そのときはまだ、幾千代にも百蔵の約束が半信半疑《はんしんはんぎ》であった。

なんと言っても、百蔵は土で作った西行《さいぎょう》さながら、生爪親父で通っている。

その実、今日も、百蔵は街道筋の海産物屋を何軒も梯子《はしご》した後、高田屋に現われているのである。

小浜屋も海産物問屋の端《はし》くれである。

本来ならば、自分の見世に客を招き、恵比須講を祝ってもよいところを、接待費用を惜しんだ挙句《あげく》、つるりとした顔をして、客に成り済まして、他の海産物屋を廻っているのだった。

そんな男だから、灰撒《はいま》くような嘘も平気で吐くだろう。

けどさ、あの男に罪を認めさせただけでも、極上上吉《ごくじょうじょうきち》じゃないか……。

ままよ！

幾千代はそんなふうに思っていたのである。

ところが、それからひと廻り（一週間）後、灰吹《はいふき》から竜《りゅう》が上るようなことが起きたのである。

小浜屋がおやすのために供養塔を建てたというのである。

それればかりではない。

小浜屋は庄屋に掛け合い、おやすの眠る鼻欠け地蔵の畑を一反《たん》、吾平一家に買い与えたのである。

どうやら、供養塔を建てるに際し、庄屋から苦情が出たらしい。それもそのはず、庄屋は自分の畑におやすが埋められているとは、露《つゆ》ほども知らなかったのである。

庄屋は激怒した。

だが、小浜屋としては、乗りかかった舟。もう、後には退《ひ》けなかった。

それで、一反だけ庄屋から買い取ることで、決着がついたのであるが、吾平にしてみれば、晦日《みそか》に月が出たような話だった。

一反とは言え、これで念願の畑が持てたのであるし、おやすの供養塔まで出来たのである。

それにしても、あれほど百蔵のことを、憎んでも憎みきれないと罵《ののし》っていた吾平が、現在《いま》では、神さま仏さまと崇《あが》め、東に脚を向けては寝られないとまで言うのだから、人間とはかくも現金で、蚤《のみ》の眼《まなこ》に蚊《か》の睫《まつげ》（小さきもの）なのだろうか……。

「まあ、それはようございましたね。わたくしもこれで胸を撫《な》で下ろしました。実を言いますとね、おやすさんの墓のことで妙国寺のご住持に相談したのですが、一旦、埋葬《まいそう》した遺体を掘り起こすことに難色を示されましてね、どうしたものかと頭を痛めていましたの」

おりきは幾千代に干菓子《ひがし》を勧めると、茶筒《ちゃづつ》の蓋《ふた》を開けた。

「おや、都鳥《みやこどり》かい？　あちしの好物だ。けどさ、収《おさ》まるところに収まったんだ。おさんの話によると、おやすも小浜屋に惚《ほ》れてたっていうし、好いた男に手篤《てあつ》く葬ってもらえたんだから、万々歳《ばんばんざい》だ。けどさ、あんな業突《ごうつ》く爺《じじい》のどこがいいんだろう？　あちしにゃ、理解できないね」

幾千代は都鳥を口に含み、美味《びみ》、美味、と相好を崩した。

「蓼《たで》食う虫も好きずきと言いやすからね。ところで、聞きやしたぜ。幾千代さん、このあちしが相手になろうじゃないか、さあ、どうした、競りにかけてみな、と偉《えれ》ェことと啖呵《たんか》を切ったというではありやせんか。いやァ、そいつを聞いて、あっしもなんだか胸晴《むねはらし》できやした。流石《さすが》、幾千代姐さんだ。女《おな》ごにしておくのが惜しいってもんだ」

大番頭の達吉《たつきち》が、惚れ惚れとしたように、幾千代を見る。

「嫌だね。あちしは女ごで充分だ。ううん、充分というより、男なんてなりたくもないね。だってさ、周囲《まわり》の男を見てごらんよ。吝嗇《けち》で、女々《めめ》しい男ばかりじゃないか。この頃うちじゃ、あちしは男の中の男ってのを見たことないからね！」

「さてもさても、そいつを言われちゃ身も蓋もねえ。これでも、あっしは男の端《こ》くれのつもりでやすからね。だがよ、姐さんに凄《すご》まれた小浜屋の顔を想像するだけで、小胸《こむね》の悪さが晴れるようでェ。奴《やっこ》さん、さぞや、尻毛《しりげ》を抜かれたような顔をしたに違《ちげ》ェねえからよ。

見たかったなあ、小浜屋の顔を！」

「大番頭さん、口が過ぎますわよ」

おりきは達吉を目で押さえた。

幾千代は平然とした顔で、お茶を飲んでいる。

「ああ、美味《おい》しい。これはやっぱり山吹だろ？　同じお茶っ葉なのに、どうして、あちしが淹れたのと味が違うんだろ」

「そりゃ、姐さん、女将さんには年季が入っていなさる」

「おや、あちしのような蓮《はす》っ葉《ぱ》には出来ない芸当だとでもいうのかえ？」

「いや、そういうわけじゃ……」

達吉は拙《まず》いことを言ったと思ったのか、話題を変えた。

「だがよ、あの吝ん坊の小浜屋が供養塔を建てるだけならまだしも、よくまあ、畑まで買い与えやしたよね。あっしはまだ狐に摘《つま》まれたようで……」

「ふん、大井村の庄屋が一枚上手《うわて》だったのさ。小浜屋はおやすを埋めた一間四方《いっけんしほう》の地べたでよいと言ったのさ。ところが、地べたといっても畑だろ？　庄屋は畑をそんなふうに切り売りすることは出来ないと突っぱねたのさ。となれば、最低、一反ってことになるじゃないか。あちしはね、今度のことは、何もかも、のの様（神仏）次第だと思ってるよ。高田屋の恵比須講で小浜屋に出会したのも、のの様次第。小浜屋が酔狂《すいきょう》し、あちしの出る幕になっちまったのも、のの様次第。そしてさ、ここからが肝心《かんじん》だ。おやすのおとっつァんが真面な供養もせずに、畑の隅におやすを葬った。これも、のの様次第だ。庄屋に無断で、そんなことをしてよいわけがないからさ。とどのつまり、おやすは身を挺《てい》して、家族のために、一反の畑を遺《のこ》したってことになるんじゃなかろうか……。ねっ、おりきさん、おまえだって、そう思うだろ?」

おりきはおやっと思った。

幾千代の口調が次第に熱を帯《お》び、その目にきらと光るものを見たからである。

「そうですわね。わたくしもそんなふうに思えてきました。けれども、幾千代さん、この度のことは、やはり、おまえさまの功績《こうせき》によるものですわ。幾千代さんがいなければ、こうは事が運ばなかったでしょうからね」

「何言ってんのさ。それを言うなら、おりきさん、おまえだってそうだよ。だってさ、おまえがあちしにおさんのことを頼みに来なかったら、あちしは何も知っちゃいなかったのだからね。そりゃさ、産女騒動の裏に何かあるとは薄々気づいてたさ。けど、小浜屋と結びつけて考えるところまでいっちゃいなかった。恵比須講で小浜屋に出会したところで、おやすのことを匂わせることなど出来ゃしなかったんだからさ」

「なんでェ、その論理でいけば、最大の功績は、産女に化けたおさんってことになるんじゃねえか?」

達吉の言葉に、幾千代が膝《ひざ》を打つ。

「そうだよ! おさんがあんな騒動を起こさなきゃ、おやすは未《いま》だ鼻欠け地蔵の下だ……。

まっ、なんて娘だろ！　流れ灌頂《かんじょう》こそしなかったが、結句《けっく》、小浜屋に供養塔まで建てさせ、おとっつァんには一反の畑を手に入れさせたんだものね」

「では、のの様次第ではなくて、おさん様次第……」

「大番頭さん、何言ってんだよ！　確かに、おさんが契機《きっかけ》を作ったが、次から次へと人や状況を動かしたのは、やっぱり、のの様だ。恐らく、草葉《くさば》の陰から、おやすも見ていただろうし、おやすの想いがのの様に伝わり、それが皆を動かしたとも考えられるしさ」

幾千代の言葉に、達吉がぶるりと身震いする。

「おお、怖《こえ》ェ……。なんだか、あっしは気色《きしょく》悪くなってきたぜ」

おりきはくすりと笑った。

「おやおや、そんなことだから、幾千代さんから、男らしい男がいなくなったと言われるのですよ。それはそうと、おさんちゃんのことですが、幾千代さん、もうお逢いになりました？」

「ああ、逢ったよ。だが、ありゃ、根っからの里娘だ」

「………」

幾千代の木で鼻を括ったような言い方に、おりきは息を呑んだ。

「けどさ、磨けば光るね。その点は、おたけとは大違いだよ。まっ、おたけの場合は端《はな》から芸者になる気など微塵《みじん》もないからね。お端女として家事見習に励《はげ》み、時期が来たら、うちから嫁に出してやるつもりでいるからいいけどさ」

「では、おさんちゃんは……」

「預かることにしたよ」

おりきはほっと肩の力を抜いた。

「まっ、ものになるかどうかは今後のあの娘《こ》次第だけどさ、あたしはさァ、あの娘の根性に惚れたね。産女に化けて小浜屋を脅かそうとした娘だ。芸者がいかに辛酸《しんさん》を嘗《な》めなきゃならないか、鶴亀の例を出して話してやったんだが……。鶴亀って知ってるよね？　菊之《きくの》屋《や》の芸妓《げいぎ》だが、ご面相が悪いもんで、いつまで経っても旦那がつかない。三味線の腕は一流なんだけど、置屋が身銭を切って一本にしたんだけどさ。可哀相に、あれじゃ、生涯、菊之屋と縁が切れないだろうさ。下手すりゃ、住み替《か》えを強いられ、芸妓とは名ばかり、いずれ、転び（売春）専門に落ちるのが関の山さ。おさんだって同じだ。いつ、鶴亀のようになるやもしれないからね。あの娘《こ》、飯盛女に売られるのが嫌で、芸者になりたいと言ったというしね。けどさ、あちしは少しばかり脅したつもりだったんだけど、あの娘、なんて言ったと思う？　大丈夫です。ここは置屋でもないし、幾千代さんについて行けば、あたしを苦界《くがい》に落とすようなことはなさらないと信じています。まあ、あの娘、あちしの目を瞠めて、そう言ったんだよ」

「言えてらァ！　おさんもやるじゃねえか。姐さんが引き受けたとすれば、沽券《こけん》にかけても、おさんを護《まも》るだろうからよ」

達吉が仕こなし顔に頷く。

「良い度胸《どきよう》してるじゃないか。芸事の難《むずか》しさを説明してもさ、他人《ひと》が三年かかるところを二年で、いや、一年半で習得してみせる。決して、失望させないからと言い切ってね。まっ、芸事に関しちゃ、そうそう思惑《おもわく》通りになるとは思わないがね。根性だけは天下一品だ。あちしも久々になんだか生きる張りを見つけたような気がしてさ。と言うのも、あちしも四十路《よそじ》を越えちまっただろ？　いつまで座敷に出られるか分からないしね。いずれ、きっぱり脚を洗って、猫と一緒に静かな余生をと思ってもみたさ。まっ、お陰で、食うに困らないだけの金も溜めたしね。けどさ、人は食うためだけに生きているのじゃない。四六時中、猫を膝に坐っててごらんよ。おお、考えただけで、身の毛が弥立《よだ》つ。ところが、そんなふうに思ってたところに、おさんが現われた。あちしね、海のものとも山のものともつかない小娘を、ようっし、あちしの手で、いっぱしの芸妓に育ててみようじゃないかと思うと、俄然《がぜん》、生きる張りが出てきてさ。大丈夫、きっと良い芸妓になるよ。ううん、ならせてみせる。いずれ、この幾千代の手で、一世一代のお披露目だってしてやろうじゃないか！」

幾千代の目がきらりと光る。

白い頬にほんのりと紅が差し、それはそれは、幾千代を艶《あで》やかに見せていた。

「そうだったのですか。わたくしも安堵いたしました」

おりきの胸にも熱いものが衝き上げてくる。

見ると、達吉までが、目尻を紅く染め、おりきと視線が絡まると、照れたように、へへっと笑って見せた。

「さぞや、おやすも草葉の陰で悦んでいやしょ。やっぱ、幾千代姐さんとおさんを出逢わせたのは、姐さんが言いなさるように、のの様次第……。そうとしか考えられねえよな」

「莫迦だね、大番頭さんは！」

幾千代も照れ笑いをすると、

「けどさ、あの娘、地味《じみ》なご面相に見えるけど、ちらっと流し見る目に、ぞくりとするほどの色気があるんだよ。案外、拾いものかもしれないね」

と言った。


立冬を過ぎ、品川宿門前町は、連日、紅葉狩客《もみじがりきやく》で賑《にぎ》わっている。

そんな中、おさんは風呂敷包みひとつ抱え、大井村から猟師町へと移っていった。

恐らく、風呂敷包みの中には、洗い晒《ざら》しの木綿着《もめんぎ》や湯文字《ゆもじ》しか、入っていないだろう。

幾千代は何もかも自分が用意するので、気を遣わなくてよいと言ったようである。

だが、おさんにとっては、この日が門出《かどで》である。

おりきは三日夜なべして、袷《あわせ》を一枚仕立てると、下足番の善助《ぜんすけ》を猟師町に遣わせた。

「へえ、そりゃもう、幾千代さんがお悦びになりやして……。あっしにまで祝儀だと、これ、こいつを下さりやしたが、貰って宜しいんで……」

善助が懐の中から祝儀袋を取り出し、ちらと見せる。

「いいのですよ。貰っておきなさい」

おりきの胸にも充足感《じゅうそくかん》が充《み》ち満《み》ちてくる。

これで、おやす、おさん姉妹のことは片がついたわけである。

だが、おりきには席の暖まる暇もなかった。

と言うのも、今年も板頭の巳之吉が行楽弁当の注文を取ったのであるが、その初日とも言える今日になって、焼方《やきかた》の連次《れんじ》の姿が見えなくなったのである。

それでなくても、人手の足りない旅籠の板場はてんてこ舞いの忙しさで、そのうえ夜は夜で、五部屋ある客室のどれにも泊まり客の予約が入っていた。

そのせいか、板場全体がどこか殺気《さっき》立っているように見えた。

「弱りやした。前触《まえぶ》れもなしに辞《や》めるような連次ではないのだが……。だが、どこを捜してもいやしねえ。しょうがねえんで、慌てて口入屋《くちいれや》に雇人《やといびと》を廻してくれと頼んだのだが、紅葉狩客が多いのはどこも同じで……。口入屋は当たってみるとは言ってくれやしたが、そんなもの、待ってた日にゃ、紅葉狩が終わっちまう」

達吉は頭を抱えた。

達吉の話によると、どうやら連次に女が出来たらしく、ここ数日、寝忘《ねわす》れが続き、遂に、朝の仕入れに穴を空けてしまったというのである。

そんな連次に、巳之吉は興《きょう》のない顔で、ぞん気に言い放った。

「女ごに現を抜かすようでは、板前になる資格がねえと思え。そういったことは、いっぱし庖丁《ほうちょう》が握れるようになってからやるもんでェ」

大声で鳴り立てられるのならまだしも、巳之吉の感情を圧《お》し殺した言い方は、連次を縮《ちぢ》み上がらせた。

どうやら、連次は巳之吉から、てめえなんぞ歯牙《しが》にも引っかけちゃねえ、いてもいなくても同じなのだ、と言われたと受け取ったようである。

連次が姿を消したのは、その直後である。

すぐさま、達吉が陣屋横丁《じんやよこちょう》の連次の親を訪ねてみた。が、連次はここ数日家にも帰っていなかった。

「他に、連次の行きそうな場所の心当たりはないのですか？」

おりきは気が気ではなかった。

どこか奉公先の当てがあって出ていったというわけでもなく、女ごがいるといっても、岡場所の女というのでは、始末に悪い。

「さあて……。奴の分際《ぶんざい》じゃ、女ごを身請《みう》けさせるなんざァ出来はしねえ。どうせ、今まで溜めた金も、根こそぎ女ごに貢《みつ》いじまっただろうしよ。まっ、口入屋に駆け込めば、三流どころの見世を世話してくれようが、あのひょうたくれが！　ここで辛抱すれば、先々《さきざき》、板前としての箔《はく》がつくってのによ」

「連次のことで何か判ったら教えて下さいな。それで、旅籠の焼方のことですが、取り敢えず、茶屋のほうから一人廻してもらうことは出来ないかしら?」

「そいつが出来りゃ御《おん》の字なんだが、巳之吉と弥次郎《やじろう》は反《そ》りが合わねえ。今の時期、忙しいのは旅籠ばかりじゃありやせんからね。茶屋も朝っぱらから紅葉狩客で、席の暖まる暇もねえくれェだ。果たして、弥次郎がなんて言うか……」

達吉は吝い顔をした。

茶屋の板頭弥次郎と巳之吉は、なんとなく、反りが合わなかった。

別に喧嘩《けんか》をしているわけでもなく、仕入れも献立《こんだて》も茶屋と旅籠は別々で、接点といえば、経営が同じで、女将がおりきであるということと、茶屋の二階が使用人たちの宿舎になっているということである。

が、それも、板頭の巳之吉と弥次郎には、別に住まいを借りてやっているので問題はないのだが、巳之吉には、茶屋で出すものは大衆料理と見下したところがあり、一方、弥次郎はどこか取り澄ました旅籠の風味《ふうみ》合《あい》や盛りつけが、気に入らないとみえる。

二人とも、おりきには面と向かってねずり言《ごと》を言わないまでも、どうやら番頭たちには、互いに耳擦《みみこす》りしてみたり、悪口雑言《あっこうぞうごん》、言いまくっているようである。

「けれども、先《せん》には、旅籠から茶屋に助人《すけっと》を出したこともありますよ。茶屋と旅籠は表裏《ひょうり》一体《いったい》。困ったときには、持ちつ持たれつ、助け合うのが筋ではありませんか。では、わたくしから弥次郎に頼んでみましょう」

「それがようございます。何しろ、板頭なんて者《もん》はけしきどってってよ。自分を何様と思ってか、踏《ふ》ん反《ぞ》り返ってやがる。あっしの言うことなんか、鼻も引っかけねえんだからよ！」

達吉はぼやきながらも、女将さんの言うことなら耳を貸すかもしれやせんと言ったが、その通りであった。

弥次郎はおりきの話を聞くと、別に嫌そうな顔もせず、解りやした、と茶屋の焼方を一人廻してくれたのだった。

そうして、なんとか行楽弁当を送り出し、泊まり客の夕膳を運び終えた頃である。

おりきが客室の挨拶《あいさつ》を済ませ、帳場に下りてくると、亀蔵親分が蕗味噌《ふきみそ》を嘗めたような顔をして、懐手《ふところで》に長火鉢の傍に坐っていた。

「おや、親分、どうしました？」

亀蔵親分は今にも泣き出しそうな顔をして、細い目をしわしわとさせた。

「こうめの奴、やっぱり、ここにも来てねえようだな……」

「こうめちゃんが？　一体、どうしたというのです。何があったのですか？」

「それがよ、伸介の野郎、女房に刺されやがった……」

「刺された……。それで、生命《いのち》は……」

亀蔵親分は首を振った。

「まあ、なんてことを……」

「俺ャよ、仲介が女房の金をくすねて女ごと逃げた件からは、手を引いていた。そりゃそうだろう？　仲介はこうめを騙《だま》して子を孕ませた男だ。あいつをひっ捕まえたら、それこそ、半殺しにしかねねえもんな。それでよ、通新町《とおりしんまち》の平吉《へいきち》親分に委《まか》せてたんだが、仲介が洲崎《すざき》の裏店《うらだな》にいると判ったのは、今朝のことだ。仲介の女房おさつは、奴のびり出入りに辟易《へきえき》してたんだろうて。自身番に仲介の退状を叩きつけて、奴を盗人として訴《うった》え出たもんだからよ、通新町は仲介をしょっ引いた。ところがよ、自身番に駆けつけたおさつが、今度は掌《てのひら》を返したみてェに、退状も訴状《そじょう》も取り下げる。女房の銭を持ち出してどこが悪い。あたしゃ、亭主さえ戻ってくれればそれでいいんだ。堪忍してやってくれ、と泣き落とし作戦に出たのよ。通新町は弱っちまってよ。ところがよ、肝心の仲介のほうが、冗談じゃねえ。今まで他の女に目移《めうつ》りし、つい、ちょっかいを出してしまったが、それは何もかも、この年増女房《としまにょうぼう》のせいなんだ。おまえの親に仕送りを続け、二才子供《にせえこども》の頃から世話してやった恩を忘れたのかとか、何かと言えば恩着《おんき》せがましく金で縛《しば》り、一遍として、おいらを一人前の男として見てくれなかったじゃないか。実を言うと、退状を出されてほっとしてたんだ。せっかく自由になれたんだ、おさつの元に返されるくれェなら、俺ャ、お縄になったほうがいい、そう言ってよ。取りつく島もねえ有様だ。それでよ、通新町の親分は訴状を取り下げるかどうか、二人でよく話し合うようにと、その場を離れた。いい加減、うんざりしてたんだろうて。そしたらよ、親分や店番《たなばん》が席を外したほんの束の間のことだった。

おさつの奴、袖に隠し持った匕首《あいくち》で、仲介の喉を掻き切りやがった」

「まあ……」

おりきは思わず胸を押さえた。

おさつの腹が見えたように思った。

おさつはそれほど仲介に惚れていた……。

いや、もしかすると、それは女としての意地であり、修羅《しゅら》なのかもしれない。

「恐らく、おさつの元に戻されるくれェなら、お縄になりてェと言った仲介の言葉が、おさつを亭主殺しに走らせてしまったんだろうが、仲介という男は、つくづく罪作りな男よ。岡っ引きや自身番を振り回したおさつも強かな女ごだがよ、なんだか、ちょいとばかし可《か》哀相《えいそう》な気もしてよ」

「それで、親分。こうめちゃんは？」

まさか、こうめのことを失念していたわけでもないのだろうが、亀蔵親分はあっと息を呑んだ。

「そのことよ。俺ャ、仲介の件から外れたからよ。金太《きんた》が車町《くるまちょう》まで知らせに来て、初めて知った。ところがよ、金太のうんつくが見世のほうにまで聞こえるような大声で喋《しゃべ》るもんだから、板場で仕込みをしていたこうめの耳に筒抜《つつぬ》けでェ。俺が、このうんつくが、と目《め》まじしたときにゃ、こうめの奴、表に向かって飛び出した後だった。俺ャよ、慌てて、利《り》助《すけ》も駆り出し、心当たりを片っ端《ぱし》から当たってるんだが、どこにもいなくてよ。それで、ひょいと、おりきさんの顔が浮かんでよ。あいつ、俺にゃ言えねえことを、時々、おりきさんに相談してると聞いてたからよ……」

「いいえ、うちには来ていませんことよ。あっ、でも、今日は、うちも一日中忙しくしていましたから、もしかすると、こうめちゃんが訪ねて来たのに、邪魔《じゃま》をしては悪いと思い、遠慮《えんりょ》したのかもしれませんわね。親分、こんなことをしてはいられませんわ。参りましょう！」

　おりきがつと立ち上がる。

「今まで、どこを当たりました？　無論、通新町の自身番は当たったのでしょうが、青菜屋は？　そうですか。おさつさんがあんなことになったのでは、青菜屋は閉まったままでしょうしね。他は？　何か思い当たることはありませんか？」

　亀蔵親分は途方《とほう》に暮れたような顔をして、首を振った。

　だが、こんなことをしていられない。

　おりきは達吉とおうめを呼ぶと、客室の後を頼み、立場茶屋おりきを後にした。


　行合橋《ゆきあいばし》の手前を右に折れると、川沿いに歩いた。

　五ツ半（午後九時）頃になるのだろうか。

月は見えないが、満天《まんてん》で星が眩いばかりに輝いている。

おりきは提灯《ちょうちん》を手に、微《かす》かでも動くものがあれば見逃すものかとばかりに、闇に目を据え、ひたすら脚を前へと進めていった。

その後を、このところ俄《にわか》に、お腹回りに肉のついてきた亀蔵親分が、肩を揺《ゆ》すりながらついて来る。

「なんと、おめえさん、女ごのわりに脚の速《はえ》ェこと……。俺ャ、息が上がりそうだぜ」

「申し訳ありませんねえ。なんだか、気が急《せ》いてなりませんの」

おりきは速度を弛め、親分に合わせる。

「だがよ、おめえさんが洲崎を訪ねたいと言い出したときにゃ、驚いたぜ。そりゃよ、確かに、仲介は女ごと洲崎の裏店にいるところを見つかった。だがよ、仲介はもういねえんだぜ。そんなところを訪ねたところで、こうめがいるわけねえだろうが……」

「いないかもしれません。でもね、わたくし、こうめちゃんになったつもりで、こんな場合、どこに行くだろうかと考えてみましたの。真っ先に思い浮かんだのが、通新町の自身番でした。仲介さんが亡くなった場所ですもの。既に、遺体は処理されたにしても、何故《なぜ》だか、吸い寄せられるような気がしました。けれども、自身番にこうめちゃんは現われなかった。行くのであれば、既に行っているはずですものね。だとすれば、次に考えられるのは、亡くなられたお姉さまの墓か、青菜屋……。けれども、おあきさんの墓は、既に親分が当たったのですよね？　陽の高いうちならまだしも、こんなに暗くなってから、墓地に現われるとは考えられませんわ。すると、青菜屋……。でも、この界隈は現在《いま》も金太さんたちが張っているのですよね。わたくしね、おさつさんが伸介さんの退状を出してまで訴人《そにん》したのは、伸介さんを罪人にしたかったのではなく、飽《あ》くまでも、行方《ゆくえ》を突き止めるための手段だったと思いますの。だからこそ、伸介さんの、おまえの元に戻るくらいなら、お縄になったほうがましだ、という言葉が堪《こた》えたのでしょう。それほど、おさつさんにとって許せない言葉はありませんものね。それに、仮に、お縄になったとしても、伸介さんは家の金を三両ほど持ち出しただけです。恐らく、重刑《じゅうけい》にはならないでしょう。だとすれば、すぐに釈放《しゃくほう》され、再び、他の女の元に……。おさつさん、そんなことになるくらいなら、いっそ、伸介さんを殺《あや》めて、自分も死罪に……。そんなふうに思ったのではないでしょうか。それほど、おさつさんは伸介さんに惚れていたのでしょうし、女の持つ業《ごう》といってもよいでしょう。そう考えますと、こうめちゃんの気持も少し解るような気がします。こうめちゃんね、伸介さんに金を持ち出させ、一緒に逃げた女性に修羅の焰《ほのお》を燃やしたのではないかしら？　伸介さんはこうめちゃんのお腹に子が出来たと知っても、一緒に逃げようとは言いませんでした。寧ろ、逃げ腰になり、手も着けられないような状態でした。あの時点で、こうめちゃんの伸介さんへの未練《みれん》は断ち切れましたからね。けれども、そこが、女の摩訶不思議《まかふしぎ》なところでしてね。伸介さんの心をそこまで動かした女性がいたこと……、それが、こうめちゃんには許せないのですよ。一旦、捨て去ったつもりの女心が、改めて、修羅となって燃え上がり、見たこともないその女性に肝精《きもせい》を焼き、ひと目、我が目で確認したい……。そんなふうに思ったのではないかと思いましてね。あら、親分、そんな顔をなさらないで下さいな。これは、わたくしがこうめちゃんならば、と立場を置き換《か》えて言っていることですからね」

「するてェと、何かえ？　おりきさんなら、そうするってことか？　怖《こえ》ェな……」

「けれども、これは全て、わたくしの推測です。本当は、洲崎などに行っていなければよいのにと思っていますのよ」

「行ったところでよ、その女ごに逢って、どうするってェのよ。何をしたところで、伸介はもうこの世にいねえんだ。おっ、待てよ。あの影はなんだ？　なっ、確かに、こっちに向かって、動いてくるよな？」

亀蔵親分が提灯を目の高さに翳し、遠くを見る。

星明かりの中、確かに、黒い影が動いている。

おりきも亀蔵親分も、速度を上げた。

カラン、コロン……。

しんとしたしじまの中を、下駄音が近づいてくる。

「こうめ、おめえ！」

「こうめちゃん……」

提灯の薄明かりの中に、こうめの小さな顔が浮かび上がった。

「女将さん！　あたし……」

こうめがおりきの胸の中に飛び込んでくる。

「まあ、こんなに冷《ひ》えちゃって。ほら、手が冷《つめ》たくなってるじゃないの。待っていてね」

おりきはそう言うと、長羽織《ながばおり》を脱ぎ、こうめに着せかけた。

こういうこともあろうかと、紋付羽織《もんつきばおり》の上に長羽織を重《かさ》ね着していたのである。

「こうめ、おめえ、おいしの家に行ったのか」

亀蔵親分がせっついたように尋ねる。

「おいしっていうの？　その女《ひと》。ううん、行ったけど、行かなかった……」

「行ったけど、行かなかった？　なんでェ、それは」

「…………」

「行こうと思ったけど、途中で、止めたのね？」

おりきが言うと、こうめは再びおりきの胸に顔を埋めた。

「あたしね、あたしね、悔《くや》しかったんだ……。だって、伸さん、あたしには口先だけだったけど、その女《ひと》とは一緒に逃げたんだもん。伸さんをそんな気にさせた女って、どんな顔をしてるんだろうと思うと、矢も楯《たて》も堪らなくなっちゃって……。気づいたときには、洲崎へと脚が向いていた。逢ったところで、何を言ったらいいのか、どうしたらいいのか、それすら判んないのに、ああ、あたしって、なんて莫迦なんだろう……」

おりきの胸で、こうめが啜り泣く。

「でも、思い直して、こうして帰ってきたのですもの。偉いわ、こうめちゃん。それで良かったのよ」

「あの女《ひと》の家の周囲《まわり》で、二刻《ふたとき》（四時間）近く待ってたの。訪ねて行くだけの勇気はないけど、せめて、遠目にでも、家の外に出た姿を見ることが出来たらと思って……。でも、結局、出て来なかった。日は暮れるし、人気《ひとけ》も少なくなってきて、次第に心細くなってきたの。そしたらね、おっぱいが張ってきて……。その途端、みずきの顔が頭を過ぎって、ああ、あたしはなんて莫迦なことをしてるんだろうって、哀《かな》しくなっちゃった……」

「そうよ。こうめちゃんは立派なおっかさんなのよ。もう、二度と後ろは振り向かないことね。いいわね？」

こうめはこくりと頷いた。

三人はこうめを真ん中に挟み、川沿いを行合橋へと引き返していく。

「だがよ、おめえ、よく、おいしの家が分かったな」

亀蔵親分がぽつりと呟く。

「だって、洲崎で捕物《とりもの》があったばかりだよ。誰に訊いたって知ってるさ」

こうめはそう言ったが、つと親分に顔を向けると、

「伸さんの遺体、誰が引き取ったの？」

と尋ねた。

「そのことは気にすんな。愛宕《あたご》下《した》の伸介の親が引き取ったとよ。なんでも、餓鬼も近々《ちかぢか》引き取るそうでェ」

「ふうん。なら、安心だね」

こうめは胸で燻《くすぶ》っていた靄《もや》が幾らか晴れたのか、空を見上げた。

星月夜《ほしづきよ》である。

冴《さ》え渡った夜空に、大小さまざまな星が、重なり合い、万華鏡《まんげきよう》のように瞬《また》いている。

「見ろや、見事なもんでェ。星を見ていると、この世の憂さを忘れるようだな」

亀蔵親分がやけにしんみりとした口調で言う。

すると、こうめが思い出したように、素っ頓狂《とんきよう》な声を上げた。

「嫌だ、忘れてなんていられないんだ！　また、おっぱいが疼《うず》き出した。早く帰んなきゃ、みずきがお腹を空《す》かせて泣いてるわ！」

おりきは目を細め、つと、降り注ぐ星明《ほしあ》かりから目を戻した。

福寿草

ついこの間まで煤竹《すすだけ》売りの声が響いていたかと思うと、はや、暦《こよみ》売りの声である。

「エェ〜、一年のご調法《ちょうほう》大小柱暦《はしらごよみ》、綴《つづり》ごよみ〜〜」

この声を聞くと、それでなくても怱忙《そうぼう》の間《かん》だというのに、誰しもおいおい今年も残り僅《わず》かかよ。何かやり残したことはなかったかえ、と臀《しり》に火がついたように慌《あわ》て、わざわざ探しだしてでも、忙《いそが》しさに拍車《はくしゃ》をかけてしまうから、不思議である。

そうして、辻々《つじつじ》にお飾《かざ》り売りの出店《でだな》が立ち、飾り松売り、扇《おうぎ》売り、御神酒《おみき》の口売りの声が響《ひび》くようになると、いよいよ新しい年に向けて、人々の心も浮き足立つのだった。

下足番の善助《ぜんすけ》は福寿草《ふくじゅそう》の鉢《はち》を大事そうに抱《かか》え、妙国寺山門《みょうこくじさんもん》をそろりと潜《くぐ》った。

ひと鉢、二朱……。

善助にしてみれば、清水《きよみず》の舞台から飛び下りるつもりで、意を決して、買い求めた鉢である。

もう少し小さい鉢は、一朱ほどであった。

善助は一朱、二朱、一分と三通《みとお》りの鉢を前に、四半刻《しはんとき》（三十分）以上も睨《ね》めつけ、遂《つい》に、間で手を打ち、二朱の鉢に手を伸ばしたのである。

参道《さんどう》をもう少し奥へと進めば、そこには、一両どころか、五両、十両、怖《おそ》ろしくてそれ以上は考えることも出来ないが、思わず目を疑いたくなる高直《こうじき》な鉢が並んでいるのも知っていた。

だが、そこは、善助にとって縁《えん》のない場所、見るだけ無駄と知っている。

滅相《めっそう》もねえ。そげェなものを見たら、目が腫《は》れる……。

善助はぶつくさと独《ひと》りごちた。

だが、引かれ者の小唄《こうた》さながら、後《うし》ろ髪を引かれるような想《おも》いだけは、そうそう簡単に払えるものではない。

何しろ、善助など一度も目にしたことのない、珍品《ちんぴん》変わり咲きの鉢が並べられているというのである。

なんでも、聞くところによると、一つひとつの鉢に「羽ころも」「孔雀尾《くじゃくお》」などの名前がつけられ、中には、百両もそれ以上もの値がつけられたものもあるという。

そげェなもの……。

善助はまた小さく呟《つぶや》いた。

ひと目、見るだけなら罰《ばち》は当たらないだろうが、そんな鉢を目にした後では、せっかく清水の舞台から飛び下りるつもりで求めた、二朱の鉢が途端《とたん》に見窄《みすぼ》らしく見えてしまう……。

この二朱を捻出《ねんしゅつ》するために、善助はどんなにか始末《しまつ》を重ねたことだろう。

殊《こと》に、現在《いま》は、三吉《さんきち》の将来に備《そな》えて、極力《きょくりょく》無駄金を遣《つか》わないように努《つと》めているので、今年こそ福寿草の鉢をと思いついたときから、迷《まよ》いに迷った。

福寿草は報春花《ほうしゅんか》であり、元旦草《がんたんそう》とも朔日草《ついたちそう》とも呼ばれ、縁起《えんぎ》ものとして、正月の床の間を飾ったが、立場茶屋《たてばぢゃや》おりきでは、客室の床の間や茶屋の大壺に、女将《おかみ》のおりきが手ずから、松や葉牡丹《はぼたん》、臘梅《ろうばい》、萬両《まんりょう》といった立花《りっか》を活《い》けることになっていて、福寿草が飾られることは、まずもってなかった。

一度だけ、善助はおりきに尋《たず》ねたことがある。

「縁起ものだというのに、どうして、茶屋じゃ福寿草を飾らねえのか、俺《おり》ャ、解《わか》んねえ」

だが、日頃、打てば響くように、箇《かん》にして要を得た答えを返すおりきは、珍《めず》しく、困《こう》じ果てたような顔をした。

「どうしてと言われましてもねえ……。先代の頃からの仕来《しき》たりで、旅籠《はたご》にも茶屋にも、福寿草は置かないことにしてありますのよ。恐らく、根に猛毒《もうどく》があるからだと思います。花は可憐《かれん》でも、食べ物商売をしているのですもの、先代は別の意味で、縁起を担《かつ》がれたのだと思いますよ」

おりきはそう答えたが、それでも善助には納得《なっとく》がいかなかった。

根に毒があったとしても、まさか、誰がそれをわざわざ客に食べさせようか……。

が、その疑問に答えてくれたのは、大番頭の達吉《たつきち》であった。

先代の女将おりきが鶴見村横町《つるみむらよこちょう》に茶屋を出していた頃のことである。

品川宿と違って、周囲《まわり》には一面、田畑が広がっていた。

見世《みせ》と田畑を仕切る垣根もなく、裏庭はすぐに麦畑へと繋《つな》がっていて、その猫の額のような裏庭に、毎年、師走《しわす》も終わりに近づくと、福寿草が可憐な黄色い花を咲かせたという。

「女将さんが手ずから植えなすったのじゃねえが、横町に見世を出したときから植わっていてよ。福寿草が咲くと、おっ、春が近《ちけ》ェんだなと、なんとなく、わくわくしたもんだ。ところがよ、あれって、土から芽吹くとき、姿が蕗《ふき》の薹《とう》に似てやがるだろ？　あるとき、茶屋に入《へえ》ったばかりの流しの板前が、間違《まちげ》ェて、天麩羅《てんぷら》に揚《あ》げちまった。まっ、そんときゃ、客のほうが食う前《めえ》に気づいてくれて、こりゃ蕗の薹じゃねえようだが、と言ってくれて助かったのだが、食われた日にゃ、一巻《いっかん》の終わり。先代が見世を続けていくことも、この品川宿門前町に立場茶屋を出すことも出来なかった。こりゃ、兆治《ちょうじ》の入《へえ》る前《めえ》の話だがよ。以来、女将は見世の中だけじゃねえ、周囲にも福寿草を置くことを禁じなすった……」

「兆治ってのは、先代のこれで？」

　善助が小指を立ててみせると、達吉はじゃみ面《づら》を真っ赤に染めて、睨《にら》みつけた。

　成程《なるほど》……、とそれで善助も納得したのである。

「それによ、現在《いま》の女将は、人が造形的に創《つく》り上げた鉢物《はちもの》、盆栽《ぼんさい》の類《たぐい》を余り好まれねえからよ。草花のあるがままに育った姿が好きだとおっしゃる。だからよ、見ろや。まっ、正月だけは縁起もので松や葉牡丹を使って立花を活けなさるが、普段は、大概《てえげえ》、信楽《しがらき》の大壺に、萩《はぎ》や雪柳《ゆきやなぎ》、通草《あけび》などを投げ入れただけだ。旅籠の客室にでさえ、楚々《そそ》とした茶花《ちゃばな》しか飾らねえだろ？　大体《でえてえ》、このところの鉢物の高騰《こうとう》は、ありゃなんでェ！　金生樹《かねのなるき》だって？

へっ、てんごう言ってんじゃねえよ。橘《たちばな》の鉢が百両、いや、一千両だって！　どこの莫迦《ばか》がそんなことを言ってんだか！」

あのとき、達吉は心底《しんそこ》、業《ごう》が煮《に》えくり返ったようで、目を剝《む》いて見せたが、善助は、ふうん、そんなものなのか、と思った程度である。

それが、どういうわけか、このところ、やたら盆栽が気にかかってならない。

振り返ってみるに、どうやら、堺屋《さかいや》の下足番銀六《ぎんろく》に松葉蘭《まつばらん》の鉢物を見せられたことに原因があるようである。

堺屋はおりき同様に立場茶屋であるが、おりきのように旅籠を持っているわけではなかった。

従って、銀六は下足番と呼ぶより、雑用係《ざつようがかり》、久助《きゅうすけ》（下男）といったほうがよいのだろうが、堺屋は立場茶屋としては釜屋《かまや》に次いで構えが大きく、その中でも、古株の銀六はどういうわけか、いつ見ても、偉そうな顔をしていた。

どうやら、銀六のほうが一歳年上で、手下《てか》として二人ほど下に雑用係を抱えていることが、銀六を横柄《おうへい》な態度に出させるようだが、善助はそんなことは歯牙《しが》にもかけていなかった。

ふん、弱い犬ほど、よく吠《ほ》えるってもんだ……。

寧《むし》ろ、手下を従え、肩肘《かたひじ》を張らなければならない銀六を、どこかそんなふうに見下していたのかもしれない。

ところが、松葉蘭の鉢を見せつけられたとき、善助は後頭部を強《したた》かに打たれたような、衝撃《しょうげき》を覚《おぼ》えた。

「見ろや。堺屋の旦那はよォ、久助のおいらにでも、このくれェの趣味を持たせてくれる。使用人とて、趣味のひとつも持たねえようでは駄目だ。そのくれェの給金は払ってるんだとね。俺ャよ、もうこの歳《とし》でェ。今さら、酒や女《おな》ごでもねえしよ。今、流行《はやり》の鉢物をやろうと思ってよ。ところが、福岡屋《ふくおかや》の杉平《すぎへい》なんざァ、朝顔を育て、いっぱし味噌《みそ》気《け》な顔をしてやがるが、ありゃいけねえ。朝顔なんてもんは、毎年、種から育てなきゃなんねえだろ？　あいつ、なんとか、変化《へんか》朝顔《あさがお》（変わり咲き）を作ってみせるなんてほざいていたが、へっ、そんなぼた餅《もち》で頰《ほお》を叩かれるなんて話が、そうそうあって堪《たま》るもんかよ！　その点、鉢物は変幻自在《へんげんじざい》に形を作っていける。そしたら、今に、こいつが金を生むってわけでェ！　どうでぇ、金生樹だ。趣味が金を生むんだぜ。これほど目出度《めでて》ェ話があろうかよ」

銀六は鼻蠢《はなおごめ》かして見せた。

善助が植木市に関心を払うようになったのは、それからである。

が、同時に、鉢物の高直なのには、愕然《がくぜん》とした。

松を始めとして、橘、松葉蘭、万年青《おもと》、石斛《せっこく》と、中には、庭つきの屋敷が買えるのではないかと思えるほどの、値がついている。

どう考えても、善助には、生涯縁のない世界に思えたのである。

ところが、昨年のことである。

福寿草売りの売り声に、何気なく、担《にな》い籠《かご》に目をやると、正月用のひと鉢一朱の鉢が目に留《と》まった。

成程、祝儀《しゅうぎ》用の鉢なら、さほど高くはないのだ……。

だが、待てよ。銀六は福寿草にもさまざまあって、変わり咲きには高値《たかね》がつくと言ってたっけ……。

確か、多年咲きだから、自分で工夫《くふう》して、変種を作ることも出来ると言っていた……。

そんな想いが、善助の脳裡《のうり》をちらと過《よ》ぎった。

が、大慌てで、その想いを振り払った。

三吉が行方《ゆくえ》不明《ふめい》だというのに、俺ャ、なんて莫迦なことを考えちまったのだろう……。

福寿草がなんだっていうんでェ！

小判を百枚、いいんや、千枚積まれたところで、三吉が無事に戻ってくれることのほうが、どんだけいいか……。

それきり、福寿草のことは忘れていた。

だが、今年は違う。

三吉は耳が不自由になったとはいえ、こうして、立場茶屋おりきに戻ってきてくれたのである。

だったら、あの三吉のために、新しき年に備えて、幸福を招くという、福寿草を買ってやってもいいのじゃなかろうか……。

女将さんや茶屋の者には、見せなきゃいいんだ。

おいらの小屋に、そっと飾るだけだ。

それに、俺ャ、決して、こいつを増やそうなんて思わねえ。

三吉の幸せを願掛《がんか》けて、枯《か》らさねえように、そっと育ててやるだけだ……。

善助は後ろ髪を引かれる想いを断《た》ち切ると、俯《うつむ》き加減《かげん》に歩いていった。

だが、堺屋の前を通りかかったときである。

「おや、善助ではありませんか」

堺屋栄太朗《えいたろう》が見世の前に乗りつけた駕籠《かご》から下りてくると、善助に声をかけてきた。

「丁度《ちょうど》良かった。今、見世の者を遣《つか》いにやろうと思っていたところです。明日、江戸から二人ほど客を招くので、あたしを含めて三人。旅籠の予約を入れておくれでないか。急な話なので、満室かもしれないが、そのときは、連絡してもらえないだろうか。先方にその旨《むね》を伝え、予定を変更してもらいましょう。あっ、それから、泊《と》まりは二名。夕膳《ゆうぜん》だけ、あたしを含めて三名ということでね」

堺屋栄太朗は脂《あぶら》ぎった太り肉《じし》の顔に、にっと笑《え》みを作って見せた。

「おや、福寿草ですか。おやおや、これはまた、なんて可愛《かわい》らしい……」

善助はハッと鉢を背後に廻《まわ》した。

「じゃ、頼みましたよ。予約はあたしの名前でいいからさ」

堺屋はそれだけ言うと、くるりと背を返した。

「お帰りなさいませ！」

見世の中から、堺屋の番頭の声が飛んでくる。

その声に、銀六の声が被《かぶ》さったように思えたのは、善助の錯覚《さっかく》であろうか……。

善助は脚《あし》が硬直《こうちょく》したように竦《すく》んでしまい、暫《しばら》くその場を動けなかった。


「堺屋さんが客をねえ……。珍《めずら》しいことがあるもんですな。如何《いかが》いたします？　小波《さざなみ》の間が空《あ》いていることは空いていやすが……」

善助から堺屋の伝言をきいた大番頭の達吉は、どこか釈然《しゃくぜん》としないとみえ、訝《いぶか》しそうに女将のおりきを窺《うかが》った。

「堺屋さんの紹介というだけでなく、ご本人もお見えになるというのですもの、断るわけにはいかないでしょう」

おりきは出入帳《でいりちょう》に目を通しながら、上目遣《うわめづか》いに達吉を見ると、ふっと頬を弛《ゆる》めた。

「大番頭さんは何を心配しておいでかしら？」

「いや、心配《しんぺえ》というわけじゃねえのだが、話を持ってきたのが、あの堺屋だ。これが近江《おうみ》屋《や》の旦那ってェのなら、一も二もなく、二つ返事でお受けしやすが、相手が堺屋となれば、裏に何かあるのじゃねえかと、つい、猜疑《さいぎ》の目で見てしまいやす」

「何かとは?」

「そりゃそうでやしょ? 日頃から、堺屋は立場茶屋おりきを嫉視《しっし》してやすからね。門前町の宿老《しゅくろう》近江屋に訴状《そじょう》を出すだけじゃ物足りないとみえ、道中奉行にまで訴《うった》え出たのは、ついこの前《めえ》のことだ。まっ、近江屋から一蹴《いっしゅう》され、道中奉行には鼻も引っかけてもらえなかったからいいようなもの、あっしはそれで堺屋の胸晴《むねはらし》が済《す》んだとは思っていやせんからね。猫が暗闇で爪《つめ》を研《と》ぐように、今は息を潜《ひそ》めて、機を窺っているのではないでしょうか」

「おやおや、怖ろしいことを……。けれども、それならば尚更《なおさら》、断るわけにはいかないのではありませんか? 客が堺屋と判《わか》って断ったとなると、何を言われるか判りませんことよ。同じ門前町で立場茶屋を営《いとな》む仲間ではありませんか。これをご縁に、今後、仲睦《なかむつ》まじくお付き合いをしていく絶好《ぜっこう》の機宜《きぎ》だと思いませんか?」

「女将さんがそうお思いになるのなら、あっしは別に構《かま》やしませんがね。けどよ、江戸の客人ならば、何ゆえ、自分の見世で接待しねえのか……。そこら辺《へん》が、あっしにゃ、もうひとつ解《げ》せねえ」

「堺屋さんには宿泊施設がないからではありませんか? 食事だけ堺屋でしてもらっても、泊まりは別の旅籠に行かなくてはなりません。近江屋さんにしても、播磨屋《はりまや》さんにしても、素泊《すど》まりとはいきませんからね。ご本人も共に夕餉を摂《と》られるほどの客人ならば、まさか、素泊まりの木賃宿《きちんやど》にお連れするわけにはいかないでしょう。となれば、数ある旅籠の中で、わざわざ、うちを選んでいただけたのですもの、感謝しなくてはならないでしょう」

おりきがそう言うと、達吉は、へえ、と頷《うなず》いたが、顔は正直で、相変わらず不服《ふふく》そうに、唇をひん曲げている。

達吉が危疑《きぎ》するのも無理はなかった。

堺屋は立場茶屋の中で、おりきと釜屋《かまや》だけが旅籠の鑑札《かんさつ》を持っているのを不服に思い、今までに何度も、門前町の宿老であり店頭《たながしら》の近江屋忠助《ただすけ》に異議を申し立て、二年ほど前には、道中奉行にまで訴状を出しているのである。

堺屋の言い分は、本来、立場茶屋というのは湯茶《ゆちゃ》や一膳飯《いちぜんめし》、酒肴《しゅこう》を供する休憩所《きゅうけいしょ》であり、宿泊を目的とするものではない。現《げん》に、天保十四年（一八四三）に、立場茶屋と旅籠の区別がつけられたではないか。それなのに、おりきと釜屋だけが浪花講《なにわこう》の鑑札を持ち、堂々と商《あきな》いを続けるのは違法である、というものだった。

おりきにも、何ゆえ、立場茶屋おりきが鑑札を持っているのか、詳《くわ》しいことまで解っていなかった。

だが、旅籠は先代女将の頃から続くものである。

「なに、鑑札があるからにゃ、堂々と胸を張って、商いを続ければいいんだよ」

そう言ってくれるのは、近江屋忠助ばかりではなかった。

何十年来の常連客が、品川宿に立場茶屋おりきがなければ、この宿は素通《すどお》りしていますよ、と言ってくれるたびに、おりきはますます、お客さまに心地《ここち》良く泊まっていただき、またこの次も来たいと思ってもらえるようにと、更《さら》なる努力を重《かさ》ねてきたのだった。

「お陰で、寛《くつろ》げましたよ。おりきを嬉《うれ》しがらせる言葉はなかった。

その言葉ほど、おりきを嬉しがらせる言葉はなかった。

おりきが二代目女将になって以来、一日も欠《か》かしたことのない忘備録《ぼうびろく》には、客の名前だけでなく、献立《こんだて》、床に飾った花々、お客さまからいただいた接客や料理への感想ばかりか、おりきの気づいた細々《こまごま》したことまで全て、書き留《と》めてあった。

お客さまに満足していただけることが、ひいては、自分自身の満足に繋がるのだから……。

おりきはそんなふうに思っていた。

そのせいもあってか、現在《いま》では、立場茶屋おりきの評判は、揺《ゆ》るぎなきものとなっている。

それが、堺屋には面白《おもしろ》くないのだろう。

「なに、僻《ひが》み、妬心《としん》ですよ。茶屋の構えから言えば、堺屋が上だ。だのに、構えの小さいおりきが旅籠の鑑札まで持ち、おまけに、料理宿として江戸や大坂《おおざか》にまで名声が轟《とどろ》いている。まっ、負け犬の遠吠《とおぼ》えと思って、気にしないこった」

近江屋はそんなふうに言っていたが、まさか負け犬とは思わないまでも、堺屋が面白くないのは事実であろう。

その堺屋が、客人を立場茶屋おりきで接待するというのである。

これを堺屋の厚意《こうい》とすんなり受け止めてよいものか……。

達吉でなくても、疑いたくなる。

だが、断る理由もなかった。

満室だと言い逃《のが》れしてみたところで、堺屋は別の日を指定するのだろうから……。

「とにかく、粗相《そそう》のないように、筒一杯《つついっぱい》の接待を致《いた》しましょう。巳之吉《みのきち》にもそう言って、最大級のお持て成しを……。あっ、それで、お客さま二名ということで、お二人とも、殿方《とのがた》なのですか？」

「おう、善助、どうなんでェ」

おりきと達吉の会話に耳を傾《かたむ》けていた善助は、突然矛先《ほこさき》を向けられ、えっと挙措《きょそ》を失った。

そう言えば、おいら、なんにも訊《き》いちゃいなかった……。

「なんだって！　おめえ、客が男か女か、そんなことも訊いちゃねえってのかよ。おめえ、一体《いってえ》、何年下足番をやってるんでェ！　客が男か女か、年配は、それを知って初めて、料理や接客の仕方が違ってくるってもんだ。それが接待のいろはだろうが！」

達吉に鳴り立てられ、善助は首を亀《かめ》のように竦め、潮垂《しおた》れた。

「済んません……。見世の前を通りかかったら、堺屋の旦那が駕籠から下りて来なすって、いきなり、部屋が空いているかどうか訊いてくれと言いなすったもんで……。詳しいことを訊くも何も、それだけ言うと、さっさと見世の中に入っちまってよ……」

善助は鼠鳴《ねずみなき》するように口を窄《つぼ》め、ぶつくさと呟いた。

まさか、隠れて福寿草を買いに出たとは、口が裂《さ》けても言えないではないか……。

だが、こんな子供の遣いのような失態《しったい》は、下足番になって二十年近く、一度としてなかったことである。

「済まねえ。おいら、これから堺屋にひとっ走りしてきやす！」

善助はきっと顔を上げた。

「済まないねえ。そうしておくれでないか。宿に入られる時刻を確かめるのも忘れないで下さいね」

おりきはそう言うと、ぽんぽんと手を打った。

おうめと巳之吉を呼び、明日の接客や献立の打ち合わせをしようと思ったのである。

ところが、それから間もなく、善助が堺屋から持ち帰った報告に、おりきも達吉も啞然《あぜん》と顔を見合わせてしまった。

「なんだって！　江戸の客というのは、男女で、しかも、二人は夫婦《めおと》じゃねえだと？」

達吉は胴間声《どうまごえ》を上げた。

「へえ……。なんでも、女《おな》ごの客は三十路《みそじ》近くで、男は堺屋の旦那と同年配。つまり、五十路《いそじ》過ぎってことで……。それで、食事は一緒で構わねえが、床は別々に取ってほしいと言われやして。おいら、そいつァ困ると言いやした。空き部屋は一室しかねえってね。そしたらよ、おめえのとこの客室は次の間がついてねえのかと言われてよ。おいら、次の間というか、配膳《はいぜん》をする四畳半ほどの小部屋がついてやすがと答えた。そしたらよ、堺屋の旦那が、なら、そこでよい。要するに、寝床さえ別ならいいのだと言われやした。そりゃ、襖《ふすま》で小部屋との境界《きょうかい》はついてるし、あれも部屋と言ゃ、立派に部屋だもんな。そいで、はあさいですか、と受けて来やしたが、やっぱし、それじゃ拙《まず》うござんしたかね」

　善助が目を白黒させ、しどろもどろに言う。

「おめえよ、拙いも何も……」

　達吉が返す言葉がないといった顔をする。

「襖があるといってもよ。夫婦でもねえ男と女ごを同じ部屋に泊め、仮に、何かあってみな？　それでなくても、堺屋はいちゃもんをつけようと、鵜《う》の目鷹《たか》の目、手ぐすね引いて待ってるんでェ！」

「まあまあ、大番頭さん。先さまには客室が一室しか空いていないと伝えてあります。それでも是非《ぜひ》にと言われるのは、堺屋さんではありませんか。それに、夫婦でないといっても、お二人は道理の解った大人《おとな》です。旅籠がどうして口出しできましょうか。それに、何もかも知ったうえでの、堺屋さんの依頼ですよ。寝部屋に関しては、こんなことは今までになかったことで、わたくしも決して本意《ほんい》ではありませんが、そこまでして、堺屋さんが客人を立場茶屋おりきにお泊めしたいとお思いなのです。お断りする筋合《すじあい》はありませんことよ」

　おりきは腹を括《くく》った。

提供させてもらうだけの話である。

堺屋が腹に一物《いちもつ》あるのならば、敢《あ》えて、その謀計《ぼうけい》に乗ろうじゃないか……。

立場茶屋おりきは、通常通り、客の立場に立って、心地良く寛げるひとときを、提供させてもらうだけの話である。


「では、巳之吉、料理のほうはお願い致しますよ。大番頭さん、おうめ、善助、いつもにも増して、気持良く、お迎え致しましょうね！」

おりきは冴《さ》え冴えとした笑みを湛《たた》え、全員を見回した。


あっ……。

その男を見て、善助は背が固《かた》まった。

慌《あわ》てて腰を屈《かが》め、そろりともう一度、上目遣いに男を窺う。

左頬に、縦《たて》へとくっきりと伸びた、傷跡《きずあと》……。

鬢《びん》こそ真っ白で、薄くなった毛をちょい束《たば》ねしているが、いかにも酷薄《こくはく》そうな人相面《にんそうづら》は、やはり、才取《さいとり》の団平《だんぺい》に違いない。

堺屋栄太朗に案内されてきたその男は、旅籠の玄関先に立ち、懐手《ふところで》に建物の全景を見上げ、隣の女に何か囁《ささや》いた。

利休色《りきゅういろ》の三筋《みすじ》小紋《こもん》に紺青《こんじょう》の昼夜帯《ちゅうやおび》を吉弥《きちや》結《むす》びにした女は、くすりと肩を揺らした。

柿渋色《かきしぶいろ》の蹴出《けだ》しが、ぞくりとするほど、婀娜《あだ》っぽい。油気《あぶらけ》のないぐるり落としに、何気なく鼈甲《べっこう》の笄《こうがい》を挿《さ》した姿は、どう見ても、女を粋筋《いきすじ》と見せていた。

だが、この女には見覚えがない。

善助はもう一度男の顔を確かめようと、顔を上げかけ、はっと、また俯いた。男と視線が絡《から》まりそうになったのである。

が、男は下足番などに関心がないとみえ、つと視線を外《はず》すと、女の背を押すようにして、中へと入っていった。

善助は腰を屈めたまま、そろそろと後に続いた。

履物《はきもの》の始末をする振《ふ》りをして近づき、なんとしても、男の声を……。

そう思った刹那《せつな》、男が声を発した。

「やっ、流石《さすが》は堺屋さんだ。お目が高い。なかなか風流《ふうりゅう》な宿ではありやせんか」

寂《さび》のある、少し嗄《しゃが》れた声は、やはり、狐火《きつねび》の団平であった。

「これはこれは堺屋さま。ようこそお越《こ》し下さいました」

「いらっしゃいまし」

達吉を先頭《せんとう》に、女中たちが棹《さお》に並び、深々と辞儀をして出迎える。

善助はそそくさと履物を下駄箱《げたばこ》に仕舞《しま》うと、もう一度伸び上がるようにして、階段を上がる男の姿に、目を据《す》えた。

間違《まちげ》ェねえ。だが、なんでまた、狐火の団平が……。

ひと言、大番頭さんか女将さんに、耳打ちしておくほうがいいのだろうか……。

だが、そうすれば、どら（極道《ごくどう》）を打っていた過去や、出放題《でほうだい》な生きざまが、何もかも明るみに出てしまう。

善助の心は千々《ちぢ》に乱れた。

「善助、何やってんのさ！　そんなところにボケッと突っ立ってないで、ほらほら、忙しいんだから、仕事をしておくれよ！」

二階から下りてきたおうめが鳴り立てる。

善助は張り裂けそうな想いにそっと蓋《ふた》をすると、湯殿《ゆどの》の焚口《たきぐち》へと廻っていった。

丁度、三吉が焚口の前に坐《すわ》り、薪《たきぎ》を火にくべているところであった。

「おう、爺《じ》っちゃんが代わるからよ。おめえは板場に薪を運んでくんな」

三吉の肩をつつき、身振りを交《まじ》えて言うと、三吉は解ったのか、こくりと頷き、爽《さわ》やかな笑みを返してきた。

それからは、燃え盛《さか》る焔《ほのお》の舞《まい》に目を据え、遥《はる》か昔、江戸にいた頃へと想いを馳《は》せた。

「俺だってよ、小せェながらも、一国一城の主《あるじ》だったんでェ……」

善助はぽつりと呟き、太息《ふといき》を吐《つ》いた。

善助が神田鍛冶町《かじちょう》に生駒屋《いこまや》という小間物屋を出していたのは、三十年ほど前のことである。

見世の構えは小さいが、小僧を一人使い、店売りは女房のおこまと小僧に委《まか》せ、善助が担《にな》い売りをして、ほどほどの商いを続けていた。

生駒屋は先代の喜八《きはち》が倦《う》まず弛《たゆ》まず担い売りを続け、一代で身上《しんじょう》を起こした見世である。

「商人《あきんど》は辛抱《しんぼう》の棒《ぼう》が大事。お客さまの要望《ようぼう》には、どんな些細《ささい》なことであれ、嫌《いや》な顔をすることなく応《こた》えるように」

「泥《どろ》に灸《やいと》というが、この世に無駄というものはありません。反故紙《ほごし》の一枚、糸屑《いとくず》の一つ、無駄にしてはなりません。必《かなら》ずや、役に立つときが来るものです」

喜八は口を開けばそんなふうに細言《こまごと》を並べ立て、たった一人の使用人である善助を、商人として厳しく叩《たた》き上げた。

と言うのも、そんな喜八であるから、所帯を持つのが遅く、五十路を過ぎたというのに、一人娘のおこまはやっと帯解《おびほどき》を済ませたばかりであった。

喜八には見世の行《ゆ》く末だけでなく、おこまの先々《さきざき》までが気懸《きがか》りだったのであろう。

数年後、病の床に就《つ》いた喜八は、善助をおこまの婿《むこ》にすると言い出した。

だが、おこまは十歳になったばかりで、どちらかと言えば、まだ人形を抱いているほうが似合っている。

善助は戸惑《とまど》ったが、喜八を安堵《あんど》させるために、仮祝言《かりしゅうげん》を挙《あ》げたのだった。

喜八が亡くなったのは、翌年のことである。

その後、後を追うようにして姑《しゅうとめ》も亡くなり、善助は幼妻《おさなづま》を抱え、正真正銘《しょうしんしょうめい》の生駒屋の主となった。妻というより娘といったほうがよいだろう。

だが、なんといっても、おこまは初潮《しょちょう》も見ない少女である。家事も真面《まとも》に出来ない娘であった。

しかも、おこまは喜八から溺愛《できあい》されて育ったせいか、家事も真面に出来ない娘であった。


善助はおこまのために賄《まかな》いの婆《ばあ》さんに丁稚《でっち》まで雇《やと》い、そのため、彼らの給金を生み出そうと、以前にも増して、働き詰《づ》めに働かなければならなくなったのである。

が、お陰で、商いのほうは順調に伸び、喜八が下地《したじ》を作っていてくれたこともあり、出入りの旗本《はたもと》屋敷の数も増えた。

担い売りにとって、武家屋敷ほど上得意《じょうとくい》はない。

何しろ、お末《すえ》（下女）や御側《おそば》が競《きそ》い合って、白粉《おしろい》や櫛簪《くしかんざし》を買い求めてくれるのである。

だが、月夜に釜《かま》を抜かれるとは、このことであろうか……。

商いが順調に進み、ふっと気に弛みが出たのか、いつしか、善助は中間《ちゅうげん》部屋に出入りするようになっていたのである。

だが、そこは、善助には生涯縁のない場所とも知っていた。

ある日のことである。いつものように長屋門《ながやもん》の潜戸《くぐりど》に訪《おとな》いを入れると、玄関番が仕《し》こなし顔に囁いた。

「兄さん、ちょっと覗《のぞ》いて行かねえか？　丁度、盆茣蓙《ぼんござ》が開いたばかりだ。なに、嫌なら見るだけでいい。見るは法楽《ほうらく》。一文の銭も要《い》りゃしねえ」

今から考えても、何故《なぜ》あのとき心が動いたのか、善助には解らない。ただ、耳許で囁かれた玄関番の言葉に、善助はまるで呪文《じゆもん》でもかけられたかのように、ついて行ってしまったのである。

ふと気づいたときには、盆茣蓙の前に坐っていた。

何もかもが初めてのことであった。

善助はわけが解らないまま、隣の男の反対に張った。

「兄さん、初めてとは思えねえぜ！　こう、兄さんの言う目が出るんじゃ、おてちんでェ！」

なんだか解らないが、中盆《ちゆうぼん》や三下《さんした》たちが囃《はや》し立てていた。

見ると、善助の前に札が山のように積まれている。

一分だけ……。一分だけなら……。

二度としようってんじゃねえ。生涯《しようげえ》、一遍こっきりの運試《うんだめ》しでェ……。

そう思い、意を決して賭《か》けた一分が、なんと、いつの間にか、二十両の金に化《ば》けていたのだった。

僅か半刻《はんとき》（一時間）ほどで、二十両とは……。

善助は熱に浮かされたように、立ち上がった。

「兄さん、勝ち逃げかえ？　罪なお人だぜ、兄さんは。だがよ、味を占めたら、また来なよ。俺ャよ、永年《ながねん》の経験から言うんだがょ、兄さんみてェな男を、根っからの福人《ふくじん》ってェのよ。違《ちげ》ェねえ！」

三下の上手《じょうず》ごかしも、善助をますます味噌気にさせた。

俺ャ、案外《あんげえ》、賭事《かけごと》に向いているのかもしんねえ……。

そんなふうに思うと、担い風呂敷《ぶろしき》を背負って、十文、二十文の利益のために、子《ね》に臥《ふ》し寅《とら》に起きるような生活が、途端に、鼻についてきた。

そりゃそうだろう？

おいらが爪に灯を点《とも》すようにして、我勢《がせい》したところで、待っているのは、飯も満足に炊《た》けねえおこまだ。

なんのつけ、俺ャ、おこまの父親《ておや》代わりとして、餓鬼《がき》を押しつけられただけじゃねえか！

だったら、自分で稼いだ金だ。ちょいとばかし遣ったところで、罰は当たるめえ……。

それによ、生涯《しょうげえ》、博奕《さいころ》だけにゃ手を出さねえと思ってたが、賭場《とば》に出入りするのは、ごろん坊や鉄火打《てっかうち》ばかりじゃねえんだ。大店《おおだな》の主らしき男もいたし、お店衆《たなしゅう》、浪人、変わりどころと言えば、俗医者《ぞくいしゃ》までいたじゃねえか。

ならよ、たまに賭場に顔を出すくれェ……。

善助は迷いが吹っ切れたかのように、にたりと嗤《わら》った。

ところが、たまにと思った賭場通いが、次第に、たまでなくなってきたのだった。

今日こそ商いをと担い風呂敷を背負い、旗本屋敷まで行くには行くのだが、奥に通る前に、ちょいとだけと、中間部屋へと脚が向くようになってしまったのである。

しかも、更に悪いことに、根っからの福人と言われた善助から運が去ってしまったのか、壺振《つぼふ》りの振る賽《さい》の目を、悉《ことごと》く、外すようになったのである。

すると、外せば外すほどますます悔《くや》しくなり、今度こそと勝負に出る。

ハッと気づいたときには、もう遅かった。

手拍《てばたき》（すっからかん）になって、茫然自失《ぼうぜんじしつ》に帰路《きろ》につくのだが、そこで止《や》めておけばまだよいものを、負けたまま引き下がるのがなんとしても口惜《くちお》しくてならず、今度こそ取り返してみせると、商売物の櫛簪を質に入れ、賭場通いを続けるようになっていたのである。

狐火の団平とは、麹町《こうじまち》の旗本屋敷で逢《あ》った。

団平は自《みずか》ら盆茣蓙に加わるわけではなかった。

胴元《どうもと》というわけでもないのだろうが、いつも、寺主《てらし》（胴元）の傍《そば》に坐り、煙管《きせる》を吹かしながら、盆茣蓙を眺《なが》めていた。

が、どうやら、団平が手拍となった客に金を回しているらしいと気づいたのは、二度目に逢ったときである。

そして、遂に、三度目に逢ったとき、善助自身が団平の前で頭を下げていたのである。

「よいてや。お貸し致しやしょ。但《ただ》し、博打《ばくち》の貸しは大尽金《だいじんがね》同様、月一分の利息。ひと月といっても、正味《しょうみ》二十五日だ。払えない場合は、担保《たんぽ》として、何を提供できる?」

団平は薄い唇を、ぞろりと舐《な》めた。

「担保……」

善助は息を呑《の》んだ。

担保と言われても、商売品は全て質にぶち込んでいて、残っているのは見世だけである。

「見世を……」

「ほう、見世をねえ。ちょいと調べさせてもらったが、鍛冶町の見世は横道《よこみち》だ。しかも、間口《まぐち》三間、奥行《おくゆき》九間と言えば、まっ、せいぜい、お貸し出来るのは、二十両ってとこですかね」

「ええ、ええ、ようござんす。それで……」

善助は後先《あとさき》考えず、板間に額を擦《す》りつけていた。

ところが、二十両の金は、僅か半刻で露《つゆ》と消えてしまった。

後で気づいたのだが、その盆茣蓙は大店の主や座《ざ》頭《とう》、手子《てこ》(鍛冶職《かじしょく》など)の采振《ざいふり》で、木札一枚の賭金《かけきん》が通常の十倍もするものだった。

だが、善助は見世まで担保にしてしまったのである。

既に商う商品も質に入っているとなれば、正味二十五日で二十両など、どう逆立《さかだ》ちしても出来るはずがない。

「旦那、待ってくんな！　俺ャ、どうあっても、このままじゃ引っ込みがつかねえ。あの見世は、先代から譲《ゆず》り受けた大切《てえせつ》なものなんだ。言ってみりゃ、女房のもので……」

善助は団平に縋《すが》りついた。

団平はにやりと片頰を弛めた。

「ならば、最後にもうひとつ勝負して、片をつけるかね？」

「もうひと勝負？　では、金を廻してもらえるのでやすね？　有難《ありがて》ェ。地獄《じごく》に仏とはこのことだ……。だが、俺ャ、もう何も残っちゃねえ。それでも、金を廻してくれなさるか？」

「生駒屋、てんごう言っちゃいけねえや。どこの世界に、無償《むしょう》で金を貸そうなんて仏がいようかよ。おめえ、もう何も残っちゃねえと言ったが、忘れちゃねえか？　おめえはまだ金の成る木を持ってんだよ」

「…………」

あっと、善助は絶句《ぜっく》した。

おこま……。

おこまのことを言っているのである。

「てめえの嬶《かかあ》は十五だってな。へっ、いけねえや。そんな小娘を嬶になんてしたんじゃよ。だがよ、聞くところによると、てめえ、まだその娘に指も触《ふ》れちゃいねえんだと？　へへっ、こいつァいいや。吉原《よしわら》に連れてきゃ、良い値で売れるだろうて。どうでェ、生駒屋、嶋を担保に出せば、三十両、いや、五十両までなら出すぜ」

団平はまたにやりと嗤った。

善助は首を振り続けた。

そんなことが出来るわけもない……。

喜八の顔が浮かび、姑の顔が、そして、少し下膨《しもぶくれ》で雛《ひな》を想わせる、おこまの顔が浮かんだ。

「では、諦《あきら》めるんだな。だが、月末《つきずえ》までに二十両返せねえようなら、見世はきっちり明け渡してもらおう。へん、どうせ、役立たずの小娘を連れて、路頭《ろとう》に迷うのが関《せき》の山だ。行き場のなくなった嶋を、おめえ、一体《いってえ》、どうするつもりなんだよ！」

団平のその言葉に、善助は強かに頬を打たれたように思った。

そうなのだ。見世を失ったとしても、自分一人なら、細々と担い売りを続ければ、生きていける。

が、おこまは違う。

おこまは、喜八が四十路《よそじ》半《なか》ばに初めて授《さず》かった娘である。

それこそ、目の中に入れても痛くないとばかりに溺愛されて育ち、未《いま》だ、幼心《おさなごころ》の抜けきらない、おぼこ娘である。

そんなおこまに、雨露《あめつゆ》を凌《しの》ぐ場所もない生活が、どうして強《し》いられようか……。

とっつァんよ、済まねえ。おいらはどうでも構わねえが、少なくとも、おこまだけは護《まも》ってくれ……。

善助は腹の中で何度も喜八に詫《わ》びを言い、手を合わせた。

そして、腹を決めた。

正真正銘、これが最後だ……。

何があっても、二度と博打にゃ手を出さねえ。

商人は辛抱の棒が大事。明日からまた我勢して、働くのだ……。

「解りやした。これが最後だ。二十両、廻してくんなせえ」

善助はきっと顎《あご》を上げると、団平の目を見据えた。

「ほう、二十両。二十両でいいのかな？　鼻を担保なら、五十両まで出すと言っているのに、おめえ、下手《へた》すりゃ、二十両で鼻を売ったことになるが、それでいいんだね？」

だが、善助は二十両以上は要らないと、きっぱり首を振った。

俺に運がありゃ、二十両で最初に借りた金が返せ、見世も戻ってくる。

欲を張って、それ以上儲《もう》けようと思うから、罰が当たってしまうんだ。

見世さえ戻れば、金輪際《こんりんざい》、賭事《かけごと》には手を出さねえ。なっ、とっつァん、それなら、許してくれるよな？

善助には、あの世から、喜八が護っていてくれるに違いないと思えたのである。

ところが、そうは虎《とら》の皮。世の中はそうそう甘く運《うま》ばない。

この期《ご》に及《およ》んで、喜八が護ってくれるなどと虫の良い考えを起こしたのが、間違いの原《も》因《と》だった。

二十両はものの見事に消え、善助は締《し》めて四十両の借りを作ってしまったのである。

残された道は、ただ一つ。

返済期限の月末までに、どんな手段を使ってでも、四十両の金を作ることだけである。

善助は仕入先や得意先、思いつくところを片っ端《ぱし》から駆けずり回り、頭を下げた。

だが、その頃には、善助が手慰《てなぐさ》みに嵌《はま》っていると噂がそこかしこに浸透《しんとう》していて、誰も相手にしてくれなかった。

団平に掛《か》け合い、返済期日を延ばすか、分割にと頼み込むことも考えてみたが、それも叶《かな》わないことと諦めるより仕方なかった。

その頃になって初めて判ったことなのだが、団平は才取といって、売買《ばいばい》を取り持ち、口銭《せん》を取るのが本業だという。

つまり、善助が金を借りたのは、団平からではなく胴元からであり、団平はその口利《くちき》き、取り立てをしているというのである。

団平の仕事は、博打絡みの金の貸し借りだけでなく、喧嘩《けんか》、揉《も》め事、乗っ取りと、あらゆる分野に渡っていて、団平が間にはいると、大概のことが依頼主の思惑《おもわく》通りに収まるというので、いつしか、狐火の団平と呼ばれるようになったという。

夜分《やぶん》、山野で見られる妖《あや》しげな火……。

狐の口から出ると誰もが気味悪がる狐火に譬《たと》えられるとは、団平に目をつけられたが最後、どう足掻《あが》いても、逃げ切ることが出来ないということなのだろう。

月末、おこまは迎えに来た女衒《ぜげん》に散茶舟《さんちゃぶね》に乗せられ、吉原へと売られていった。

何も知らないおこまは、行楽《こうらく》にでも行くとでも思ったのか、はしゃぎ声を上げた。

「善さんも行こうよ！　なんで一緒に行かないのさァ」

おこまは舟の上から手を振り続けた。

済まねえ、おこま。許してくれ……。

だがよ、待ってな。今にきっと迎えに行くからよ……。

俺ャ、生涯《しょうげえ》、所帯は持たねえ。おいらの女房は、おこま、おめえだけだ。

なっ、後生《ごしょう》だ。待っていてくれや……。

善助は舟が豆粒のように小さくなり、やがて視界から消え去っても、しゃがみ込んだまま、何度も手を合わせた。

だが、それから二刻《ふたとき》（四時間）ほど後のことである。

狐火の団平が、細い目をそれこそ狐のように釣《つ》り上げて、駆け込んできた。

「てめえ、この大かぶりが！　嗅に身売りする話をしてなかったのかよ！　あのどち女《あま》、山谷堀《さんやぼり》に身を投げちまいやがった！」

おこまは散茶舟が日本堤《にほんづつみ》に差しかかった頃、それとなく身の危険を察したのか、突如、騒ぎ出したというのである。

「この置いて来坊《きぼう》が！　てめえ、亭主に売られたのも知らねえのかよ。諦めな。じたばたしたって、もう手遅れでェ！」

女衒がおこまを黙らせようと、口を塞《ふさ》ぎかけたときである。

おこまがその手を払った。

「だったら、あたし、おとっつァんやおっかさんの所に行く！　善さんなんか大嫌いだ！」

おこまはそう叫ぶと、ひらりと山谷堀に身を投じたという。

「てめえ、どうしてくれるんでェ！　あの女にゃ、二十両払ったんだ。この始末をどうつけてくれると言いてェが、女を死なせちまったのは、女衒の不始末《ふしまつ》だ。まっ、こうなりゃ、たった今、見世を明け渡してもらうまでよ。とっとと出ていってくれ！」

団平は苦々《にがにが》しそうに、善助を叩き出せと、お先狐《さききつね》（手下）に合図した。

善助は山谷堀へと急いだ。

だが、おこまの遺体は、まだどこにも上がっていないという。

大川に戻され、流れちまったのじゃなかろうか。

可哀相《かえいそう》に。若ェ女ごの身じゃ、とても助かりはしないだろう。

誰もがそう言った。

が、善助にはどうしてもおこまが亡くなったと信じられない。

おこま、生きていてくれ。頼むからよォ……。

河原乞食《かわらこじき》となった善助が、ぶつぶつ呟きながら大川端《おおかわばた》を彷徨《さまよ》うようになったのは、それからである。

いっそ、自分も大川に身を投じ、あの世で喜八やおこまに謝《あやま》ろうか……。

何度、そんなふうに思ったことだろう。

だが、それを留めたのは、万が稀《まれ》、おこまが助かっていたならばという、一縷《いちる》の望みであった。

そんときゃ、俺ャ、奴隷《どれい》になってでも、今度こそ、生涯《しょうげえ》あの女に尽《つ》くすんだ……。

だが、一年経《た》っても二年経っても、おこまの消息は杳《よう》として摑《つか》めなかった。

やっぱ、おこまは大川へ、いいんや、海へと流されちまったのだろうか……。

善助は心底疲《つか》れ果てていた。

それでなくても、生きていくことは並大抵《なみたいてい》のことではない。

糧《かて》を得るためには働かなくてはならないが、見世もなければ金もない。第一、信用を失ってしまった善助には、今や、担い売りの道すら閉ざされている。

仕方なく、日傭《ひよう》の土方《どかた》仕事でなんとか口漱《くちすす》ぎしてきたが、その仕事とて、いつでもあるとは限らないのである。

立場茶屋おりきの先代女将に出逢ったのは、そんなときだった。

春も盛りの頃である。

おりきは見世の常連に招かれ、花川戸《はなかわど》の料亭を訪れた後、桜に誘《さそ》われ日本堤を散策《さんさく》した。

喉《のど》が渇《かわ》いたので河岸《かし》道《みち》の茶店に入り、一服《いっぷく》していたときのことである。

料亭で中食《ちゅうじき》を済ませた後だったので、おりきは出された草餅《くさもち》には手をつけず、お代を払おうと立ち上がった。

茶汲女《ちゃくみおんな》が釣りを払おうと、奥に入ったときである。

おりきは釣りはいいからと声をかけようとして、あっと目を瞠《みは》った。

床几《しょうぎ》の下からそろりと手が伸びてきて、皿の草餅がすっと消えたのである。

「嫌だ、まただよ！　この盗人《ぬすっと》が！　さあ、とっとと出ておいで。今日ばかりは許さないからね！　番屋《ばんや》に突き出してやる」

奥から茶汲女が飛び出してくる。

床几の下から、垢《あか》にまみれた善助が、ぬっと顔を出した。

「まあ、おまえさん、お腹が空《す》いてるのね。いいから、お上がりなさい。なんなら、もうひと皿貰《もら》いましょうか？」

おりきは茶汲女にこの男は自分の連れだと説明し、善助に坐れと目まじした。

おりきは不思議な女《ひと》だった。

初めて出逢ったのに、もう何年も前から知っている……、そんな親近感《しんきんかん》を抱《いだ》かせた。

「おまえさまの目には、深い哀《かな》しみが見えますね。人は皆、某《なにがし》かの疵《きず》や苦《にが》い想いを抱えているものです。あたしもね、品川宿門前町に見世を構え、品川寺《ほんせんじ》、妙国寺《みょうこくじ》、海蔵寺《かいぞうじ》とお詣《まい》りを欠かしたことがありませんが、本日、浅草寺《せんそうじ》に詣りますと、なんだか気持が引き締まったようで、より一層《いっそう》、真摯《しんし》に生きなければと、改めて、胸を打たれました。それほど、人は悔《く》やんでも悔やみきれないほど、罪深《つみぶか》いものを抱えていましてね」

「へえ……。おめえさんも……」

善助は草餅を喉に詰まらせ、目を瞬《しばた》いた。

「おやおや、さあ、お茶をお上がりなさい」

おりきは茶汲女に、お茶のお代わりを持ってくるよう、目で促《うなが》した。

が、茶汲女はいかにも嫌だといったふうに、眉間《みけん》に皺《しわ》を寄せると、ぷいと横を向いた。

「まっ、なんだろうね、この見世は！　どんな形《なり》をしていようと、客は客。身形《みなり》で客を判断するようでは、ろくな見世とは言えません。そうだわ、おまえさま、お腹が空いているのなら、草餅などより、饂飩《うどん》か蕎麦《そば》のほうがよいでしょう。では、参りましょうか」

おりきはそう言うと、茶汲女をきっと睨《にら》みつけて、立ち上がった。

どうやら、この女性は勇《いさ》み肌と見えた。

何気ない仕種《しぐさ》の一つひとつに、相手を気圧《けお》す雰囲気が漂《ただよ》っている。

「そうだったのですか。では、あたしはもう何も言いません。おまえさまは、おこまさんにしてしまったことを悔やんでいなさる。だったら、大いに悔やむことです。それが、おまえさまに科《か》せられた冥罰《みょうばつ》ですものね。けれども、悔やむだけではなりませんよ。悔やんで、そこから立ち上がり、今後どう生きていくかが問題なのです。おまえさまは、たった今、俺ャ、誰にも信用してもらえねえ、働くことも出来ねえ、と泣き言を言いなすった。だが、果たして、そうだろうか？　おまえ、そう言って、逃げているだけじゃないかえ？　甘《あま》ったれるんじゃないよ！　本気で、仕事をしようと探したことがあるかえ？　誰も信じてくれないのじゃなくて、信じてもらいたきゃ、まず、自分が人を信じることだ！　こんな、その日暮らしをしてたんじゃ、悔やんだところでどうしようもないじゃないか。もっと地に脚をつけて、懸命《けんめい》に生きることだ。それが、おこまさんやおとっつァんに詫びることになるんだからね」

花川戸の蕎麦屋《そばや》で、善助から話を聞いたおりきは、言葉尻《ことばじり》を荒げながらも、圧《お》し殺した声で、諄々《じゅんじゅん》と諭《さと》した。

善助は煤《すす》けたふすもり顔を涙でぐじゅぐじゅにして、噎《むせ》び泣いた。

思えば、あの日、山谷堀でおこまの名を叫び続けて以来の涙であった。

あれからは、泣こうと思っても、泣けなかった。

泣くことすら許されないと思うほど、怖かったのである。

やっぱ、俺ャ、うじうじと、いろんなことから逃げてたんだ……。

「おまえ、品川宿に来るかえ？」

「えっ……」

善助は垢染《あかじ》みた袖《そで》で、洟《はな》を拭った。

おやおや、とおりきが胸の合わせから、懐紙《かいし》を取り出す。

「生まれ変わった気持で、うちで働いてみるかえ？　うちは立場茶屋おりきといって、茶屋と旅籠を営んでいますが、旅籠のほうなら、下足番として、薪割り、水汲《みずく》み、雑用と、仕事なら幾《いく》らでもありますからね。但し、来てもらうからには、これまでのことは綺麗《きれい》さっぱり忘れることだ。おまえさん、おこまさんが見つかるかもしれないので、大川端を離れられないと言いなすったが、不憫《ふびん》とは思うが、遺体が上がることは今後も考えられないだろう。だからといって、生きているとも思えない。ならば、しっかりと現実を瞠め、供《く》養《よう》して上げることだね。供養はどこでだって出来るからね。品川宿には、水難《すいなん》や、行き場のない可哀相な人を祀《まつ》った寺もありますからね」

「女将さん」

善助は泣き腫らした目を上げた。

「本当に、おいらにその仕事が務《つと》まるだろうか……」

「務まりますとも！」

それで話は決まった。

あのとき、先代女将に拾われなかったら、自分はどんな成れの果てを辿《たど》ったのであろうか……。

時折、善助はそんなふうに思うと、身震いする。

あれ以来、善助は、生涯この女《ひと》についていこうと、懸命に生きてきたのだった。

その女将がこの世を去って、かれこれ七年……。

二代目女将は、先代が見込んだだけあって、太っ腹なところや気丈《きじょう》なところが、恰《あたか》も先代の生まれ変わりかと思えるほど、酷似《こくじ》している。

そのうえ、二代目おりきは、やんわりとした如来肌《にょらいはだ》な外見に似合わず、柔術《じゅうじゅつ》までこなす。

善助は二人のおりきに仕《つか》えることが出来、これほどの果報《かほう》があろうかと、毎晩、神仏《しんぶつ》に手を合わせている。

しかも、三吉という、孫のような子も持てたのである。

おこまを想うと、未だ、忸怩《じくじ》と胸が痛むが、おこまにしてやれなかったことを、三吉やおきちに幾らかでもしてやることが出来たならば……。

善助はそう思い、老骨《ろうこつ》に鞭《むち》打ち、日々、神仏に感謝しているのだった。

「だがよ、狐火の団平が、なんでまた……」

善助は再びぼそりと呟いた。

狐火が現われるということは、こりゃ、きっと裏に何かある……。

そう思うと、居ても立ってもいられなくなった。

今さら、女将さんや大番頭さんに、おいらの昔のどらが知れたところで、それがどうしたというんでェ……。

そやそや、こんなことをしちゃいられねえ！

善助はむくりと立ち上がる。

パチン！

焚口で火の粉が割れ、飛び散った。

「善助、この藤四郎《とうしろう》が！　ぐらぐら湯が煮え滾《たぎ》ってるじゃねえか。てめえ、客を五右衛門《ごえもん》にでもしようって魂胆《こんたん》かえ！」

湯加減《ゆかげん》を見に来た達吉が、湯殿の中から鳴り立てる。

善助はへっと首を竦めた。

「だが、ようござんしたね。善助からあの男が狐火の団平と聞かされ、肝っ玉が縮み上がりそうになりやしたが、どうやら問題らしきものも起きず、安堵しましたぜ」

団平たちは朝餉を済ませ、機嫌良く旅籠を後にしていった。

客を見送り、帳場に戻って来た達吉が、どうやら昨夜は余りよく眠れなかったとみえ、疲弊《ひへい》しきった顔をして、太息を吐く。

「ご苦労でしたね。さっ、お茶をお上がり」

おりきは茶缶《ちゃかん》の蓋を開け、極上《ごくじょう》の喜撰《きせん》を急須《きゅうす》へと移す。

善助が話があると言ってきたのは、おりきが各部屋の挨拶《あいさつ》を済ませ、帳場に下りてきたときだった。

「まあ、堺屋さんのお連れが、才取というのですか？　大番頭さん、才取の団平という名に、何か心当たりがありますか？」

おりきの問いに、達吉は渋面《じゅうめん》を作った。

「実際に逢ったことはねえが、名前は聞いたことがありやす。江戸じゃ、かなり名を轟《とどろ》かせているようで、狐火の通った跡《あと》にゃ、草木も生《は》えねえなんて噂を耳にしやした。だが、その狐火と堺屋が一体《いってえ》どういう繋《つな》がりか……。そこら辺りが、あっしにゃ、もうひとつ合点《がてん》がいきやせんや」

「善助には思い当たることがありませんか？」

善助はいやっと首を振った。

「お連れのお蘭《らん》とかいうお方、確か、深川材木町《ふかがわざいもくちょう》の紙問屋加賀屋《かがや》のお内儀《ないぎ》だとか……。この方と堺屋さんの繋がりも判りませんわね」

「いや、女将さん。ありゃ、お内儀じゃねえ。恐らく、妾《てかけ》でやしょ。だが、どちらにしても、この三人の繋がりが解せやせん。狐火が絡んでいるとなれば、金の匂《にお》いがして当然だ。が、どう見ても、あの三人は和気藹々《わきあいあい》としていて、きな臭さなど微塵《みじん》も感じさせねえ。となれば、狐火の標的《ひょうてき》はこの立場茶屋おりき……。だが、うちには奴に狙《ねら》われるような材料が、何ひとつありやせんからね。接客や料理にいちゃもんをつけてごねたところで、そんなもの、大《てえ》した銭にもなりゃしねえ。第一《でえいち》、狐火の団平と呼ばれるほどの男が、そんなちんけな強請紛《ゆすりまが》いのことをするとは思えねえ。なんせ、終始、ご機嫌でやしたからね。何しろ、巳之吉の料理ばかりか、什器《じゅうき》の一つひとつまで褒《ほ》めちぎり、板場衆や女中たちばかりか、下足番や三吉にまで、過分《かぶん》な祝儀を振舞《ふるま》いやしたからね」

「へっ、あっしにまで祝儀が出たと大番頭さんから聞き、一瞬、素性《すじょう》がばれたかとひやりとしやしたが、どうやら、そうではないらしい。そりゃそうでやすよね。あっしにゃ忘られねえ顔といっても、狐火にしてみれば、手玉《てだま》に取った男なんぞ掃《は》いて捨てるほどいるだろうし、いちいち、虫けらみてェなおいらの顔など、憶《おぼ》えちゃねえだろうさ」

善助が悔しそうに、唇をきっと噛《か》み締める。

「解りました。とにかく、わたくしたちは今後も粗相のないように努めましょう。但し、必要以上に緊張しないこと。通常通り、気扱《きあつかい》のある接し方をしていれば、必ずや、ご満足いただけるのですからね」

おりきはそう言ったが、気懸りなのは、客室が一つしか用意できなかったことである。

既に、挨拶に出た際、おりきの口からその旨は伝えてあるが、実際に床を取る段になり、控えの間の狭《せま》さに文句が出ないとは限らない。

おりきは床を取る段になり、もう一度、頭を下げに顔を出そうと思っていた。

堺屋栄太朗は食後おりきの点《た》てたお薄《うす》を旨《うま》そうに飲み、帰っていった。

「本日は遠路《えんろ》はるばる品川宿門前町までお越し下さり、わたくしどもにご宿泊下さったことを心より感謝しております。何かお気づきになられましたこと、ご要望がございましたら、なんなりとお申し付け下さいませ。そろそろ、お床を取らせていただきとうございますが、先ほども申し上げましたように、本日は生憎《あいにく》この部屋しかご用意することが出来ませんでした。さぞや、ご不自由な思いをおかけするかと思いますが、どうか勘弁《かんべん》して下さいませ」

おりきは改まったように威儀《いぎ》を正し、深々と辞儀をした。

「なに、いいってことよ。ひと部屋しか空いてねえのに、無理を言って、二人泊めてもらおうってんだ。へっ、俺ャ、加賀屋のお内儀と一緒に寝たって構わねえがよ。まっ、他人《ひと》のかみさんだ。そういうわけにもいくめえ」

団平は顔面に世辞《せじ》笑《わら》いを作り、にっと笑って見せた。

行灯《あんどん》の灯《ひ》に、頬の傷跡がくっきりと照らし出され、おりきの背を冷たいものがさっと伝い落ちた。

「あら、あたしなら構やしないよ。なんなら、仲良く枕を並べて眠りましょうか」

お蘭がぞくりとするような汐《しお》の目を団平に送る。

「てんごう言ってんじゃねえ！　おめえさん、俺を幾つだと思っていなさる。俺ャ、もうそんな元気はねえんだよ」

何やら、奇妙《きみよう》な雲行《くもゆき》になってきた。

「では、すぐに床を取りに参らせます。どうか、ごゆるりとお寛ぎくださいまし」

「ああ、有難うよ。あっ、女将……」

おりきは頭を上げかけ、ぎくりと団平に目を返した。

が、団平の目は穏《おだ》やかで、笑みさえ湛えていた。

「噂にゃ聞いてたが、実に、いい宿だ。わざわざ来た甲斐《かい》があったぜ」

「有難うございます」

おりきはもう一度深く頭を下げた。

どうやら、全てが取り越し苦労で、杞憂《きゆう》に終わったようである。

翌朝も、取り立てて特別なことが起きるわけでもなく、団平とお蘭は朝餉を摂り、五ツ（午前八時）過ぎに、旅籠を後にした。

「正直に言って、疲れやした。夕《ゆん》べはまんじりとも出来ねえ始末で、なんでェ、聞いたほどのこともねえじゃねえかと思ったり、いや、決して油断《ゆだん》をしちゃならねえ。ああいう輩《やから》は人が油断した隙《すき》を見て、するりと入《へえ》り込むのが手なんだと思ってみたり、寿命《じゅみょう》が縮むような想いでやした」

達吉が太息を吐くと、欠伸《あくび》する。

「さあ、ひと息入れたら、また今日も忙しくなりますよ」

「そうでやした。今日は餅搗《もちつ》きでやしたね。今、何刻《なんどき》で？」

「さあ、そろそろ四ツ（午前十時）になる頃でしょうか」

「ああ、それで……。なんだか板場や中庭がやけにバタバタ騒がしいようだが、餅搗きの準備をしてるのでしょうか」

達吉がそう言ったときである。

「女将さん、宜しゅうござんすか」

板場のほうから声がかかった。

巳之吉の声のようである。

「巳之吉かえ？　お入り」

障子がするりと開く。

「巳之吉、昨夜はご苦労でしたね。お陰で、お客さまにも大層満足していただけました。今宵も客室は予約で満室となっていますが、引き続き、頼みましたよ。それで、どうかしましたか？」

巳之吉にしては珍しく、困じ果てた顔をしている。

巳之吉はちょいと後ろを振り返った。

背後で、微《かす》かに、人の影が動いたように思った。

「誰かいるのですね？　おや、おまえ、連次《れんじ》ではないですか！」

連次が項垂《うなだ》れ、巳之吉に前へと押し出される。

「おまえ、どこに行ってたのですか。心配していたのですよ」

「へえ……」

「連次、へえじゃ解らねえだろうが、へえじゃよ！　女将さんばかりじゃねえ、俺たち皆がどんだけ心配《しんぺえ》したことか！」

達吉が気を苛《いら》ったように言う。

「大番頭さん、そんなふうに頭ごなしに叱《しか》るものじゃありませんよ。連次には恐らく何か事情があったのでしょうし」

「女将さん、あっしから言わせて下せえ。連次のひょうたくれが、あっしにおめえなんぞ板前になる資格がねえと言われたことを根に持って、ぷいと飛び出したまま行方《ゆくえ》知れずだった。こいつ、立場茶屋おりきでは自分はもう役立たずなんだ、嫌われてると思ったと言いやがって！　そうじゃねえんだ。俺ャ、役立たずや嫌《きれ》ェな男なら、叱りやしねえ。いずれものになると思うからこそ、叱りつけてでも一人前《いちにんめえ》の板前に育てようと思うんでェ。板前ってのはよ、庖丁《ほうちょう》を握るのも大事《でえじ》だが、それよりもっと大事なのは、食材を見る目を養《やしな》うことだ。それなのに、仕入れに穴を空けやがって！　そんなんじゃ、先行きが思いやられるからよ。女ごのことを言うとき、よく水気《みずけ》のあるうちって言葉を使うだろ？　板前だって同じだ。腕を磨《みが》こうと思ったら、歳《とし》食ってからじゃ遅《おせ》ェんだよ！　だから、現在《いま》は脇《わき》目《め》を振らずに、修業しろって言いたかったんでェ。どうせ、このすかたんが、どこに行っても自分の腕なら通用すると味噌気に思ったんだろうが、そんな洒落臭《しゃらくせ》ェことが通るわけがねえ。へっ、口入屋《くちいれや》に駆け込んでみたが、廻される見世は料理とは名ばかりの、しょうもねえ食い物しか出さねえ見世ばかりだ。連次の奴、こんなことをしてたんじゃお先真っ暗と思ったようだが、今さら、頭を下げて帰《けえ》ろうにも帰れねえ。あれから毎日倦《あぐ》ねていたというが、あっしはてっきり堺屋の旦那に唆《そその》かされて、江戸にでも出たんだろうと思ってたんでね」

「待ちねえ、巳之吉。その、堺屋に唆されたとは、どういうことでェ！」

達吉が甲張《かんば》った声を上げる。

おりきもえっと巳之吉を見た。

「いいから、障子《しょうじ》を閉めて、まあ、こっちにお入りなさい。連次、さあ、おまえもですよ」

おりきにしてみれば、まさか、ここで堺屋の名前が出てくるとは思ってもみなかったのである。

巳之吉と連次が帳場に入ってくる。

「さあ、何があったのか話《す》して下さい」

へい、と巳之吉は真っ直ぐおりきを見据えた。

「堺屋の旦那からは、今までも時折、おめえの腕なら品川くんだりで燻《くすぶ》ってねえでも、江戸の一流料亭で立派に花板《はないた》として通用する。なんなら、口を利いてやってもよいがと言われてやしたが、あっしは無視してきやした。それで、連次も堺屋にと疑ったんだが、はっきり、そうと判ったわけじゃねえ。ところが、今朝、魚河岸《うおがし》からの帰り、再び、堺屋の旦那に出会《でくわ》してしまってよ。出会すというより、ありゃ、待ち伏せしてたんだと思いやす。と言うのも、昨夜の客二人と一緒でやしたから……。あっしは夕べ過分な祝儀を貰ってやすからね。礼も言わず、そのまま素通《さ》りするのもと思い、道端《みちばた》でやしたが、挨拶をしやした。すると、夕べの客が女性客を指し、こちらは深川材木町の紙問屋加賀屋のお内儀だが、この度、向島《むこうじま》に料亭を出すことになった。なんでも、両替商《りょうがえしょう》の別荘を買い取ったとかで、広大《こうだい》な庭園を持つ、風情のある屋敷で、お内儀はそこを八百善《やおぜん》や平清《ひらせい》に匹敵《ひってき》する料理宿にしようとなさっている。昨夜、おりきを下見したのも、そのつもりがあってのことだが、お内儀は巳之吉の料理の腕を高く買いなすった。どうでェ、おめえにその料理宿を委せるが、来る気はねえか。現在《いま》、おりきで貰っている倍の金を払うつもりだ。そう言いやした。だが、あっしは即座《そくざ》に断りやした。冗談じゃねえ。あっしは銭のために庖丁を握ってるんじゃねえ。両替商の別荘だかなんだか知らねえが、料理というものは、見世の構え、什器の一つひとつ、何より、女将の品格、それに板前の技《わざ》が加わり、何もかもが調和して、初めて、全てが生きてくるってもんだ。悪いが、昨夜の客には、その品格がねえ。まっ、そうは言いやせんでしたが、立場茶屋おりきを離れるつもりはないし、今後もその気になることは絶対にない、とはっきり断りやした」

「なんと、やっぱり、奴らにはそんな魂胆があったのか！」

達吉が忌々《いまいま》しそうにチッと舌を打つ。

「堺屋の旦那は余程《よほど》業が煮えたのでやしょう。こびたことを言うもんじゃねえ。女将が品をするだけじゃなく、板前までが品をしやがって！　粋方《すいほう》（通人）ぶるのも、いい加減にしな。今に、目に物を見せてやる。おめえが駄目なら、板脇《いたわき》から焼方《やきかた》、煮方《にかた》に至《いた》るまで、根こそぎ引き抜いてやる……。そう言われやしたが、あっしはそれ以上小胸《こむね》の悪いことに耳を貸すほど暇じゃねえ。それで、振り切って帰《けえ》って来やしたが、そしたら、連次の野郎が勝手口の外から板場を窺ってるではありやせんか。堺屋のかませ者が、連次を遣って、もう、板場の連中を唆しに来やがったのか……。あっしはカッと頭に血が昇って、連次を問い詰めたところ、そうじゃなかった……」

「行き場がなくなって、戻ってきたのね？」

「お、女将さァん……」

連次はワッと畳に突っ伏し、泣きじゃくった。

「済まねえ、女将さん。あっしからも頼みやす。連次の奴を、もう一度、遣ってやってくれやせんか？」

巳之吉も頭を下げた。

「あっしは、やっぱり、おりきがいい……。女将さんも好きだ。この旅籠が好きだ。何より、巳之《みの》さんの下で働きてェ……」

「当たり前ではないですか。わたくしはおまえが辞《や》めたなんて思っていませんでしたよ。少しばかり、骨休めをしているのだ、必ずや、戻ってくると信じていました。ここがおまえの家ではないですか。女たちをいずれここから嫁に出すように、おまえがここを出ていくときは、板前として、どこに出しても恥ずかしくない腕の出来たときです。そのときは、巳之吉もわたくしたちも、心《しん》からおまえの門出《かどで》を祝いましょうぞ」

おりきがそう言うと、巳之吉がぽんと連次の背を叩いた。

「良かったな、連次。さあ、今日からまたおめえをびしびし鍛《きた》えるからよ。覚悟《かくご》しな！」

おりきはおやっと思った。

巳之吉の目が、きらと光ったように思えたのである。


「ヘェイホォ、ヘェイホォ！」

中庭から威勢《いせい》の良い掛け声が響いてくる。

「おきっちゃん、準備は出来ましたか？」

おりきが声をかけると、おきちが、はァい、と間延《まの》びした可愛い声を返してくる。

薬缶《やかん》を手にしたおきちは、昨年より、ひと回り大きくなったように思える。

子供の成長は目を瞠るようである。

昨年は薬缶のほうが大きく見え、千鳥足《ちどりあし》だった足許《あしもと》も随分しっかりとしてきた。

この分なら、おきちが四ツ身を卒業するのも、もう間近であろう。

おりきが握り飯や漬物《つけもの》の入った諸蓋《もろぶた》を抱え、その後を、おきちが薬缶を提《さ》げて、中庭へと歩いていく。

今年の餅搗き当番は、旅籠のほうから追廻《おいまわし》の杢助《もくすけ》、茶屋からは又市《またいち》が出ている。

杵《きね》を振り下ろす男たちを後目《しりめ》に、女たちが傍で七輪《しちりん》を扇《あお》ぎ、蒸籠《せいろ》を蒸《む》している。

おまきが搗き上がった餅を諸蓋で受け、茶屋のほうへと運んでいった。

「杢助、又市、少し休んで、今のうちに中食を済ませておしまい」

おりきが声をかけると、杢助が、まだこの臼《うす》は五分搗きだ。ついでだから、と大声で返す。

見ると、杢助はこの寒空の下《もと》、頭から湯気を立てている。

「けれども、おまえ、随分と疲れておいでだえ？　誰か交替する者はいないのですか？」

だが、見渡したところ、中庭に男手《おとこで》はないようである。

が、そのとき、おりきの袖が揺すられた。

「女将さん、おいらが搗く」

三吉が澄《す》んだ目で、見上げていた。

「おや、三吉が？　大丈夫かしら……」

「大丈夫《でえじょうぶ》でやすよ。搗かせてやって下せえ。あいつも一人前《いちにんめえ》の男として、認められてェのよ。なに、日頃、薪割りで鍛えた腕だ。今じゃ、おいらの倍は薪を割りやす」

裏庭のほうから、善助もやってくる。

「そう。では、三吉、お願いしますね。けれども、怪我《けが》をしないようにね」

おりきの口許に目を据えていた三吉が、解った、と元気の良い声を返してくる。

「まあ、三吉の嬉《うれ》しそうな顔……。なんだか久々《ひさびさ》に見たような気がしますわ」

「へえ、もうすっかり元気で……。だがよ、考えてみれば、去年の餅搗きにゃ、如月《きさらぎ》さまがいらしたんだもんな。早《はえ》ェもんでェ……。もう一年か……」

善助がしみじみとしたふうに呟く。

「そうだよ。あたし、先生のあの屁《へ》っ放《ぴ》り腰《ごし》が忘れられない！　自分じゃ、いっぱしに粋《いき》がって、捻《ねじ》り鉢巻《はちまき》に尻《しり》からげして、弥蔵《やぞう》なんか決め込んでたけどさ。どこから見ても、本《ほん》宿《じゅく》の太鼓《たいこ》持《も》ちみたいで、可笑《おか》しくて堪んなかった！」

おきちがくすくすと思い出し笑いをする。

「おきっちゃん！」

おりきは目でおきちを押さえた。

暫く忘れていた鬼一郎《きいちろう》の涼《すず》しげな目許《めもと》が、おりきの眼窩《がんか》をつっと過ぎっていく。

胸の奥にちかりと痛みを覚えた。

「お武家に戻られたんじゃ、餅を搗くなんざァ、二度とねえでやしょう。なんだか、寂《さみ》しいもんですな」

「そうね……」

また、胸が疼《うず》いた。

誰よりも、おりきが一番寂しいのである。

だが、果たして、鬼一郎はおりきや立場茶屋で過ごした日々を憶えているだろうか……。

鬼一郎にしてみれば、立場茶屋で過ごした日々は断片的《だんぺんてき》なものであり、今まで生きてきた三十年近くの歳月《さいげつ》と、ここを去ってからの一年を繋がったものとして考えれば、ここでの一年は、鬼一郎の人生に、縁もゆかりもないものなのである。

おりきはつと過ぎった鬼一郎への思いを振り払った。

おきちが三吉のほうへと駆けていく。

「だが、ようござんしたね。堺屋と狐火の団平の狙いが、巳之吉を引き抜くことだったと聞き、あっしも業が煮えくり返るようでしたが、巳之吉は決して甘《うま》い話や胡散臭《うさんくせ》ェ話に乗るような男じゃねえ。堺屋の野郎、狐火を遣って、立場茶屋おりきの追い落としを謀《はか》ったんだろうが、そうは虎の皮。へっ、ざまァみろってんでェ！　巳之吉の話じゃ、今後も、うちの板場からは誰も抜けやしねえってことだ。堺屋の面皮《めんぴ》を欠いてやったことで、あっしも胸が透《す》くような想いだ。なんと言っても、あの狐火に泡《あわ》を吹かせてやれたんでェ、胸晴できたような気がしてよ。まっ、こんなことくれェじゃ、死なせちまったおこまに訳が立たねえと、知ってはいるんだがよ……」

「そうですね。わたくしも此度《こたび》初めて、おこまさんのことを聞きましたが、このことは、先代が言いなすったように、おまえが我勢して生きること、他人《ひと》のために尽くすこと以外に、罪滅《つみほろ》ぼしをする手段がありませんものね。わたくしね、おこまさんのことを聞いて、善助が三吉やおきちに肩入れする気持がよく解りました。二人とも、不憫な生《お》い立ちです。恐らく、三吉には今後もさまざまな苦難が待ち構えているでしょう。善助はそれを支えていくことで、せめて、おこまさんへの謝罪や供養に繋がればと思っているのでしょうね」

おりきがそう言うと、善助は慌てた。

「そうじゃねえ。そうじゃねえ……。おいら、あの二人が可愛いんだ。理屈《りくつぬ》抜きで、可愛くて堪んねえ……。それだけだ」

おりきはふふっと笑った。

「それで、三吉の幸せを願い、福寿草の鉢を求めたというのですか？」

あっと、善助がおりきを見る。

「なんで、女将さんがそれを……」

「全く、おまえって、嘘のつけない男《ひと》ですね。いえね、先日、座敷に挨拶に上がった折、堺屋さんがおまえに予約を頼んだとき、大事そうに福寿草の鉢を抱えていたとおっしゃっていましたのでね」

「俺ャ……、決して、庭に植えるつもりもねえし、株分けして、増やそうなんて思っちゃねえ。ただよ、おいらの小屋にそっと仕舞っておくだけなら、三吉に幸せが訪れるようにと願掛けするだけならと思ってよ……。けど、捨てやす。今晩にでも、風呂の焚口にくべてしまいやす」

おりきは口許を袂《たもと》で押さえ、くくっ、と肩を揺らした。

「お莫迦さんですね。誰が捨てなさいと言いまして？　おまえが鉢で愉《たの》しむのですもの。良いに決まってるでしょうが。鉢植えと言え、草木は生きています。大切に育ててやらないでどうしましょう」

「えっ、じゃ、持っていても宜しいんで？　良かった。いえね、久々におこまのことを思い出したら、狐火の野郎がおこまのことを金の成る木なんて言ったことを思いだしてよ。

そしたらよ、堺屋の銀六が福寿草や橘の鉢植えのことを、金生樹《かねのなるき》と言っていたことまで思いだしちまって……。縁起でもねえ、やっぱ、福寿草は捨てちまおうかと思いやしたが、そうでやすよね。草木は生きてる。あいつが自ら枯れちまわないうちは、大切に育ててやんなきゃなりませんよね！」

善助の目がぱっと輝いた。

おやおや、とおりきも目を細める。

「女将さァん！　三吉が餅を搗き上げたよォ！」

冬日《ふゆび》の柔《やわ》らかな光を縫《ぬ》って、おきちの愛らしい声が流れてくる。

三吉が得意気《とくいげ》に、戯《おど》けて弥蔵を決めて見せた。

おりきと善助は目を見合わせ、ふと頬を弛めた。

雛の燭

　おりきは幾千代《いくちよ》と肩を並べ、海蔵寺《かいぞうじ》の山門《さんもん》を潜《くぐ》ると、なだらかな坂を街道へと下っていった。

「今日は先代の月命日だ。おまえさん、余程《よほど》のことがない限り、妙国寺《みようこくじ》に参詣《さんけい》した後、ここに廻《まわ》るだろう？　それで、なんとなく、出逢《であ》うのじゃないかと思っていたが、ふふっ、本当に出逢っちまった」

　幾千代が肩を竦《すく》めてみせる。

　今日の幾千代は、水浅葱《みずあさぎ》の地に瑠璃色《るりいろ》の観世水《かんぜみず》といった単衣《ひとえ》に、藍木綿《あいもめん》の帯を無造作《むぞうさ》に路考茶《ろこうちゃ》結びにしていて、どことなく長閑《のどか》な春の水面《みずも》を想《おも》わせる出立《いでたち》である。

「幾千代さんは毎日海蔵寺にお詣《まい》りされるのでしょう？　お偉いわ」

「偉かァないさ。それだけ、無聊《ぶりよう》を託《かこ》っているというだけの話でね。けど、このところは、月に二回だ。おさんが来てからというもの、何かと忙《いそが》しくてさ。何しろ、三味線《しやみ》にしたって踊りにしたって、一から教えなきゃなんないだろ？　あの娘《こ》もそろそろ十九だからね。半玉《はんぎよく》として座敷に出すにしても、ぼやぼやしていると、すぐに薹《とう》が立っちまう。けどさ、これがなかなか骨のある娘でさ。あちしのほうがいい加減《かげん》くたびれちまって、もう止《よ》そうよと言ったところで、母《かあ》さん、後生《ごしよう》だ、稽古《けいこ》をつけてくれと食い下がってね。遂《つい》に、あちしも姐《ねえ》さんから母さんに格上げだ。まっ、おさんは拾いものだったね。満足してるよ」

「まあ、それは良かったこと……」

おりきも肩の荷が下りたように、ほっと息を吐《つ》く。

おさんが風呂《ふろ》敷包《しきづつ》み一つ抱《かか》えて、猟師町《りようしまち》の幾千代に弟子入りしたのは、秋の果てのことである。

自《みずか》ら芸者になりたいと言ったおさんであるが、なんと言っても、百姓娘である。芸事ひとつ身に着《つ》けていないうえに、今まで、何事もお天道《てんどう》さま次第といった来《こ》し方をしてきた者が、生き馬の目を抜《ぬ》く色街《いろまち》で、人擦《ひとず》れした食えない連中を相手に、上手《うま》く渡っていけるのだろうか……。

だが、おりきは気懸《きが》かりでならなかった。

だが、おさんは存外《ぞんがい》に気骨《きこつ》のある娘のようである。

「わたくしもおさんちゃんがその後どうしているかと、一度猟師町を訪ねてみるつもりでいましたが、このところ何かと忙しくしていましてね……」

「茶立女《ちゃたておんな》のおときが嫁に出たんだってね。亭主は雛人形師《ひなにんぎょうし》だって?」

「まだ見習ですけどね。けれども、良い腕を持っているそうで、親方の話では、独《ひと》り立ちする日もそんなに遠くはないようです」

「おまえさんは偉いよ。そうして、使用人を我が娘として嫁に出してやるんだもんね。そう言えば、聞いたよ。なんだえ、堺屋《さかいや》の人畜生《にんちくしょう》が! 狐火《きつねび》の団平《だんぺい》を遣《つか》って、立場茶屋《たてばぢゃや》おりきに謀計《ぼうけい》を図《はか》ったんだってね。恐らく、巳之吉《みのきち》を引き抜けば、料理宿で通ったおりきが忽《たちま》ち戦力を失い、世間の評判を落とすと思ったんだろうが、そうは虎《とら》の皮。そりゃ唐人《とうじん》の寝《ね》言《ごと》。寝言は寝て言えってんだ！　あの巳之吉が、そうそう、おりきさんの傍《そば》を離れるわけがないじゃないか。巳之吉は、おりきさん、おまえさんに惚《ほ》れてるからね」

「えっ……」

おりきはぎくりと脚《あし》を止めた。

まさか、幾千代の口からそんな話が飛び出すとは、思ってもみなかったのである。

「何を驚いてんのさ！　知らぬは女将《おかみ》、おまえさんだけだよ。大番頭さんだって、おうめだって、そう、善助《ぜんすけ》だって、気づいてる。気づいちゃいるが、口に出して言わないだけさ。あっ、そうか、おまえさん以外にもう一人、極楽蜻蛉《ごくらくとんぼ》で気づかない男がいたよ。亀蔵《かめぞう》親分さ。まっ、言ってみれば、親分もおまえさんに惚れてる口だからさ。及《およ》ばぬ鯉《こい》の滝登《たきのぼ》りと知りつつも、恋は仕勝《しがち》、盲目《もうもく》というからね。周囲《まわり》が見えなくなってんのさ。だが、親分の片恋《かたこい》なんざァ、可愛《かわい》いもんさ。本人ばかりか周囲の誰一人として、親分の恋が成就《じょうじゅ》するなんて思っちゃいない。けどさ、巳之吉の場合は違うからね。歳《とし》から言っても、決して、おりきさんと釣《つ》り合わないわけじゃない。それに、先代と板前の兆治《ちょうじ》の前例《ぜんれい》もあることだしさ。誰も口には出さないが、気づかない振りをして、実は、固唾《かたず》を呑《の》んで見守っているってところだろうさ」

「幾千代さん、莫迦《ばか》なことを……。もう、それ以上、おっしゃらないで下さいませ」

おりきは再び脚を速めた。

「気に障《さわ》ったのなら、許しておくれ。あちしが言いたかったのは、そんな余程のことがない限り、おまえさんの傍を離れやしないってことなんだ。巳之吉をそんな気にさせるのも、徒情《あだなさ》けと解《わか》っていて親分が傍を離れたがらないのも、全《すべ》て、おまえさんの器《うつわ》のなせる業《わざ》さ。あの狐火にしても、おりきさんの風格《ふうかく》や威厳《いげん》に脱帽《だつぼう》したってんだから、堺屋が何をか言わんや！　へん、仏《ほとけ》頼んで地獄《じごく》に堕《お》ちるとは、このことだ。堺屋の下種野《げすや》郎《ろう》、狐火に尻を食わされたという話だよ。狐火の奴《やつ》、赤児が大人に喧嘩《けんか》をふっかけるような真似《まね》をするんじゃねえ！　てめえが立場茶屋おりきに取って代わろうなんて、お月さまに石打つようなもんだ、と凄味《すごみ》を利《き》かしたっていうからね。ふふっ、狐火もやるじゃないか。品川くんだりまで来て、とんだ恥曝《はじさら》しだ。面皮《めんぴ》を欠《か》いた責任を取ってもらおうってんで、堺屋の板頭《いたがしら》を始め、板場衆を三人ほど引き抜いたとさ！　どうだえ、胸の透《す》くような話じゃないか」

「まあ、なんてこと……」

おりきはつと眉根《まゆね》を寄せた。

堺屋のやり口には、流石《さすが》のおりきも業《ごう》を沸《わ》かしたというものの、それで尻を食わされ、板場衆を引き抜かれたのでは気の毒である。

「身から出た錆《さび》さ。それより、おまえさん、今日はやけに首塚《くびづか》のお詣りが永《なが》かったようだが、どうやら、手を合わせる相手が、兆治の他にもいるようだね」

「…………」

おりきはえっと幾千代に視線を流す。

「善助の幼妻《おさなづま》、おこまのために祈ってやったんだろ？」

風に誘《さそ》われ、白木蓮《はくもくれん》の馥郁《ふくいく》とした香りが漂《ただよ》ってくる。

「幾千代さんもご存知でしたか」

「あちしはおまえさんがこの宿《しゅく》に来るずっと前から、先代と付き合いがあったんだよ。先代は大番頭には言わなかったようだが、あちしには善助の力になってやってくれと打ち明けてくれてさ。善助、毎月、三日になると、海蔵寺の首塚に花を手向《たむ》けてやってたんだよ。なんでも、おこまが山谷堀《さんやぼり》に身を投《とう》じたのが、三月三日、桃の節《せっ》句なんだってさ。当時、あちしは毎日のように首塚に詣ってたからさ。再三《さいさん》、善助の姿を目にしたよ。だが、声はかけなかった。善助の姿を目にすると、すっと木陰《こかげ》に身を隠《かく》し、善助が存分に心の内を吐き出せるよう、見守っていたのさ。あちしだってさ、好いた男に手を合わせるとき、他人《ひと》から余計な指出《さしで》はしてもらいたくないからさ。死んだ男に語りかけるとき……、それだけは、あちしの世界なんだ」

幾千代はふっと目を細め、何か遠いものでも見るような眼差《まなざし》をした。

自分のために冤罪《えんざい》に問われ、鈴ヶ森《すずがもり》刑場で露《つゆ》と消えていった男に詫《わ》びる、幾千代……。

そして、自分を護《まも》ろうとしたがために、過《あやま》って、昔の女を殺《あや》めてしまった兆治を想う、先代おりき……。

善助もまた、自分のせいで、おこまを山谷堀に身を投じさせてしまった罪を悔《く》いているのである。

幾千代には、先代の想いも、善助の想いも、痛いほどに解っているのであろう。

「わたくしは善助の想いに気づいてやれませんでした。女将として、まだまだ修行《しゅぎょう》が足りませんね」

「あちしだって、先代から聞かされていたから解るんだけどさ。まっ、毎月三日に善助の姿を見かけるのだから、いずれにしても、何かあると気づいただろうけどさ……。ところでさ、三日で思いついたんだけどさ。あちしはこの歳になるまで雛《ひな》には縁がなかったんだけどさ、おときの亭主は雛人形師なんだろ？　ちっちゃいのでいいからさ、座り雛《すわりびな》をひと組、作っちゃもらえないだろうか」

「雛を？　ええ、それは構《かま》いませんけど、さあ、今から頼んで、節句に間に合うでしょうか」

「おや、そんなものなのかえ？　いえね、おさんにおたけと、このところ、若い娘が家の中に増えちまっただろう？　そう、忘れちゃいけない、姫《ひめ》だって雌猫《めすねこ》だしさ。なんだか急に、雛でも飾《かざ》ってみようかなって気になっちゃってさ！　だったら、紙の立ち雛でもいいよ。あっ、そうか、雛人形師ってのは、紙雛なんてちゃちな雛は作らないんだね」

「今からでも間に合うかどうか、一応《いちおう》、雛正《ひなせい》に尋《たず》ねてみましょう」

「旅籠《はたご》や茶屋ではどうしてんのさ。客商売なんだから、雛飾りをするんだろ？」

「茶屋には何も置きませんが、旅籠の下駄箱の上に、紙の立ち雛を一対《いっつい》飾ります。けれども、随分《ずいぶん》と古いものでしてね。うちは、巳之吉が献立《こんだて》の中に雛祭《ひなまつり》の雰囲気を取り入れ、食材や盛りつけに工夫《くふう》してくれますの。ですから、客室にはせいぜい桃の花を飾るくらいで、取り立てて、雛飾りはしませんのよ。でも……、あっ、そうだわ。木彫《きぼ》りの雛で宜《よろ》しければ、もしかすると、三吉《さんきち》が造《つく》れるかもしれませんわ。まあ、手先の器用《きよう》な子でしてね、善助から鑿《のみ》や小刀《こがたな》の扱《あつか》いを教わりましたら、先日、兎《うさぎ》の彫物《ほりもの》を造りましたの。ところが、これがなかなかの出来でしてね。善助なんて爺馬鹿《じじばか》丸出しで、いっそ、面打師《めんうちし》か仏師《ぶっし》にでも修業に上がらせようかと言い出す始末で……」

「へえェ、そりゃ、頼もしいじゃないか。雛正が駄目《だめ》なら、三吉の木彫り雛で構わないよ。そうだよ、三吉に毎年造らせれば、そのうち、木彫り雛で食っていくことだって出来るかもしれない。アッハッハ、じゃ、頼んだよ！」

ゆっくり歩いたつもりであったが、気づくと、街道まで下っていた。

幾千代が、じゃあね、と片手を上げ、左に折れていく。

おりきはその背を見送ると、くるりと身体《からだ》を右に返した。

茶屋にちょいと声をかけ、旅籠に通じる土間に出ると、おりきの帰りを待ち構えていたのか、女中頭《じょちゅうがしら》のおうめが駆《か》け寄ってきた。

「女将さん、お待ちしていました。今、おきわのおとっつァんがお見えに……」

おうめは何やら喉《のど》に小骨《こぼね》でも刺さったような、もどかしげな言い方をした。

「おや、凡太《ぼんた》さんが？　では、病《やまい》はすっかり治《なお》ったのですね。それは良かったこと！　それでは、早速《さっそく》、快気祝《かいきいわ》いをしなくてはなりませんね」

「それが、妙なことを言ってるんですよ」

「妙なこととは？」

「女将さんが臥《ふ》せていなさると聞いたもんで、早く見舞に来なければと思っていたが、あっしみてェに小舟ひとつで雑魚《ざこ》を漁《あさ》る海とんぼ（漁師）には、なかなか、見舞にと差し出す魚が釣《つ》れなかった。それが、どうした弾《はず》みか、今日は珍《めずら》しく姿の良い黒鯛《くろだい》が上がったもんで、黒鯛は病に効《き》くというし、何がなんでも女将さんに食べてもらいたい、となんだか、わけの解らないことを言って、黒鯛を持参なすったんですけどね……」

「それで、現在《いま》、凡太さんは？」

「それが、勝手口で突然わけの解らないことを言い出すもんだから、あたし、慌《あわ》てちゃってさ。そりゃそうでしょう？　板場の連中も、この藤四郎《とうしろう》が、なんて顔をして、鼻で嗤《わら》っていましたからね。それで、取り敢《あ》えず、帳場に通しておきましたが、それで宜しかったでしょうか？」

流石《さすが》は鳥居《とりい》を越えたおうめである。

やることが仕こなしぶりで、卒《そつ》がない。

「それで良かったのですよ。で、おまえは凡太さんにわたくしのことをどんなふうに答えたのですか？」

「女将さんが病に臥していなさるってことですか？　そりゃ、曖昧《あいまい》に言葉を濁《にご》し、はぐらかしておきましたけどね。だって、そうじゃありませんか。おきわはあたしたちに、おとっつァんが病に臥していると言い、ここんところ、入りの時刻を四ツ半（午前十一時）とずらせているんですよ。けどさ、さっき見た感じでは、どう見たって、あのおとっつァん、病み上がりには見えやしない！　日焼けして、まあ、ぴんしゃんしていること……。しかも、おきわの奴、おとっつァんには女将さんが臥せていなさるなんて嘘《うそ》を吐いてるんですからね！　これはきっと裏に何かあると思いましてね。けど、あたしが差出したばかりに、取り返しがつかないことになっては、おてちんだ。ここはひとつ、女将さんに割をつけてもらうべきじゃなかろうかと、そう思いましてね。だから、あたしは何も言っちゃいません。女将さんは現在《いま》どうしていなさるかと訊《き》かれたんですけどね、今日は気分が良いのか、墓参りに行かれましたと答えておきました。ねっ、それなら、どっちにしたって、差し障りがないでしょ？」

「それで、おきわは？　まだ来《う》ていないのですか？」

おうめは唇をひん曲げ、頷《うなず》いた。

まだ四ツ（午前十時）を廻ったばかりである。

「解りました。おきわが来たら、帳場に顔を出すよう伝えて下さいな」

おりきはそう言うと、水口《みずぐち》（勝手口）から帳場へと廻っていった。

凡太はおりきの姿を見ると、投げ出した脚を慌てて戻し、威儀《いぎ》を正した。

おうめが言うように、日焼けして、てらてらと光った肌は、どう見ても凡太を病み上がりには見せない。

その想いは、凡太も同じのようであった。

凡太は睫毛《まつげ》をしばしばと瞬《しばたた》き、訝《いぶか》しそうに、おりきを見た。

「こりゃまた、すっかり元気になられたようで……。毎晩、おきわが介護《かいご》につかなきゃなんねえほど、女将さんの病状が悪いと聞いてやしたんで……。だが、ようござんした。なに、うちはおきわが帰《けえ》って来なくても、何も困るこたァねえ。女将さんにはこれまでさんざん世話になりっぱなしでやすからね。一時《いっとき》も早く、元気になってもらいてェと思っていやした」

凡太の口振《くちぶ》りでは、どうやら、おきわはおりきの看病をすると言い、ここ数日、家に帰っていないようである。

立場茶屋おりきの使用人の半分までが、茶屋の二階を宿舎としているが、巳之吉や弥次《やじ》郎《ろう》のように、他に住まいを借りてやっている者は別として、残り半分は、実家が近いということもあり、通いだった。

おきわも猟師町の実家から通っている。

六ツ半（午前七時）から五ツ半（午後九時）までと、些《いささ》か就労時間が長い気もするが、泊《と》まり客を送り出した後、掃除、洗濯など雑用を済ませてしまうと、再び、泊まり客を迎える七ツ（午後四時）頃まで、比較的のんびりとした時間が持てるので、口開《くちあ》けの六ツ半から店仕舞《みせじま》いする五ツ半まで、時にはゆっくり中食を摂《と》る間もないほど忙殺《ぼうさつ》される茶立女に比べれば、肉体的には随分と楽だろう。

だが、おきわは父親が病に倒れ、早朝、漁《りょう》を手伝わなければならないと、ここ数日、旅籠に出る時刻を昼前まで延《の》ばしていた。

朝餉《あさげ》は夕膳《ゆうぜん》に比べると、運びも給仕もさほど手間がかからない。

それで、おうめとも相談して、客室の掃除や浴衣《ゆかた》の洗濯に間に合えばと許していたのだが、では一体、おきわは旅籠に出るまで、どこで何をしているというのであろうか……。

しかも、凡太の話では、家にも帰っていないというのである。

おりきは凡太の話を聞きながら、逡巡《しゅんじゅん》した。

何も父親の前で、おきわの嘘をばらすことはない。

このまま戸尻《とじり》を合わせ、病にはなったが、もうすっかり良いのだと言えばいいのだろうか……。

だが、おきわに何か嘘を吐かなければならない事情があるとすれば、それが何なのか知らずにいて、それで女将の務《つと》めが果たせるであろうか。

今後、取り返しのつかない問題へと発展し、そのときになって後悔しても始まらないのである。

「おきわが猟師町に帰らなくなったのは、いつ頃からでしょう」

おりきの問いに、凡太の顔からさっと色が失せた。

「へえ、ひと廻り（一週間）くれェだったか、いんや、十日前《めえ》だったか……。女将さん、はっきり言って下せえ。おきわの奴、おいらに嘘を？　女中頭や板場衆に女将さんの様態《ようたい》を尋ねたときから、なんだか妙な気がしてたんでね。それに、こうして、女将さんの顔を見たら、とっけもねえ、とても病み上がりにゃ見えねえしよ。あのどち女《あま》が！　親を騙《だま》しやがって！」

「まあまあ、凡太さん。どうか気を鎮《しず》めて下さいな。おきわにはおきわで、何か事情があったのかもしれません。そうですか、十日ほど前からね……。実を申しますとね、わたくしどもはおきわから、凡太さん、あなたが病と聞いていましたのよ」

「…………」

凡太は目を点にして、口をあんぐりと開けた。

「それで、早朝、漁を手伝わなければならないと、旅籠に出てくるのが、このところ、四ツ半でしてね」

「するてェと、おきわは親にも女将さんにも、嘘を吐いていたってことで？」

「旅籠を出るのは毎晩五ツ半頃で、これは今までと変わりないのですがね。旅籠を出て、おきわは一体どこに行っていたのでしょう。何か心当たりはありませんか？」

「いんや……」

凡太は即座《そくざ》に首を振った。

そのときである。

「女将さん、宜しゅうございますか？」

障子《しょうじ》の外から声がかかった。

「おうめかえ？」

「はい。たった今、おきわが来ましたんで……」

「お入り」

障子がするりと開き、おきわが潮垂《しおた》れたように入ってくる。

「おきわ、てめえ！」

凡太がおきわに摑《つか》みかかっていく。

「おとっつァん！」

「おとっつァんじゃねえだろうが、おとっつァんじゃよォ！　なんて女《あま》でェ、親にとんだ赤っ恥《ぱじ》をかかせやがって！」

おりきが慌てて割って入る。

「凡太さん、とにかく、おきわから話を聞きましょう。腹を立てるのは、それからでも遅くはないでしょう。ねっ、おきわ、お坐《すわ》りなさい。わたくしたちに何か話すことがあるのではありませんか？」

「あたし……、あたし……」

おきわがふらふらと蹲《うずくま》る。

「今、お父さまから聞きました。おまえ、病気のわたくしに付き添《そ》うからと、この十日ばかり猟師町に帰らなかったそうですね。何ゆえ、そのような嘘を？」

「それぱかりじゃねえ！　おめえ、女将さんにはおとっつァんが病だと嘘を吐いたというじゃねえか！　てめえ、どこをほっつき歩いてた！」

「………………」

おきわはきっと唇を嚙《か》み締《し》め、首を振り続けた。

「黙《だま》っていたのでは解らないわ。何かあるのなら、このわたくしに話してくれないこと？　おまえが立場茶屋おりきに入って、今日まで五年、わたくしはおまえを見てきました。ですから、おきわが理由もなく怠《なま》けたり、人を欺《あざむ》くような娘ではないと、わたくしが一番よく知っています。ねっ、話してごらんなさい。話によっては、力になってあげることが出来るかもしれません」

「この糞女《くそあま》が！　女将さんがこうまで言って下さるんでェ。さっさと答えねえかよ、さっさとよ。そうけえ、男だな？　てめえ、男が出来たんだろうが！　このすべたが！　色気づきやがって。俺《おり》ャ、娘を御《お》助《すけ》に育てるために、今日まで、我勢《がせい》して海とんぼを続けてきたんじゃねえ！　そんな気があるんなら、とっくの昔に、飯盛女《めしもりおんな》に叩《たた》き売ってたさ。いいか、おきわ、俺ャな、しがねえ海とんぼの娘でも、いつの日にか、真っ当に一人食《ひとりばみ》の出来る職人か、お店者《たなもの》に嫁《とつ》がせようと、女将さんに預けたんでェ。おめえ、野暮《やぼ》に暮らすのが、そんなに嫌《いや》か？　嫌なら、今からでも遅かァねえ。南女《なんによ》にでも、吉原《よしわら》にでも、叩き売ってやらァ！」

「凡太さん！」

おりきはきっと凡太を目で押さえた。

だが、おきわは項垂《うなだ》れたまま、首を振り続けている。

「おきわ、そうなの？　おまえ、誰か好きな男《ひと》が出来たの？　だったら、尚更《なおさら》、このわたくしに話してもらえないかしら？」

「女将さん、おてちんでェ。このへげたれが、盛《さか》りのついた雌猫みてェに、じなついた顔をしてやがる！　どうせ、ろくでもねえ男に引っかかったに違《ちげ》ェねえんだ……」

「違う！　あの人はろくでもない男じゃない！」

おきわが初めて顔を上げ、怒りに満ちた目で、凡太を睨《ね》めつけた。

「まあ……、では、その夜鷹蕎麦屋《よたかそばや》の彦次《ひこじ》さんが病に臥しているというのですね」

おりきの言葉に、おきわは辛《つら》そうに眉根を寄せた。

「てやんでェ！　夜鷹蕎麦屋の彦次って、一体《いってえ》、誰でェ！　なんで、おきわがその男の看

「病をしなくちゃなんねえんだよ！」

「凡太さん、おきわの話を最後まで聞きましょうよ。さっ、おきわ、話して下さいな」

おきわは頷くと、目を伏せたまま、話し始めた。

おきわが彦次に出逢ったのは、三年ほど前のことだという。

ある夜のこと、旅籠の仕事を終え、おきわが脇本陣《わきほんじん》に差しかかると、高札場《こうさつば》のほうから赤ん坊の泣き声が聞こえてきた。

五ッ半をとっくに過ぎている。

今時分、家の中というのなら話は別だが、戸外で、赤ん坊の泣き声とは、どう考えても不自然《ふしぜん》である。

おきわは咄嗟《とっさ》に闇《やみ》へと目を凝《こ》らした。

が、日中は旅人や荷馬車、留女《とめおんな》たちで活気のある街道も、現在《いま》はひっそりと息を殺したように鎮まっていて、ところどころで遊里《ゆうり》帰りか、おきわのように仕事帰りの提灯《ちょうちん》の灯《ひ》が、ゆらゆらと儚《はかな》げに揺《ゆ》れているだけである。

だが、泣き声は確かに聞こえてくる。

どうやら、高札場の前、夜鷹蕎麦の屋台《やたい》からのようである。

猟師町に帰るには、行合橋《ゆきあいばし》の手前を右に折れ、海に向かって目黒川沿《めぐろがわぞ》いに下ればよいのだが、おきわは憑《つ》かれたように、行合橋を渡った。

二八と書かれた赤提灯《あかぢょうちん》が揺れている。

客の男が丁度《ちょうど》蕎麦を食い終わったところのようで、銭入れから穴明《あなあ》き銭（四文）を摘《つま》み出し、数えている。

「ひい、ふう、みい、よう……、ほい、十六文。旨《うま》かったぜ、とっつァんよ！」

「毎度！　餓鬼《がき》が煩《うるさ》くて済んませんねえ」

蕎麦屋が愛想《あいそ》笑いをして、ぺこりと頭を下げた。

おきわはあっと息を呑んだ。

蕎麦屋の足許の竹籠《たけかご》から、生後十ヶ月ほどの赤児の手がぐいと伸びたのである。

赤児は立ち上がろうとして転び、それでも再び立ち上がろうと、愚図《ぐず》っている。

「ほらほら、待ちなと言ってるだろ？　すぐに店仕舞いするからよ」

男はそう言うと、器用な手つきで、ひょいと赤児を負《お》ぶい紐《ひも》で背中に括《くく》りつけた。

「おやっ！」

男はようやくおきわに気づいたのか、目を瞬いた。

「姉さん、済まねえ、気づかなかったぜ。だが、今日はもう店仕舞いだ。蕎麦はまだ残っちゃいるが、こう、餓鬼が煩くちゃ、商売《しょうべえ》にならねえんでね」

そう言いながらも、男は手桶《ておけ》に浸《ひた》した丼鉢《どんぶりばち》を洗い、手際《てぎわ》よく、片づけていく。

「蕎麦を食べたいのじゃないの。赤ん坊の泣き声がしたもんだから、こんな夜更《よふけ》にどうしたのだろうと思って……」

「なに、甘ったれてるのよ。おんぶしろってさ。ほれ、おんぶした途端、どうでェ、ぴたりと愚図るのを止めちまっただろ？」

「おじさん、いつもここに屋台を出してる？」

「ああ、もう三年になるかな」

「へえ、そうなんだ。あたし、毎晩、この時刻にここを通るけど、ちっとも気づかなかった」

「そりゃそうだろうて。おいらも餓鬼を連れて仕事に出るようになったのは、最近のことでね」

「赤ちゃんを連れてたんじゃ、大変だね。おかみさんは？」

　余計なことと思ったが、訊かずにはいられなかった。

「こいつを産《う》んで間なしに死んじまってよ。胸の病だった。へっ、男鰥《おとこやもめ》に蛆《うじ》が湧《わ》くたァ、よく言ったもんでェ。餓鬼が腹を空《す》かせて、ギャアギャア泣くし、おてちんでェ……。だが、捨てる神もあれば拾う神もあるんだな。同じ裏店《うらだな》にこいつと前後して生まれた餓鬼がいてよ。貰《もら》い乳《ぢち》をすることが出来たんで助かったんだがよ。ところが、先《さい》つ頃《ごろ》、引っ越しちまってよ。まっ、幸い、おいねも重湯《おもゆ》や雑炊《ぞうすい》が食えるようになったから助かったが、おいらが仕事に出る間預かってくれてた婆《ばあ》さんが、腰を痛めて寝込んじまったのよ。そうなると、おいねを預けるわけにはいかねえ。しょうがねえんで、こいつを連れて出るようになって三日目だ。おいらもよ、ギャアギャア泣かれた日にゃ、頭に来てよ。心ん中で、死んだ女房に毒づいてみたんだが、まっ、こいつに罪はねえしよ。こうして、可愛い顔をして、眠っている姿を見るとよ、おいらを独りっきりにしねえで、この娘《こ》を遺《のこ》してくれた嬶《かかあ》に手を合わせてみたり、気持《わけ》があっちに揺れこっちに揺れして、始末が悪くてよ。へっ、済まねえな。見ず知らずの若ェ娘っ子を摑まえて、こんなしょうもねえ泣き言を言っちまってよ」

大したものである。

おきわなど男の繰言《くりごと》を聞き、つい目頭《めがしら》が熱くなったほどだが、男は言いながらも、決して手を休めようとはせず、背中の赤児をちょいとあやすことも忘れなかった。

「おいねちゃんていうのね。まあ、可愛いこと。現在《いま》、十月《とつき》ほどかしら？」

気づくと、おきわも片づけを手伝っていた。

男が彦次という名で、北馬場町《きたばばちよう》の裏店に住んでいると知ったのは、翌日のことである。

翌日、おきわは仕事を終えると、おうめが大福餅《だいふくもち》を食べていけというのを後目《しりめ》に、そそくさと家路についた。

男と赤児のことが気にかかっていたのである。

あの男《ひと》、今夜も、赤児連れで屋台を出しているのかしら……。

そう思うと、一刻《いつこく》でも早く高札場に行き、何か自分に出来ることがあれば、助けてやりたいと思った。

男はいた。

「やっ！」

男はおきわを認めると、涼《すず》しげな目許を綻《ほころ》ばせた。

「あたし、おきわっていうの。門前町《もんぜんちょう》の立場茶屋で女中として働いているので、毎晩、帰りは今時分になるけど、あたしに手伝えることがあったら、なんだってやるわよ。遠慮《えんりょ》しないで言ってね」

おきわがそう言うと、男は彦次と名乗り、恐縮《きょうしゅく》したように、つと、竹籠のおいねに視線を移した。

おいねは眠っていた。

「こいつ、今日は上機嫌《じょうきげん》でよ。おいらが今夜も昨日の姉《めえ》ちゃんが顔を見せてくれるかもしれねえぞと言ったのが解ったのか、四半刻《しはんとき》（三十分）前まで起きてたんだが、いつの間にか、眠っちまった」

「なんてお利口《りこう》なんだろ。いいわよ、店仕舞いするまで、あたしがおいねちゃんについていてあげる。安心して、仕事をしてね」

彦次は、その前に、まず、おめえの腹拵《はらごしら》えだ。ほら、食いな、と熱々の蕎麦をおきわのために作ってくれた。

それからは、旅籠からの帰り道、彦次の屋台に顔を出すのが日課《にっか》となった。

彦次という男は人当たりが良く、謹厳実直《きんげんじっちょく》を絵に描いたような男だった。

歳は二十八だが、死んだ女房のおさとと所帯を持つまで、歩行新宿《かちしんじゅく》の蕎麦屋で下働きをしていたという。

それが、夜鷹蕎麦の屋台を引くようになったのは、おさとの父親が屋台を遺して、心《しん》の臓《ぞう》の発作《ほっさ》で急死したからである。

「こんなちゃちな蕎麦屋で下働きしてたんじゃ、一人前の蕎麦職人になるなんて、十年も先、いいんや、生涯なれないかもしれないよ。それより、おとっつァんの遺した屋台店のほうがどんだけ実入《みい》りがいいか……。屋台店だって、一国一城の主《あるじ》に違いないんだからさ！」

おさとの言葉に、彦次の心は動いた。

「俺ャよ、おさとには感謝してるんだ。姉《あね》さん女房だったからよ、身寄りのねえおいらに、小せえながらも住まいと屋台を与えてくれたんだもんな。だからよ、俺ャ、その恩に報《むく》いようと、親のねえおいらのお袋《ふくろ》代わりにもなってくれた。だからよ、俺ャ、その恩に報いようと、旨《うめ》ェ蕎麦を作ることに懸命《けんめい》になった。夜鷹蕎麦といっても、莫迦にしちゃなんねえ。十六文でこんだけ旨ェ蕎麦が食えるのかよと、他人《ひと》を驚かせるような出汁《つゆ》を作りてェと思ってよ。そのせいか、二年目頃から評判になってよ。常連客ばかりか、自身番や問屋場《といやば》からも出前の注文が入《へえ》るようになった」

彦次は当時を懐《なつ》かしむかのように、目を細めた。

だが、幸せというものは、なんと儚く、脆《もろ》いものであろうか。

おさとと所帯を持って二年目、ようやく懐妊《かいにん》したと悦《よろこ》んだのも束《つか》の間、おさとが妙な咳《せき》をするようになったのである。

医者は労咳《ろうがい》なので、腹の子は始末するようにと勧《すす》めた。

だが、おさとは頑《がん》として、首を縦《たて》に振ろうとしなかった。

「嫌だよ。ようやく授《さず》かった子じゃないか。この子を産まないと、あたしゃ、二度と子を産むことなんて出来はしない。三十二だよ? それにさ、この病に罹《かか》ったら最後、いつまで生き永《なが》らえるか分からないんだ。だったら、この世に生を受けた証《あかし》として、一遍は、母として、女の悦びを味わい、死んでいきたいんだ。無茶《むちゃ》を言っているのは解っているさ。彦さん、おまえに頼むんだ。ねっ、おまえとあたし、二人の子なんだよ。なったうえで、彦さん、おまえに頼むんだ。ねっ、おまえとあたし、二人の子なんだよ。なんとしても産ませておくれ!」

おさとにそんなふうに哀願《あいがん》されたのでは、彦次も無理に堕胎《だたい》を強《し》いることは出来なかった。

「医者はよ、出産ほど体力を消耗《しょうもう》させることはねえと難色《なんしょく》を示したが、案の定、おさとはおいねを産んで二月後《ふたつき》、息を引き取った……」

おきわは彦次の話を聞いて、カッと胸の内が熱くなるのを感じた。

おさとに女の業《ごう》の深さを見せつけられたように感じたのである。

腹の子を諦《あきら》めたとしても、労咳を患《わずら》っていたのでは、早晩《そうばん》、自分の生命《いのち》は永くはないだろう。

ならば、せめて、自分がこの世に生きた証のために、我が子を遺していきたい……。

そうすれば、少なくとも彦次にだけは、我が子がいる限り、自分の存在を決して忘れさせはしないのである。

あたし……、あたしだったら、どうするだろうか……。

以来、おきわの脳裡《のうり》から、その想いが片時《かたとき》も離れなくなってしまった。

旅籠で浴衣の洗濯をしていても、二階の客室から膳《ぜん》を手に、下《くだ》りんす、と声をかけながら下《お》りる最中《さなか》にも、ふっと、その想いが頭を擡《もた》げた。

おきわの胸に彦次の面影《おもかげ》がしっかと根を下ろし、微動《びどう》だにしなくなったのも、その頃である。

恰《あたか》も、おさとがおきわに乗り移ったかのようであった。

おきわはその後も毎晩高札場へ通ったが、十日に一度ある非番の日は、それこそ、一日中、北馬場町の裏店に詰め、おいねの世話から蕎麦の仕込みまで手伝った。

やがて、おいねもすっかりおきわに懐《なつ》き、片言が話せるようになったおいねの口から、ねえたん、おきいたん、と言葉が出るようになると、胸が締めつけられるほど、おいねを愛《いと》おしく思うのだった。

ある日のことである。

おいねが拙《つたな》い足取りで、姉さま人形を手に、寄ってきた。

「ねえたん、これ……」

おきわは両手を広げて、おいねを抱《かか》え込むと、耳許で囁《ささや》いた。

「ねえたんじゃないの。おっかさんと言ってごらん？　お・っ・か・さ・ん！」

「おっかたん？」

「そう、おっかさん。言えたじゃないか。なんて、おいねはお利口さんなんだろう！」

おきわはおいねのつるりとした頰《ほお》に、唇を寄せた。

その光景を、彦次が厨《くりや》から見ていたようである。

「おめえよ、俺みてェな瘤《こぶ》つきの男のところに、嫁に来る気があるか？」

彦次がそう言ったのは、その日、屋台を引きながら高札場へと下りて行くときであった。

おきわは胸が締めつけられるような想いに、答えることも頷くことも出来なかった。

「そりゃそうだよな。虫が良すぎる話でェ。立場茶屋おりきでは、女将さんが女衆《おなごし》をそれぞれ見合った男に嫁がせると、話に聞いてる。俺みてェに、しがねえ夜鷹蕎麦屋で、おまけに瘤つきだというのによ、てめえの分際《ぶんざい》も弁《わきま》えねえで、莫迦なことを言っちまった。済まねえ、忘れてくんな……」

彦次の頰に、つと、寂《さみ》しそうな翳《かげ》りが過《よ》ぎった。

「違う！　どこが虫の良すぎる話なんだよ！　あたし、嬉《うれ》しくって……。それで、何も言うことが出来なかったんだ……」

おきわは慌てて、何度も頷いた。

「だがよ、おめえはいいとしても、果たして、女将さんやおめえのおとっつァんが許してくれるだろうか……」

彦次の頰に、また翳りが過ぎった。

女将さんやおとっつァんが許してくれるだろうかと言われたら、おきわには返す言葉がない。

彦次の実直さを知れば、女将のおりきは無下《むげ》に反対はしないであろう。

だが、問題は、父親である。

「おきわよ、おめえ、海とんぼの娘だと決して卑下《ひげ》するんじゃねえぞ！　俺ャな、おめえをいっぱしの職人か商人《あきんど》に嫁に出そうと、今日まで、おめえに夢を賭《か》けて育ててきたんだ。そのために、立場茶屋おりきに奉公させた。あそこは行儀見習から女《おな》ごの心得《こころえ》まで、女将さんが教えて下さるという話だ。旅籠の女中を務めたというだけで、箔《はく》がつくってんだから、大《て》えしたものよ。まっ、まず、玉の輿《こし》に乗れるのは間違《まちげ》ェねえぜ！」

凡太は口癖《くちぐせ》のように、日頃から、そんなふうに言っていたのである。

「だろう？　だからよ、おいらの気持は変わらねえから、じっくり時をかけて、女将さんやおとっつァんに理解してもらうまで、辛抱《しんぼう》しようや」

彦次はそう言い、初めて、おきわを引き寄せ、ぎゅっと抱き締めた。

ところが、半年ほど前から、彦次が妙な咳をするようになったのである。

「疲れてるんだよ、彦さんは。少し仕事を休んで、美味《おい》しい物を食べなきゃね。そのくらいの金は溜《た》まってるんだろ?」

おきわは口を酸《す》っぱくして、彦次に仕事を休めと言い募《つの》った。

だが、日頃は他人の話に素直に耳を傾《かたむ》ける彦次が、どういうわけか、仕事を休めという言葉にだけは、頑として、首を振ろうとしなかった。

「何言ってやがる。あの金はおめえと祝言《しゅうげん》を挙《あ》げるための金じゃねえか。こんな瘤つきの夜鷹蕎麦屋でも、これだけの金を溜めた。今に、小体《こてい》な見世《みせ》を持ってみせるんだと、おめえのおとっつァんを安心させる金だ。なに、心配《しんぺえ》するこたァねえ。これしきの咳がなんだっていうんだよ。この前《めえ》、ちょいと小雨《こさめ》に濡《ぬ》れて、風邪気味《かぜぎみ》ってだけの話さ」

それからも、彦次は微熱《びねつ》を圧《お》して、屋台を引き続けた。

ところが、十日ほど前のことである。

仕事を終えたおきわは、いつものように、高札場へと急いだ。

が、どういうわけか、彦次の屋台だけが高札場に見当たらない。

大量に出前の注文が入り、彦次が屋台ごと移動したとも考えられたが、なんとなく胸騒《むなさわ》ぎのしたおきわは、隣のおでん屋に尋ねてみた。

「いや、今日はまだ彦次の屋台を一遍も見てねえな。あいつにしちゃ珍しいこともあるもんだと思ってたがよ」

おでん屋の言葉に、おきわは胃の腑《ふ》がひきつけを起こしたかのように、慌てふためいた。

まさか……。

あの人が屋台を引けないとは、余程、身体の具合が悪いんだ……。

おきわは北馬場町へと急いだ。

「おっかさん！」

裏店の腰高障子を開けると、おいねが怯《おび》えたように、おきわの胸に飛び込んできた。

「おとっつァんが……。おとっつァんが……。額が湯たんぽみたいに熱いの」

四歳になったおいねには、父親が尋常《じんじよう》でないと解るのであろう。

枕許には手桶《ておけ》が置かれ、彦次の額に手拭《てぬぐい》が載《の》せられていた。

「まっ、なんて熱だろう。医者に診《み》せなきゃ……。医者は……」

おきわは上擦《うわず》った声で呟《つぶや》いたが、医者に診せるとしても、一体、どこに行けばよいのか、それすら分からない。

おきわは胸を衝《つ》く不安に耐《た》えきれず、ワッと声を上げると、蹲った。

「おきわ……。心配《しんぺえ》するんじゃねえ」

彦次が消え入りそうな声で呟いた。

「こんな夜更だ。長屋の連中にも、誰にも、迷惑《めいわく》をかけるんじゃねえ」

「あたし、医者といっても、どこに行けばよいのか、なんにも分からない。女将さんに打ち明けて、医者を紹介してもらおうか」

「莫迦たれが……。いいな、大袈裟《おおげさ》に騒《さわ》ぐんじゃねえ。朝になったら、熱も下がるさ。今、騒いでみな？　何もかも水泡《すいほう》に帰しちまうじゃねえか。大丈夫《でえじようぶ》だ。朝までに、意地でも熱を下げてみせるからよ……」

彦次の声は弱々しくはあったが、凜《りん》とした響《ひび》きを持っていた。

それで、茶箪笥《ちゃだんす》の引き出しにあった感応丸《かんのうがん》を飲ませ、井戸の冷《つめ》たい水で額を冷《ひや》した。

翌朝、彦次の言葉通り、平熱とまではいかないまでも、熱は下がっていた。

だが、ひと晩で、彦次は体力を消耗し尽《つ》くしたとみえ、厠《かわや》に行くのがやっとという有様《ありさま》で、仕事に出るどころか、立ち上がることもままならなくなった。

おきわが旅籠に父親が病だと嘘を吐き、入りの時刻を延ばすようになったのは、翌日のことである。

同時に、猟師町の家には、女将の具合が悪く、おきわが寝泊まりして看病することになった、と嘘を吐いた。

こうしておくと、ひと晩中、彦次の看病が出来るし、午前中はおいねの世話や、細々《こまごま》とした家事も出来た。

おりきやおうめが病のおとっつァんに食べさせてやれと、帰りしな持たせてくれる滋養のある食べ物も、それはそれは助かった。

「まあ、そうだったのですか。何故《なぜ》、もっと早く、本当のことを話してくれなかったの？それで、彦次さんを医者に診せたのですか？」

話を聞いたおりきが尋ねると、おきわは、いえ、と首を振った。

「医者に薬料《やくりょう》を払うくらいなら、鰻《うなぎ》でも食って、体力をつけたほうがどれだけいいかと、彦次さんが医者を呼ぶことを許してくれないのです。それに、熱も下がったし、あたし、今日、帰りしな蒲焼《かばやき》を買って帰ろうと思っていたところなんです」

「まあ、鰻を……。鰻が食べられるほど元気になったのなら安心ですが、咳はどうですか？」

「咳はまだ……。なんだか空《から》っついた咳で、嫌な予感がするんだけど……」

「大番頭さん！」

おりきは立ち上がると、達吉《たつきち》を呼んだ。

すると、障子の外でやはり中を窺《うかが》っていたのであろう、達吉が転がり込むように入って来た。

「へい、解っておりやす。今、善助に素庵《そあん》さまを呼びにやらせやしょう。おきわ、彦次の住んでる裏店《もんだな》は、北馬場町のどこでェ」

「市右衛門《いちえもん》店だけど……。えっ、じゃ、おたかが診てもらった、あの素庵さまに？　けど、素庵さまの薬料は高いって評判だ。彦さんがなんて言うか……」

「おきわ、なんて莫迦なことを！　生命《いのち》はお金に換《か》えられないでしょうが！　さあ、わたくしたちも参りましょう。おきわ、案内して下さい。あっ、それから、大番頭さん、鰻の蒲焼を巳之吉に作らせて、後で善助に持たせて下さい。そんなわけです。わたくしとおきわは旅籠を留守にしますので、後のことはおうめとおまえに頼みます。では、参りましょうか」

おりきはそう言うと、金箱から金子《きんす》を取り出し、すっと帯の間に滑《すべ》らせた。

「あのう……」

帳場の隅《すみ》で身を屈《こご》め、芋虫《いもむし》のように固《かた》まっていた凡太が、怖《お》ず怖ずと顔を上げる。

「あっしはどうしたら宜しいんで?」

「どうするも何も、現在《いま》は、彦次さんの様態を案じるのが先でしょう」

凡太は一体何を言っているのだろうか……。

おりきは唖然《あぜん》としたふうに、凡太を見た。

「へえ、そりゃ解ってやす。解ってやすが、俺ャ、ここいら辺《あた》りがなんだかもやもやとして、すっきりとしねえのよ」

凡太は両手を胸へと持っていく。

「第一《でえいち》、俺ャ、彦次なんて男を認めたわけじゃねえ。泥棒猫《どろぼうねこ》みてェなことしくさって! そんな男のために、おきわばかりか女将さんまでが、なんで右往左往《うおうおう》しなくちゃなんねえんだ?」

「凡太さん、いい加減にして下さいな! 現在《いま》はそんな繰言を言っている場合じゃありませんよ。文句があるのなら、後でわたくしが幾《いく》らでも聞きましょう。とにかく、今日のところは猟師町にお引き取り下さい。何かあれば、必《かなら》ず、連絡いたしましょうぞ!」

おりきにしては珍しく甲張《かんば》った言い方だった。

達吉が、おう、と感服《かんぷく》したような顔で、おりきを見る。

「おとっつァん、堪忍《かんにん》……。そうさせて！」

おきわの声が痛々《いたいた》しかった。


内藤素庵は彦次の診察を終えると、おりきに外に出るよう、目で合図した。

「おたかのときもそうだったが、何故、こんなになるまで医者に診せぬ。ここまで症状《しょうじょう》が進んだとなれば、いかに高価な薬を遣おうが、名医にかろうが、お手上げだ」

素庵はぞんざい気に言い放ったが、その顔は苦渋《くじゅう》に満ちていた。

おたかを引き合いに出されたのでは、おりきとしては身も蓋《ふた》もない。

茶立女だったおたかは、糟喰《かすくらい》（酒飲み）の父親と労咳を病む母親を抱え、弟や妹のために早朝から海に潜《もぐ》り、夜は夜で、茶屋の仕事を終えてからも、旅籠の雑用をこなし、夜の目も見ずに働いた。

が、その結果、母親と同じ病に倒れ、まだ十代という若さで、この世を去ってしまったのである。

おりきはおたかが病に倒れたとき、傍についていて、病状がそこまで進んでいることに気づいてやれなかったことを、心《しん》から悔やんだ。

確か、あのときも、素庵は何故もっと早く気づいてやれなかった、と責めたように思う。

「申し訳ありません。此度《こたび》は、おきわと彦次さんの関係に全く気づきませんで、つい先ほど、初めて聞いたばかりという有様で、穴があったら入りたいような想いにございます。けれども、女将として、何も聞かされていなかったでは済みません。今思えば、言葉にこそ出しませんでしたが、随分前から、あの娘《こ》は身体の端々《はしばし》から悲痛の叫びを発していたのです。それに気づき、もっと以前に、あの娘の胸の内を質《ただ》していたならば……。そうすれば、彦次さんの病に気づいてやることも出来、手を差し伸べてやることも出来たのです」

「まっ、おたかの場合とは些か事情が異《こと》なるようなのでな。如何《いか》におまえさんといえど、是非《ぜひ》もないことよ」

「では、既《すで》に、為《な》す術《すべ》はないと?」

「もう、余り永くはないだろう。聞くところによると、あの男の女房も胸の病で亡くなったとか……。先程、病床であの男が、女房の病が移ったのだろうかと尋ねたが、そうとも言えるし、そうではないとも言える。つまり、はっきりとしたことは判《わか》らぬのよ。同じように傍にいて、移る者もいれば、移らぬ者もいる。要《よう》は、病に抵抗する体力があるかないかの問題だ。よって、幼い子供は傍に置かぬほうがよい。が、看病のため、大人が付き添うのは構うまい。あの男の場合、無理が祟《たた》ったとしか言いようがないだろう。まっ、しっかり滋養のある物を食べさせることだな」

素庵はそう言い、帰っていった。

だが、一刻《いっとき》（二時間）後、善助が届けてきた鰻の蒲焼には、彦次はひと口として、口をつけることが出来なかった。

おりきは四歳になったばかりのおいねを暫《しばら》く旅籠で預かることにして、おきわには当分旅籠には出なくてよいと伝えた。

「思い残すことのないように、存分に、看病してあげなさい。それが、おまえの想いを貫《つらぬ》くことになるのですからね。わたくしも毎日顔を出しますし、善助には食べ物を運ばせましょう。おいねちゃんのことは案じなくていいのですよ。恐らく、おきっちゃんが妹分《いもうとぶん》でも出来たと思い、面倒を見てくれるでしょう。あっ、それからね、猟師町にはわたくしからおまえが暫くここにいることを告げ、許して下さるように頼みましょう。大丈夫ですよ。凡太さんだって、娘が可愛くて堪《たま》らないのですもの。腹を割って、諄々《じゅんじゅん》と話せば、必ずや、解って下さいますよ」

「あのう……」

おきわは彦次が素庵の診察を受けたときから、思い詰めたように、ひと言も言葉を発しなかったが、どうやら、おきわは自分なりに、心の整理がついたと見える。

おきわは初めて、きっと顎《あご》を上げた。

「女将さん、お願いがあります。あたしの最初で最後の願いです。おとっつァんがなんと言おうと、女将さんがどう思われようと、あたし、彦さんと祝言を挙げたいのです。後どのくらい一緒にいられるか判らないけど、祝言を挙げ、本当の夫婦《めおと》となって、女房として、この男《ひと》の最期《さいご》を見届けてあげたいのです。お願いです。祝言を挙げさせて下さい！」

おきわがおりきの膝《ひざ》に縋《すが》りつき、涙ながらに哀願《あいがん》する。

「おきわ、祝言て……。おまえ、それが何を意味するのか、解ってお言いですか？　彦次さんの女房になるということは、おいねちゃんの母親になるということなのですよ。可哀《かわい》相《そう》とは思うけど、二人でいられるのも、もうそんなに永くはないと思います。彦次さんがいなくなって、それでも、おまえはおいねちゃんの母親でいられますか？　おきわはまだ二十二なのですよ。これから先の人生のほうが永いというのに、親としての自覚の下《もと》に、小さな子供を抱えて、生きていけますか？　仮に、この先、おまえに好いたお方が出来たとしたら、そのときはどうします？」

「好きな男《ひと》は彦さんだけです。あたしは生涯あの男との思い出を胸に抱き、生きていくつもりです。女将さんが言いなすったように、仮に、先になって、別の男を好きになったとしても、それは、あたしとおいねを実の母娘《おやこ》と思ってくれる男なんだ。そんな男しか、好きにはならない。あたしね、おいねは死んだ彦さんの女房から貰った娘だと思っています。おさとさんはおいねを産んだけど、あたしと彦さんは今日まで大事にあの娘を育ててきた。その彦さんの想いを継《つ》ぐのは、あたししかいません！　こんなこと、おとっつァんに頼んでも許してくれない……。だから、せめて、女将さんだけには理解してもらいたかったのです。それに、何も派手《はで》なことをしようというのじゃない。自身番に夫婦《めおと》として届け出て、大家の許しを貰い、二人で固めの盃《さかずき》を交《か》わすだけでいいの。でも……、誰か一人でも、あたしたちの門出《かどで》を見届けてくれる人がいてくれれば……。それで、女将さんに……。ああ、やっぱり、無理ですよね。いいの、二人だけで固めの盃を交わします。人別帳《にんべつちょう》にあたしの名前を書いてもらえば、それで立派に夫婦になれるんだもの」

涙に濡れたおきわの瞳が、きらと光った。

「解りました。それほどの決意があるのなら、誰がなんと言っても、引き留《と》めることは出来ないでしょう。わたくしが証人《しょうにん》として、立ち会いましょう。但《ただ》し、これだけは約束して下さい。これから先、何があろうとも、おいねちゃんを母として護ること。我が娘を蔑《ないがし》ろにすることだけは、決して、許しませんからね」

「有難うございます。あたし、感情に流されて、こんなことを言っているのではないんです。おいねがいてくれたら、今後、あたしはもっと強くなれる！　強く生きなきゃならないのです」

おきわがそう言ったときである。

眠っているとばかり思っていた彦次の蒲団《ふとん》が、クック、と上下に揺れた。

どうやら、彦次は泣いているようだった。

二日後、彦次とおきわの祝言が挙げられた。

北馬場町の薄暗い裏店である。

おりきはいっそ立場茶屋おりきの客室でと考えたが、駕籠《かご》に乗せたとしても、病の彦次を人目《ひとめ》に触《ふ》れずに移動させるのは、どう考えても、無理な話であった。

と言うのも、彦次の病は労咳である。客や板場衆が決して好い顔をしないのは、目に見えていた。

それで、裏店で彦次を寝かせたまま祝言を挙げさせようと思いついたのだが、障子を全て取っ払い、初春の陽射《ひざ》しを存分に取り入れ、桃の花で部屋の中を埋《う》め尽くしたところ、これが思いの外《ほか》、一瞬、桃源郷《とうげんきょう》かと見紛《みまが》うほど、夢の世界に変貌《へんぼう》したのだった。

おりきの配慮《はいりょ》で、夜具《やぐ》も床着《とこぎ》も真新《まあたら》しいものに取り替えられ、彦次はその上から黒紋付《くろもんつき》を羽織《はお》り、おきわはおりきのお下《さ》がりの、縹色《はなだいろ》の留袖《とめそで》を纏《まと》った。

そして、なんといっても極《きわ》めつきは、小窓の下に配《はい》した雛飾《ひなかざ》りであった。

小さな文机《ふづくえ》を雛壇《ひなだん》に見立て、その上に、達吉が古道具屋で買い求めてきた一対の内裏雛《だいりびな》を飾り、横に桃の花と雪洞《ぼんぼり》を配しただけの簡素《かんそ》な雛飾りであったが、部屋の中が、ひと際《きわ》輝いたように感じられた。

おりき、大家の笑左衛門《しょうざえもん》、おいね、そして、耳聡《みみざと》い亀蔵《かめぞう》親分が、俺を差し置いてそりゃねえだろうが、と急遽《きゅうきょ》加わってきて、総勢《そうぜい》四人に見守られて、粛々《しゅくしゅく》と固めの盃は交わされた。

この場に凡太の姿がないのは、なんといっても寂しいが、父親の身になれば、それも詮《せん》ないことと諦めざるをえなかった。

おりきは二日がかりで、猟師町を訪ね、凡太を説得した。

「女将さんよォ、俺ャ、おめえを恨《うら》むぜ！　どこの世界に、娘を病持ちで、しかも、もうあんまし永くねえ男に、悦んで嫁に出す親がいようかよ！　俺ャよ、娘を後家《ごけ》にするために、育てたんじゃねえ。そのうえ、生《な》さぬ仲の子の面倒を見るんだと？　冗談じゃねえ！　そんな馬鹿げた話があって堪るかよ。それを、おめえさんは反対するどころか、媒酌人《ばいしゃくにん》として取り持つだと？　俺ャよ、これまでおめえさんを理道《りみち》の解る、女にしておくにゃ勿体《もってえ》ねえ女将と尊敬してきたがよ、もう止《や》めた。おきわなんて娘とはよ、今日《こんにち》限り、縁切《えんき》りでェ！　おめえさんにやるよ。煮《に》て食おうが焼いて食おうが、好きにしてくんな。俺ャよ、忙しいんだ。帰《けえ》ってくれ！」

凡太は取りつく島もない有様だった。

「解りました。では、お言葉通り、おきわはわたくしどもで頂《いただ》きます。頂いた限りは、このおりき、生命《いのち》ある限り、あの娘《こ》を護り抜いてみせましょうぞ！」

成行《なりゆ》きとはいえ、おりきも言葉尻《ことばじり》を荒らげて、凡太の家を出てきたのだった。

が、猟師町から目黒川沿いに行合橋に出ようとしたときである。

背後から息せき切って、凡太の女房おたえが追いかけてきた。

おたえはハッハと膝に手をつき、肩息《かたいき》を吐いた。

「も、申し訳ねえこって……。済んません。本当に済んません。あん人を許してやって下せえ。いえね、心の中じゃ、あん人もおきわのことを許してやっているんですよ。夕《ゆん》べも、やけに真面目《まじめ》な顔をして訊くんですよ。おめえは俺と所帯を持つとき、どんな気持だったかって……。どんな気持も何も、惚れてただけだと答えると、あん人、そうだよな、それが一等大事なんだよなって、しんみりとした口調で言うんですよ。いえね、あたしが亭主と所帯を持ったとき、あん人、小舟の一艘《いっそう》も持っていませんでしたからね。孤児《みなしご》で、遠縁に預けられて育ったもんで、実を言うと、あたしの親から反対されましてね。けど、あたしのお腹には、既におきわがいた……。それで、あん人、遮二無二《しゃにむに》、今日まで働いてきたんですよ。だから、理屈じゃ解ってるんです。理屈で解っていても、おきわが可愛いだけに、後家になると判っていながら、それでも嫁ごうとするおきわが許せないんですよ。けれども、あたしはあの娘《こ》の味方《みかた》です。亭主があんなんじゃ、表立った応援をしてやることは出来ませんが、これからも、陰ながら、あの娘の幸せを祈っています。女将さん、本当に、安心してあの娘を女将さんに託《たく》してもいいんですね?」

おたえは食い入るように、おりきを見た。

「勿論《もちろん》ですとも」

「ああ、良かった……。あのう、これ、おきわに渡してやって下せえ。大したもんじゃないけんど、あん人がたった一度、あたしにと買ってくれた櫛《くし》なんです。祝言のとき、つけてやって下せえ。それと、これは今までおきわが嫁に出るときのためにと思って、こつこつ溜めてきた金です。まだ三両ほどしか溜まっていませんが、何かのときに、役立ててくれればと、亭主の目を盗んで、持ち出してきました」

おたえは象牙《ぞうげ》の櫛と、巾着袋《きんちゃくぶくろ》をおりきに手渡した。

象牙に、ところどころに珊瑚《さんご》で梅の花が象嵌《ぞうがん》された、櫛である。

巾着袋がずっしりと手応《てごた》えがあるのは、恐らく、穴明き銭や小粒《こつぶ》など、細金《こまがね》が入っているからに違いない。

おりきの鼻腔《びこう》に、つっと熱いものが衝き上げてきた。

「おきわもきっと悦びますことよ。ええ、祝言には、必ず、この櫛を飾ってやりますからね」

「おきわに伝えて下せえ。おっかさんはどんなことがあっても、いつでも、おまえを見守っているからと……」

「解りました。必ず伝えますよ」

おりきはそう言って帰って来たのである。

その象牙の櫛を、現在《いま》、おきわは挿《さ》している。

高島田《たかしまだ》に結《ゆ》ったおきわの頬がほんのりと染まり、眩《まぶ》しいほどに美しく見せていた。

「おきわよ、馬子《まご》にも衣装《いしょう》よのっ。おめえの一世《いっせ》一代《いちだい》の晴れ姿でェ！　おっ、彦次、おめえは果報者《かほうもの》よ。こんだけ若くて別嬪《べっぴん》のかみさんが貰えたんだもんな。こうなりゃ、一日も早く元気になろうや！」

亀蔵親分が半ば《なか》茶を入れたように言うと、彦次も素直に、へい、と頷いた。

「あっしは本当に果報者だ……。こんなあっしにおきわが嫁いでくれたんだもんな。後どのくれェ生きられるかどうか分かんねえが、あっしは毎日、おきわや女将さん、親分、大家さん、皆さんに手を合わせやす」

「何をしんみりしたことを言ってやがる！」

亀蔵親分が元気づけようと威勢《いせい》の良い声を上げると、おいねがこちょこちょっと親分の肩をつついた。

「ねっ。親分、果報者って、何？」

「果報者か……。そりゃよ、幸せ者ってことよ」

「そっかァ……。じゃ、おいねも果報者だ。だって、おっかさん、お雛さまみたいに綺麗《きれい》なんだもの！」

「そりゃそうだ！　あたしもこんな胸に沁《し》みる祝言に参列させていただき、生涯、忘れることが出来ないでしょう。その意味じゃ、ここにいる全員が、果報者ということになりましょうな」

大家の笑左衛門が、高らかに笑い声を立てた。

そうして、旅籠から届けられた祝膳《いわいぜん》を囲んでいるときであった。

おいねが小皿に鰆《さわら》の焼物《やきもの》や蕗《ふき》の含め煮などを取り分けているのが目に留まった。

「おや、おいねちゃん、お魚は嫌いなの？」

おりきが尋ねると、おいねは、ううん、と首を振った。

「お内裏さまにも分けてあげるの」

「ほう、おいねは優《やさ》しい娘なんだね。では、おいらは御神酒《おみき》でも差し上げるとしようか」

亀蔵親分が盃に酒を注《そそ》ぐ。

「俺ャよ、ここに来た途端、雛飾りが目に入《へえ》ったもんだからよ、おいおい、下手《へた》すりゃ、今日は白酒《しろざけ》を飲まされるんじゃねえか、と一瞬肝を冷しちまったぜ。だがよ、諸白《もろはく》で、しかも、こいつァ、下《くだ》り酒の上物《じょうもの》でェ。助かったぜ！」

亀蔵親分が片目を瞑《つぶ》ってみせる。

雪洞で、ゆらゆらと灯が揺れている。

雛の節句には一日早いが、それは和《なご》やかで、心温まる雛の燭《しょく》であった。


「まあ、なんて見事なんだろう！　本当に、これを三吉が？」

幾千代が三吉の彫《ほ》った立ち雛を、前から後ろから、しげしげと眺《なが》め、感嘆《かんたん》の声を上げている。

「座り雛をということでしたが、善助が木彫りなら、立ち雛のほうが似合うなんて言いますものでね。それで立ち雛にしたようですが、これで宜しかったかしら？」

おりきがお茶を淹《い》れながら言う。

「宜しいも何も、こんなに立派に出来たんだ。三吉にうんと礼をしなくちゃね」

「礼なんて……。子供の遊びのようなものです。決して、お気を遣わないで下さいね」

「何言ってんだ。子供の遊びだって、これだけ出来れば極上上吉《ごくじようじようきち》。礼は要《い》らないと言われて、あちしが、はァ、さいですか、と引っ込んだんじゃ、幾千代姐《ねえ》さんの名が廃《すた》るってもんだ。何がなんでも、礼をさせてもらいますからね！」

「まっ……」

おりきはくすりと笑った。

「では、どうしてもとおっしゃるのなら、岩絵《いわえ》の具《ぐ》と筆を少々、あの子に与えて下さいませ。この度《たび》も、雛の顔と着物部分に随分と苦労したようですが、彩色《さいしき》しているときの三吉のいきいきとした顔が、忘れられませんの。それでね、本格的に、絵を学ばせてはどうかと思っていますのよ。まっ、子供のことですから、先のことは判りませんがね」

「岩絵の具と筆？　あいよ、お安いこった。では、そうさせてもらおうかね。ところで、聞いたよ、おきわのこと。あちしもね、時折、高札場の前で、おきわが彦次の子をあやしているところを見かけてたもんだからね。随分と仲が良いんだなとは思っていたが、まさか、あの二人が鰯《いわし》煮た鍋《なべ》になってるとは、夢にも思わなかった。そりゃさ、彦次は夜鷹蕎麦屋にゃ似合わない、様子の良い男だ。真面目で心根《こころね》もある。けどさ、瘤つきで、しかも、体裁《ていさい》なんぞそっちのけで、子供を背中に括りつけて蕎麦を作っているような男によ、おきわが本気で惚れるわけがない。あたしさ、そんなふうに思ってたんだよ。ふふっ、幾千代姐《ねえ》さんも焼廻《やきまわ》っちまったもんだ。あの二人が心底《しんてい》づくになってると見抜けなかったんだもんね。今朝、亀蔵親分から二人が祝言を挙げたと聞いてさ。びっくらこいたというより、おりきさん、おまえさんに脱帽したよ。ええっ？　やるじゃないか、おまえさん。おきわの父親を怒鳴《どな》りつけて、二人を一緒にさせたんだって？」

「怒鳴りつけはしませんけどね」

「同じこった。けどさ、おきわがそこまで彦次に惚れてたとは驚きだ。だって、彦次、もう永くないんだろ？　永くはないと判ったうえで夫婦《めおと》になり、しかも、生さぬ仲の娘を育てようってんだからさ。彦次に財産があるというなら話は別だが、財産と言えば、屋台ひとつだ。尽くしたところで、見返りなんてありゃしない」

「見返りを期待するのなら、端《はな》から、おきわは彦次さんに近づきはしなかったでしょう。あの娘《こ》、本当に、彦次さんが好きなんですよ」

「そうだよね。色は思案《しあん》の外《ほか》と言うけどさ。こういった状況なら、常並《つねなみ》な女《おな》ごなら、どんなに惚れたところで、二の足を踏んじまう。それを、おきわは後先《あとさき》も考えずに、突き進んでいくんだもんね。あの娘《こ》、やっぱり、おまえさんに似てるんだよ」

「わたくしに？」

違う、と思った。

惚れた男のために後先も考えずに突き進むのであれば、現在《いま》、自分はここにはいない。

勇気がなかったわけではない。

嘗《かつ》て心を寄せた藤田竜也《たつや》の場合も、風のように現われ去っていった如月鬼《きさらぎき》一郎《いちろう》の場合も、我が心と対峙《たいじ》する前に、相手の立場になって考えてしまい、自ら、一歩、後ろに退《ひ》き下がってしまったのである。

「なんだえ、その顔は。どうやら、納得《なっとく》しないって顔だが、男のことを言っているのじゃないんだよ。だって、おまえさんは既に立場茶屋おりきと所帯を持っているじゃないか。おまえさんの亭主はこの茶屋だ。そして、大番頭を始めとして、巳之吉や追廻《おいまわし》に至《いた》るまで、ここで寄り添う者の全てが、おりきさん、おまえさんの子供だ。今後、何があろうとついて来な、とぽんと胸を叩いて言える、その懐《ふところ》の深さ……。そこに皆が惚れて、安心しきって付いて行くのじゃないか。おまえさんのその心意気《こころいき》が、おきわの中にもあるんだよ」

「そう言っていただけると恐縮ですわ。でも、本当に、幾千代さんのおっしゃる通りです。わたくしは立場茶屋おりきと祝言を挙げたと思っていますの。うちで働いてくれる者は、皆、我が子……。おきわもおいねちゃんのことを、腹を痛めた我が娘のように思っているのでしょうよ」

「けどさ、亀蔵親分の地獄耳《じごくみみ》には舌を巻くね。あちしも彦次とおきわの祝言を知ってりゃ、何がなんでも列席《れっせき》したさ。けど、なんにも言ってくれないんだもの、あちしは知らなかった。それをさ、あの男の耳聡《みみざと》いことときたら……。どこで嗅《か》ぎつけたか、ちゃっかり祝言に顔を出してるんだもんね！」

「おう、ちゃっかりしていて悪かったな。誰が地獄耳だと？　耳聡《みみざて》ぇだと？」

突然、入り側で声がしたかと思うと、帳場の障子がするりと開き、亀蔵親分が四角い顔をぬっと突き出した。

「あら、怖《こわ》や！　噂をすれば影が差す……。亀蔵親分じゃござんせんか」

「幾千代のこの大つけが！　亀蔵親分じゃござんせんかはねえだろうが！　今朝、おめえが彦次とおきわのことを聞いて顔色を変えたもんだからよ、大方《おおかた》、今頃はここにいるだろうと思ったが、案の定、いやがった。幾千代、おお、いい加減にしろよな！　おきわのことだけじゃ物足りねえと見え、今度はおいらの悪口かよ！」

「そりゃそうさ。親分の悪口が言えるのは、この品川宿広しといえど、あちしだけだ。さっ、お入りよ。三吉の造った立ち雛を見せてやるからさ」

幾千代に促《うなが》され、亀蔵親分が長火鉢の傍に寄ってくる。

「おお、こりゃ見事だ。なんと、大《てえ》したもんじゃねえか。おやっ、女《め》雛《びな》のこの顔、どこか目許の辺りが、おりきさんに似てやしねえか？」

親分が雛を手に取り、満足そうに小鼻をぷくりと膨《ふく》らませる。

「おやっかな！　言われてみれば、こりゃどうして。おりきさん、おまえさんにそっくりだ」

「そうかしら？」

おりきも改めて女雛へと視線を送る。

「三吉にしてみりゃ、おりきさんはおっかさん同然。無意識のうちに、つい、似てしまうってことか……。そう言ャ、彦次の裏店にあったお内裏さまな、あれも、どこかおりきさんに似てたよな？　ありゃ、達吉が古道具屋で見つけてきたんだろ？」

「そうだってね。昨日は裏店を桃の花とお内裏さまで飾ったんだって？　なんて心憎《こころにく》い、粋《いき》な計《はか》らいかと感服しちまったよ。彦次は明日をも知れない病の身だけど、二人の想いを雛に託したんだね。ああァ、また悔《くや》しくなっちまった！　なんで、あちしに声をかけてくれなかったのさ！」

幾千代が口惜《くちお》しそうに、歯嚙《はが》みする。

「申し訳ありません。何しろ、裏店は狭《せま》いうえに、実を申しますと、何もかもが急なことで、そこまで気が廻りませんでしたの」

「いいってことよ、おりきさん。祝言を急がなきゃなんない理由《わけ》があったんだもんね。なに、言ってみただけの話さ。現在《いま》はさ、あの二人が夫婦《めおと》として、一日も永く暮らせますようにと……、そう祈っているだけさ」

「…………」

「…………」

おりきと亀蔵親分は、顔を見合わせた。

「けれども、生涯忘れられない、祝言でしたわ」

おりきがぽつりと呟く。

雪洞の灯を受け、ほんのりと紅《べに》を差した、お内裏さま。

今も脳裡に残るその光景がゆるりと眼窩《がんか》を過ぎり、その刹那《せつな》、おりきの中で、雛の顔に彦次とおきわが重《かさ》なった。

一日でも永く、二人の幸せが続きますように……。

おりきは目を閉じ、胸の内で小さく呟いた。


だが、おりきの願いも虚《むな》しく、彦次はそれから三日後息を引き取った。

おきわが水を汲《く》もうと井戸端に出た、束の間のことであった。

彦次は激《はげ》しく咳き込み、喀血《かっけつ》した。

が、咄嗟に顔を横に向けようとして、力尽《ちからつ》き、気管に詰まらせてしまったのである。

井戸端から戻ったおきわは、カッと目を見開いた彦次の形相《ぎょうそう》に、全てを悟《さと》った。

慌てて、裏店の連中を呼びに出たが、既に手遅れであった。

「駄目だ。彦さん、逝《い》っちまったぜ」

左官の安造《やすぞう》の言葉に、おきわは腰砕《こしくだ》けしたように、その場に蹲った。

だが、身体から力が抜け落ちたと思ったのはそのときだけで、おきわは毅然《きぜん》と立ち上がると、湯を沸かし、血にまみれた彦次の顔や首筋を丁寧《ていねい》に拭い、身体の端々まで清拭《せいしき》した。

裏店の連中から知らせを受け、おりきとおいねが駆けつけたとき、おきわは浄《きよ》められた彦次の横に、身体を並べるようにして、横たわっていた。

まさかとは思ったが、おりきは胃の腑が縮《ちぢ》み上がるのを感じた。

おきわは目を開け、起き上がった。

「大丈夫です。最期に、彦さんと話がしたかっただけです。けれども、上から見下ろして話すのじゃ、いかにも死人《しびと》と話しているみたいで、嫌だったの。だから、横に並んで寝て、あたし、言いたいことを全て彦さんに告げました。きっと、解ってくれたと思います」

おきわの目は涙で紅く腫《は》れていたが、迷いが吹っ切れたのか、その目は強い意思《いし》で漲《みなぎ》っていた。

「おとっつァん、おとっつァん、どうしちゃったの? お目々《めめ》を開けてよ、おとっつァん!」

おいねが彦次の身体を揺すろうとする。

その身体を、おきわがぐいと抱き留めた。

「おいね、おとっつァんはもう二度と目が醒《さ》めないんだよ。でもさ、これからも、おっかさんやおいねの心の中で生きている。今ね、おとっつァんと約束したんだ。これからは、本当の意味で、一心同体《いっしんどうたい》だよって……。おとっつァんね、おっかさんの身体の中に入って来てくれたんだ。だからさ、これから先、おいねが寂しかったり、困ったことがあったりしたとき、おっかさんに縋っておくれ。必ずや、おとっつァんが護ってくれるからさ」

おいねは語らずとも状況を把握《はあく》する、四歳にしては才走《さいばし》った娘である。おきわの胸に顔を埋《うず》めたまま、何度も、うんうんと頷いた。

「おきわ、おまえが気丈《きじょう》でいてくれて、安堵《あんど》しました。では、後のことはわたくしたちに委《まか》せて下さいね」

おりきがそう言うと、おきわは深々と頭を下げた。

「有難うございます。宜しくお願い致します」

そうして、その夜、市右衛門店で彦次の通夜《つや》がしめやかに行われた。

七ツ（午後四時）頃より降り始めた絹糸《きぬいと》のような小糠雨《こぬかあめ》が、六ッ半（午後七時）頃になり、幾分《いくぶん》激しさを増した。

が、その雨の中、裏店の連中ばかりか、屋台仲間、亀蔵親分や幾千代、立場茶屋おりきの連中も入れ替わり立ち替わり、仕事の合間を縫《ぬ》って焼香《しょうこう》に訪れた。

「彦次の人徳《じんとく》だろうな。これだけの人が訪れたんだ……」

亀蔵親分がそう言ったときである。

長屋に入りきれない人で通路は傘が林立《りんりつ》していたが、おりきは目の端に、人立《ひとだち》からつっと離れる人影《ひとかげ》を捉《とら》えた。

胸がドォンとけたたましい音を立てた。

おりきは傘も持たず、人垣《ひとがき》を掻《か》き分けた。

「お待ちになって！」

おりきの声に、路次口《ろじぐち》で傘がびくりと止まった。

そろりと男が振り返る。
凡太であった。

海を渡る風

先程まで柔《やわ》らかな陽射《ひざ》しが差《さ》していたと思ったら、いつの間にか、空を薄《うす》い雲が覆《おお》っている。

富士南《ふじなみ》（東南の風）が街道を煽《あお》るように吹き下《お》ろし、道行く旅人があっと菅笠《すげがさ》で顔を覆うと、着物の裾《すそ》を手で押さえた。

「この春疾風《はるはやて》じゃ、僅《わず》かばかり残った御殿山《ごてんやま》の桜も、大方《おおかた》散ったことでしょうな」

達吉《たつきち》が遠ざかる吉野屋幸右衛門《よしのやこうえもん》の駕籠《かご》を見届け、ぽつりと呟《つぶや》いた。

「そうですね……。随分《ずいぶん》と風が強いですこと……」

おりきはどこか上《うわ》の空で答えた。

達吉が驚《おどろ》いたように、おりきに視線を返す。

「女将《おかみ》さん、どうかしやしたか？」

「えっ？　いえ、どうにもしませんよ。さあ、中に入りましょうか」

おりきは達吉に動揺《どうよう》を悟《さと》られまいと、くるりと背を返した。

するると、そのときである。

「お待ちよ！　おまえ、おっかさんを独《ひと》りにして、あんな女のところに行くってのかえ！」

茶屋の右手から、女の甲張《かんば》った声が聞こえてきた。

どうやら、茶飯屋《ちゃめしや》一膳《いちぜん》のおさだのようである。

見ると、おさだが髪を振《ふ》り乱し、往来《おうらい》で息子の晋作《しんさく》に縋《すが》りついている。

「放《はな》しとくれよ！　俺《おり》ャ、おっかさんの言いなりになるのは、もう嫌《いや》なんだよォ！」

「おまえ、あの女に騙《だま》されてるんだよ！　ろくに仕事も出来ないくせして、花見に行きたいだの、春物の単衣《ひとえ》が欲《ほ》しいだのと、銭を遣《つか》うことしか考えていない女だ。それを、おまえって男は鼻の下を長くして、びたくさしちゃってさ！　後生《ごしょう》だから、亭主が女房の尻を追うなんてみっともないことだけは止《や》めとくれよ。なっ、晋作、おまえは親思いの優《やさ》しい息子だったじゃないか。今に、おっかさんがさ、おはんなんかより数倍いい女を見っけてやるからさ！」

「放せったら、放せよ！　おはんよりいい女だって？　はん、耳に胼胝《たこ》が出来るくれェ、その言葉を聞いたぜ。おはんの前《めえ》は、おなえ、その前《めえ》はおいく。どいつもこいつも、おっかさん、おめえが見っけてきた女《おな》ごじゃねえか！　その女ごに悉《ことごと》くいちゃもんをつけて、追い出したのは、一体《いってえ》、どこの誰でェ！　俺ャ、もう嫌なんだよ！」

「この大つけが！　ああ、そうかえ、解《わか》ったよ。女手《おんなで》ひとつで今日まで苦労して育てた我が息子に、あたしゃ、こんな酷《ひど》い仕打ちをされるとは夢にも思わなかった。ああ、いいさ。おはんのところに行きたきゃ、行きゃいいだろう！　但《ただ》し、このあたしを殺してからにしておくれ！　丁度《ちょうど》いい、見物客《けんぶつきゃく》がこんなにいるんだ。皆さん、あたしの息子がこれから母親を手にかけ、逃げた女房を追いかけると言ってますんでね、どうか、見届けてやって下さいよ！」

おさだが甲高《かんだか》く鳴り立てると、晋作の両手を摑《つか》み、我が首へ運ぼうとする。

「止せや！」

晋作がその手をさっと払った。

おさだは蹌踉《よろ》け、ふらりと地面に身体《からだ》を投げ出した。

「大番頭さん！」

おりきは背後の達吉に目まじした。

が、達吉は、いやっ、と首を振った。

「放っておきやしょう。いつものことです。下手《へた》に他人が間に入《へえ》ると、却《かえ》って、ややこしいことになりかねやせん」

達吉がおりきの耳許に囁《ささや》く。

「まあ、そうなのですか？」

おりきは目を瞠《みは》った。

が、どうやら、達吉の読みは外《はず》れていなかったようである。

晋作が地面に倒れたおさだを抱《かか》え起こすと、済まねえな、おっかさん、と背中をさすり、二人を囲んだ人溜《ひとだま》りに向けて、ぺこぺこと頭を下げ始めたのである。

「お騒《さわ》がせして、相済《あい》みやせん……。へっ、もう大丈夫《でえじょうぶ》でやすから……」

それで、固唾《かたず》を呑《の》んで成行《なりゆ》きを眺《なが》めていた野次馬《やじうま》たちも、ばつが悪そうな顔をして、やれ、と息を吐《つ》き、三々五々《さんさんご》に去っていった。

「大番頭さん、先程《さきほど》、いつものことと言っていましたね？　では、あのようなことが、再々《さいさい》あるとお言いですか？」

帳場に戻ると、おりきは出入帳《でいりちょう》に目を通しながら、達吉に尋《たず》ねた。

茶飯屋一膳は、立場茶屋《たてばぢゃや》おりきと堺屋《さかいや》に挟《はさ》まれた、間口三間ほどの小体《こてい》な見世《みせ》である。近江屋忠助《おうみやただすけ》から聞いた話によると、門前町での歴史は古く、なんでも、おさだ母子《おやこ》で四代目というのだから、立場茶屋が多く軒《のき》を連《つら》ねる門前町では、一膳は老舗《しにせ》といってもよいだろう。

だが、現在《いま》では、街道の両脇にずらりと並ぶ立場茶屋に圧《お》された恰好《かっこう》で、いかにも古く、見窄《みすぼ》らしい。

茶飯屋というだけあって、見世で出すのも、茶飯と餡《あん》かけ豆腐《どうふ》だけである。亀蔵《かめぞう》親分が言うには、味はなかなかだが今風《いまふう》でないそうで、ありとあらゆる献立《こんだて》を揃《そろ》えた立場茶屋に比べれば、どう見ても、影が薄《うす》かった。

いっそ、見世を改装し、献立の数を増やしてはと誰もが思うのだが、どうやら、おさだには一膳は老舗であり、昨日今日できた立場茶屋と一緒にしてもらいたくないという矜持《きょうじ》があるようで、頑《がん》として、茶飯屋の形態《けいたい》を変えようとしなかった。

そんな一膳であるから、隣り合わせといっても、おりきはおさだと会話らしき会話を交《かわ》したことがない。

たまに往来で視線を合わすことがあっても、互《たが》いに軽く会釈《えしやく》する程度《ていど》で、おさだには、どこかそれ以上踏《ふ》み入れさせないぞといった、雰囲気が漂《ただよ》っていた。

「まっ、あっしも詳《くわ》しいことまで知りやせんがね、おさだは家付き娘で、婿に入った男が晋作が生まれて間なしに、当時使っていた女衆《おなごし》と駆《か》け落ちしちまったようで……。おさだが鼻持ちならねえ削者《そげもの》になったのは、それからだと言いやすぜ。とにかく、気位《きぐらい》だけは人《ひと》一倍《いちべえ》高《たけ》ェうえに、決して、他人に気を許さねえ。唯一《ゆいいつ》、おさだが気を許すのが、息子の晋作というんだから、晋作も堪《たま》んねえだろうよ。それでなくても、一人息子は国に憚《はばか》ると、世間からあんましいい顔されてねえというのによ。ああ、母親にべたべた纏《まと》いつかれたんじゃよ。だが、晋作は根っから優しい男なんだろうよ。不平も言わずに、母親の言いなりになっていた。ところがよ、まっ、晋作もいい歳《とし》だ。今後も機嫌《きげん》良く働いてもらうためにも、嫁を貰《もら》ってやらなければとでも思ったんだろうて。おさだがあちこちに手を廻《まわ》し、これと見込んだ従順《じゆうじゆん》そうな娘を晋作に宛《あてが》ってみるんだが、嫁姑《よめしゆうとめ》が仲睦《なかむつ》まじく暮らすのは、よくて半年。おはんの前《めえ》の嫁など、ひと月しか持たなかったとよ。可哀相《かえいそう》に、来る嫁来る嫁、箸《はし》の上げ下げから、菜《な》っ葉《ぱ》の刻《きざ》み方まで、重箱《じゆうばこ》の隅《すみ》を穿《ほじく》るように難癖《なんくせ》つけてよ。おまけに、穀潰《ごくつぶ》しだの、好色女《こうしよくおんな》だの言われてみな？　誰だって、嫌になる。しかもよ、嫁を貰った途端《とたん》、茶飯屋のお端下《はした》を辞《や》めさせちまうんだからよ。そりゃさ、内々《うちうち》のことから見世のことまで、何もかも嫁にやらせれば、給金を払わなくて済むわな？　けどさ、どう考えてみても、酷《ひで》ェ話じゃねえか」

達吉は深々と肩息《かたいき》を吐いた。

「それで、夫婦仲《めおとなか》はどうなのです？」

「これが、おさだでなくても肝精《きもせい》を焼きたくなるほど、晋作はどの女に対しても優しかったそうで、考えてみりゃ、それがおさだの妬心《としん》を煽ったとも言えやしょう。自分が気に入って貰った嫁なのに、あんまし目の前で仲良くされるもんだから、つい、自分を捨て、使用人と逃げた亭主を思い出すんだろうて。だが、嫁いびりも、ああ酷くっちゃな……。結《けっ》句《く》、晋作は三人も女房に逃げられちまったが、今度ばかしは晋作も堪忍袋《かんにんぶくろ》の緒《お》が切れたんだろう……。と言うのも、おはんの腹にゃ、赤児《やや》がいるって話だしよ。おさだは赤児だけ産《う》ませて、その後、嫁を放り出そうと思ったようだが、おはんのほうが上手《うわて》だった。腹の子が欲しければ、あたしと一緒に一膳を出てくれと晋作に迫《せま》った。ところが、晋作はああいう男だ。良く言えば、親にも嫁にも優しいが、言いたかねえが、優柔不断《ゆうじゅうふだん》な男だからよ。闇《くら》がりに牛繋《つな》いだみてェに、はっきりしねえのよ。それで、遂《つい》に、業《ごう》を煮《に》やして、おはんが飛び出したってわけだが、ここんとこ毎日のように、ああして母子で揉《も》めててよ。隣近所でも、おや、またかえって具合《ぐあい》に、相手にしねえ。第一《でえいち》、おさだは他人《ひと》の意見など聞く耳持たねえからよ。いらぬおせせの蒲焼《かばやき》やいて、尻を食ったんじゃ、割に合わねえからよ」

「では、おまえはあの母子を放っておいてもよいと？」

「良いも悪いもありやせんや。夫婦喧嘩《めおとげんか》は犬も食わねえと言いやすが、親子喧嘩はもっと始末《しまつ》に悪《わり》ィ。夫婦は縁《えん》が切れれば他人だが、親子はどこまで行っても、親子だからよ。縁の切れ目がねえとくる。おさだも晋作も、ああして親子喧嘩をしているようで、根っこの部分じゃ、互いに愛《いと》しくて堪んねえのじゃないかと思ってよ……」

「けれども、此度《こたび》は、出ていったおはんさんのお腹に子がいるのですよ。今までとは些《いささ》か事情が違うと思いますがね」

「赤児ねえ……。そう言われちゃ、あっしも返す言葉がありやせんが、かといって、為《な》す術《すべ》もなし……。まっ、傍観《ぼうかん》するより方法がありやせんや。女将さんだって、相手があのおさだでは、間に入《へえ》って渡《わたり》をつけるわけにゃいかねえでやしょ？」

達吉の言葉が、ぐさりと胃の腑《ふ》の辺《あた》りを突いてきた。

鬼《おに》も頼めば人を食わぬと言うが、頼まれてもいないのに、差出《さしで》して、酢《す》を買ったのでは話にならない……。

水は低きに流れるという。

やはり、ここは達吉が言うように、座視《ざし》するより他に方法がないのであろうか……。

「ところで、女将さん、何か気懸《きが》かりなことでもおありで？」

達吉の言葉に、おりきはえっと手を止めた。

「何かとは……」

「へえ、それが……。吉野屋の旦那を見送りに出たときのことでやすがね、女将さんの様子が何やら心ここにあらずといった感じで、ちょいと気にかかったものでやすから……」

ああ……、とおりきは出入帳を仕舞《しま》うと、お茶を淹《い》れようと、茶筒《ちゃづつ》の蓋《ふた》に手をかける。

「おまえは吉野屋さんのお内儀《ないぎ》が亡くなられたことを知っていましたか？」

「吉野屋さんの？　いえ、今初めて聞きやした」

「そうですよね？　けれども、葬儀は半年も前のこととか……。まあ、何も知らないものだから、不義理《ふぎり》をしてしまいました」

「ああ、それで、ここんところ、旦那がお見えにならなかったのですね。先《せん》には三月《みつき》に一度は江戸に出る途中立ち寄られたのだが、あっしもなんだか妙だなと思っていやしたが……、そういうことだったのですか。けど、それならそうと、伏見《ふしみ》の澤田《さわだ》屋《や》か井筒《いづつ》屋《や》がちょいと耳打ちしてくれてもよさそうなものを……」

「わたくしもそう思いましたが、吉野屋さんがおっしゃるには、身内だけの約《つづま》やかな野辺《のべ》送《おく》りで、取引先にも知らせていないのだとか……」

「では、是非《ぜひ》もねえことで、女将さんが案じなさることはありやせんや。遅くなりやしたがと、そっとお供《そな》えをお包《つつ》みになれば済むことじゃござんせんか？」

「それがね、どうしても受け取って下さらないのですよ。気持だけ有難《ありがた》く頂戴《ちょうだい》するが、出入りの旅籠《はたご》にまで気を遣わせたのでは、他に示《しめ》しがつかないと申されましてね」

「それで、女将さん、何やら吹っ切れないお顔をなさっていたのですか？　だが、旦那が気を遣うなとおっしゃってるんだ。それはそれで宜《よろ》しいのじゃござんせんか？」

達吉は胸の靄《もや》が払えたような顔をして、おりきの淹れた茶を、旨《うめ》ェ、と啜《すす》った。

だが、おりきの胸に巣《す》くった靄は、そんなことではなかったのである。

半年ぶりに姿を見せた吉野屋幸右衛門は、気のせいか、幾分《いくぶん》、頰《ほお》の肉が削《そ》げたように感じられた。

「お久しゅうございます。久方《ひさかた》ぶりに予約をいただきまして、わたくし、嬉《うれ》しくて……。ああ、やはり、立場茶屋おりきをお忘れではなかったのだと、安堵《あんど》いたしました」

幸右衛門の部屋に挨拶《あいさつ》に上がり、おりきがそう言うと、世辞《せじ》にしても、そう言ってもらえると嬉しいものだな、と幸右衛門は少し照れたように目を細めた。

「では、気分を良くしたところで、ひとつ頼みを聞いちゃもらえないだろうか。なに、大したことではない。今宵は、少しばかりあたしの酒の相手をしてもらえないかと思ってね」

「まあ、何事かと思いましたら……。ええ、ええ、お安いことにございますわ。では、客室の挨拶を済ませ、改めて、伺《うかが》わせていただきます」

おりきはそう言い、一旦《いったん》、下がってきたのだが、幸右衛門が酒の相手をしてくれとは珍《めずら》しいこともあるものである。

幸右衛門はおりきが先代から女将の座を譲《ゆず》り受けて以来の、立場茶屋おりきの常連《じょうれん》である。

京で染物問屋を営《いとな》む幸右衛門は、自他共に認める食通で、口では、先代の頃からこの宿を贔屓《ひいき》にしていて、我が家同然なのだ、と空惚《そらとぼ》けているが、おりきの見るところ、どうやら、巳之吉《みのきち》の料理に惚《ほ》れきっているようであった。

巳之吉も心得《こころえ》たもので、予約が吉野屋と聞くと、いつにも増して腕によりをかけるものだから、幸右衛門は毎度夕膳《ゆうぜん》を愉《たの》しみにし、子供のように目を輝かせて、膳の前に坐《すわ》るのだった。

そんな幸右衛門であるから、酒のほうは、ほんのひと口唇《くちびる》を湿《しめ》らせる程度で、先《ま》ずもって、最初《はじめ》に出した徳利《とっくり》が皆《みな》になることなどなかったのである。

それが、酒の相手をしてくれとは……。

案外、幸右衛門は成る口なのに、今までは、料理をじっくりと味わうために、酒を控えていたのかもしれない。

おりきはそんなことを考えながら、他の部屋の挨拶を済ませ、再び、幸右衛門の部屋へと廻っていった。

「いや、無理を言って済まなかったね」

幸右衛門はおりきの姿を見ると、慌てたように威儀を正した。

「どうぞ、お楽にして下さいまし。ささっ、おひとつどうぞ。でも、驚きましたわ。吉野屋さまが御酒を召し上がるなんて……。おや、少し冷めましたわね。今、熱いのを持たせましょう」

「いや、構わないでくれ。もう、これで充分だ」

幸右衛門は慌てて制したが、次の間に控えたおみのを気にしてか、頻《しき》りに、次の間へと視線を送った。

「おみの、吉野屋さまにはわたくしがついていますので、おまえは下がっていて下さいな」

おりきの言葉に、幸右衛門はほっと安堵の色を見せた。

「済まないな、おみの。ちょいと、女将に話があるのでな」

おみのが出て行くと、幸右衛門はようやく猪口《ちょこ》にちょいと口をつけたが、飲み干《ほ》すわけでもなく、また、膳に戻した。

「実は、家内《かない》が亡くなってね」

「まあ……。ちっとも知りませんでした。これはまた……、知らなかったとはいえ、不義理をしてしまいました。申し訳ございません」

「いや、いいんだよ。長患《ながわずら》いだったのでな、覚悟《かくご》はとっくの昔に出来ていた。野辺送りも、内輪《うちわ》で約やかに行いましたからね。京でも知らない人が多いと思いますよ」

幸右衛門は再び猪口を手に取った。

やはり、こういう話には、酒の力が必要とみえる。

幸右衛門はぐいと猪口を空《あ》けると、おりきに目を据《す》えた。

「女将、いや、おりきさんと呼ばせてもらおう。あたしは口が不調法《ぶちょうほう》で、どう切り出せばよいか、先程から思い屈《くっ》していたのだが、ここはひとつ、回りくどい話は止《よ》しにして、単《たん》刀直入《とうちょくにゅう》に訊《き》くとしよう。おまえさん、あたしの後添《のちぞ》いになる気はありませんか？」

「えっ……」

余りにも唐突《とうとつ》な話で、おりきは目を瞬《しばたた》いた。

「いや、驚かれるのも無理はない。あたしは今までおりきさんへの想《おも》いを微塵芥子《みじんけし》ほども匂《にお》わせなかったからね。あたしは今まで食欲以外の煩悩《ぼんのう》の全《すべ》てを封印《ふういん》してきました。それが、病《やまい》の床にいる家内に義理立《ぎりだ》てすることと思ったからだが、家内のほうは、そんなことは思っちゃいなかった。寧《むし》ろ、あたしに妾《めかけ》を持つことを勧《すす》めたくらいで、病弱な我が身に忸怩《じくじ》とし、自分を責《せ》めていた。それが解っているのに、家内が勧めたからといって、あたしに他の女に現《うつつ》を抜《ぬ》かすようなことが出来ますか？　あたしはね、家内が病弱なのも、あたしが愛欲《あいよく》を断《た》つのも、これは全て、宿命《さだめ》なのだと思ってね。脇目《わきめ》もふらずに、商《あきな》いに励《はげ》んできた。そんな中にあり、あたしの唯一の欲望は、旨いものを食べることでね。せめて、そのくらいは神仏も家内も許してくれるのじゃなかろうかと思ってね。この宿で、巳之吉の料理に出逢ったときは、目から鱗《うろこ》が落ちたような想いだった。ところが、巳之吉の腕を見出《みいだ》し、引き抜いてきたのは、おりきさん、おまえさんだというじゃないか……。それからは、三月《みつき》に一度の江戸への旅を心待《こころま》ちにするようになった。だが、いつ頃からだろうか……。あたしの心の中で、おりきさんの占《し》める位置が徐々《じょじょ》に大きくなってきてね。そのことに気づいたとき、あたしは慌てたよ。無論《むろん》、ここに来るのは、巳之吉の料理が食べたいからであり、全てにおいて気扱《きあつかい》のある、この宿を気に入っているからではあるが、それより何より、あたしにはおまえさんの淹れてくれる茶を飲んでいるときや、何気なく交わす世間話など、そのことのほうがどれだけ心地《ここち》良かったか……。あたしはおまえさんに惚れている……。はっきりと悟りました。だが、あたしには病弱な妻がいる。悶々《もんもん》としましたね。心の中で想うのは勝手です。けれども、それほど辛《つら》いことはない。だから、あたしは極力《きょくりょく》その想いを振り払おうと努《つと》めてきました。だが、その家内が、もういない……」

「お待ち下さいまし。先程からの吉野屋さまのお言葉、身に余る想いで、恐縮《きょうしゅく》しながら聞いておりましたが、何分《なにぶん》、突然のことでございますし、わたくしには……」

「いいんだ、いいんだ、おりきさん。突然のことで、おまえさんが驚くのも無理はない。あたしはね、こうして胸の内を打ち明けたところで、断《ことわ》られることは知っている。おまえさんには、この立場茶屋おりきを護《まも》るという使命《しめい》がありますからね。先代のように、おまえさんという立派な後継者《こうけいしゃ》を見つけて身を退《ひ》くというならいざ知らず、現在《いま》のおまえさんには、それもない。おまえさんの腹には、いずれ、おきちを後継者にという想いがあるのだろうが、あの娘が独り立ちするのは、まだまだ先のことだ。では、それまで待とうと言いたいところだが、哀《かな》しいかな、あたしも五十路《いそじ》半《なか》ばに差しかかっていてね。この先何年息災《そくさい》でいられるかどうか分からない。だから、何もかも、世迷《よま》い言《ごと》と解って言っているんだよ。だがね、生涯、この想いを吐《は》き出さないまま終わるのは、断られるより、もっと辛い……。せめて、おりきさんの前で我が胸の内をさらけ出し、さっぱりとした気持で、再出発しようと思いましてね」

行灯《あんどん》の灯《ひ》に照らされ、幸右衛門の目がきらと光った。

「わたくしの気持まで解っておいでとは……」

「では、酒をいただこうか。やはり、話して良かったよ。胸でもやっていた澱《おり》のようなものが取れたような想いだ……」

幸右衛門はふっと目許《めもと》を綻《ほころ》ばせた。

だが、幸右衛門の胸に巣くっていた澱は、そのまますっと、おりきの胸に移動したようで、重く、胸に居座《いすわ》ってしまったのである。

「おりきさん、気にしないで下さいよ。あたしはこれまで通り、この宿を定宿《じようやど》とさせてもらうつもりですからね。巳之吉の料理や、おりきさんの淹れてくれる茶の味が、そうそう捨てられるものじゃありません。なに、今に、笑いながら、茶飲み話に、あたしが後添いを貰ったなんて話をするようになるかもしれませんよ」

「…………」

おりきはえっと目を上げた。

「実は、京で後添いの話がありましてね。あたしとしては、その話を受ける前に、どうしても、おりきさんに想いを打ち明けておきたかった。断られるのは解っていたが、それならそれで、いっそさっぱりするし、まっ、万に一つ、快《こころよ》い返事が貰えるのではなかろうかと、甘《あま》い気持がなかったとは言えないが……。そんなわけだ。どうか、虫の良い、男の我《わが》儘《まま》と嗤《わら》っておくれでないか」

「…………」

これは、一体なんだったのであろうか……。

おりきの胸を、蕭々《しょうしょう》と風が吹き抜けていった。

「それはそうと、女将さん、今宵、浜千鳥《はまちどり》の間に予約の入《へえ》った、井上玄蕃《げんば》というお方は、確か、二年ほど前《めえ》、近江屋の紹介で来られた、女将さんと同郷《どうきょう》のお侍《さむれえ》でやすよね？」

達吉が長火鉢の猫板《ねこいた》に湯呑《ゆのみ》を戻し、上目遣《うわめづか》いに、おりきを見る。

「ええ。でも、此度は井上さまご本人ではなく、友人ということでした」

「お名前《なめえ》は？」

「それが、井上さまから文を頂《いただ》いたのですが、わたくしとは旧知《きゅうち》の仲なので、さぞや驚かれるであろうと書いてあっただけで、お名前は記《しる》されていなかったのですよ」

「さいですか……。だが、井上さまは元々女将さんの知り合いだ。その井上さまの紹介なら、まず、間違《まちげ》ェねえでしょう」

「そうですね」

おりきの胸に、また、新《あら》たな不安が、すっと陰《かげ》を差す。

まさか……。

おりきは慌てて、その想いを振り払った。

「真山《まやま》さま、お久しゅうございます」

女将として、ひと通りの挨拶を済ませると、おりきはきっと顔を上げ、真山東吾《とうご》を見据《みす》えた。

宿帳《やどちょう》に東吾の名を認めたとき、おりきはあっと絶句《ぜっく》した。

だが、既《すで》に、その動揺は失せている。

寧ろ、腹を括《くく》っていた。

思えば、二年前、井上玄蕃におりきの所在が知れたときから、この日が来るのを覚悟していたのである。

いずれ通らなければならない道だとすれば、ならば、今が、そのとき……。

そう思うと、幾分、心が落ち着いた。

だが、真山東吾の爽《さわ》やかなほどに偉丈夫《いじょうふ》な、この姿……。

嘗《かつ》て、国許で、道場の後継や雪乃《ゆきの》（おりき）を巡《めぐ》り、藤田竜也《たつや》と競《きそ》い合っていた頃の東吾は、どう見ても、朴訥《ぼくとつ》とした郷在者《ごうざいもの》で、どこか気障《きざ》っぽく雛男《ひなおとこ》の竜也に比べると、影の薄い存在であった。

それが、十年の歳月《さいげつ》を経《へ》て、こうして久方ぶりに再会してみると、東吾を一回《ひとまわ》りも二回《ふたまわ》りも大きく思わせるから、不思議である。

人の変貌《へんぼう》には二通《ふたとお》りあり、年を経るごとに、美しさや栄光の薄れていく者がいるとすれば、また、その逆もある。

要《よう》は、良い歳の取り方をしているか否《いな》かであり、それは生き様《ざま》や内面を鍛錬《たんれん》することなどで違ってくる。

恐らく、東吾はこの十年の間、薄皮《うすかわ》を一枚ずつ剥《は》がすように、日々、男振《おとこぶ》りを上げてきたのであろう。

「すっかり、ご立派《りっぱ》におなりになって、お名前を伺っていませんと、気づかなかったかもしれませんわ」

「雪乃どのこそ、ご立派になられた。以前からお美しかったが、それだけではない。優雅《ゆうが》な風格《ふうかく》まで兼《か》ね備《そな》えておいでだ。井上どのから、雪乃どのが現在《いま》では名だたる旅籠の女将だと聞きました折には、些か驚き申したが、いやァ、実に、堂々たる女将ぶり……。やはり、来て良かった。あれから、すぐにでも駆けつけたいと思っていましたが、わたくしも現在では禄《ろく》を食《は》む身。藩の許しがなければ、道場を空けるわけには参りません。此度、念願《ねんがん》叶《かな》って、江戸藩邸に赴《おもむ》く用が出来ましたゆえ、ふふっ、実を申せば、用が出来たのではなく、作ったのですがね。何はさておき、雪乃どのにお目にかかりたく、こうして訪ねて参りました」

「では、道場のほうは？」

「お陰さまで順調にございます。雪乃どののお父上の頃に比べますと、門弟《もんてい》の数は幾分減《へ》っていますが、門弟の中に、これはと思う者も何人かいて、先々《さきざき》を託《たく》すに心強《こころづよ》うございます。わたくしはこれまで青雲斉《せいうんさい》先生の教えを啓蒙《けいもう》し、後輩を育成することに努めてきました。今後も、その想いは変わりません。二度と、わたくしや藤田の犯《おか》した過《あやま》ちの前轍《ぜんてつ》を踏むことなきよう、じっくりと時をかけ、技《わざ》、精神共に備わった後継者を育てとうございます」

「どうか、お食事をなさって下さいませ。そうですか。真山さまのお言葉を聞いて安堵いたしました。ですが、真山さま、お子さまは？」

東吾は吸物《すいもの》の蓋を開けたが、いや、と首を振った。

「子供どころか、妻帯《さいたい》もしておりません」

そうだった……、とおりきも目を伏せる。

井上玄蕃は、東吾が妻帯しないのは、おりきが幸せに暮らしていることを我が目で確認しない限り、自分一人が安気《あんき》に暮らすわけにはいかないと思っているからだ、と言っていた。

だからこそ、あのとき、おりきは井上玄蕃に、東吾への伝言を言付《ことづ》けたのである。

「真山さまにお伝え下さいませ。雪乃は品川宿で幸せに暮らしています。どうぞ、あなたさまも、ご自分の幸せと、新起倒流《しんきとうりゅうじゅうじゅつ》柔術の普及《ふきゅう》のため、お心の向くまま、邁進《まいしん》して下さいませと……」

あの言葉に嘘《うそ》はなかったし、現在《いま》も、そう思っている。

「けれども、道場の行く末ばかりでなく、真山さまご自身のためにも、奥方をお貰いになられたほうが宜しいのではございませんか？」

東吾は蛤《はまぐり》の吸物を口に含むと、相好《そうごう》を崩《くず》した。

「井上どのから聞いておりましたが、流石《さすが》は評判の料理宿だけあって、なんと馥郁《ふくいく》とした豊穣《ほうじょう》な味だろう。料理の善《よ》し悪《あ》しは吸物の味で決まると言いますからね。あっ、生意気なことを言ってしまいました。雪乃どの、わたくしはね、既に、道場と所帯を持っているのです。先程も申しましたが、わたくしの役目は新起倒流を護り、後世に伝えていくことです。わたくしは決して器用《きよう》な男ではありません。青雲斉先生のように、新たなる技を生み出すことなど出来ようもなく、自《みずか》らの技や精神を鍛《きた》えるために、日々、汲々《きゅうきゅう》としています。そんなわたくしが所帯を持てば、忽《たちま》ち、気が散漫《さんまん》になり、妻子《さいし》を護ることも、道場を護ることも、中途半端《ちゅうとはんぱ》になってしまいます。だから、これでよいのです。わたくしは充分に満足しています。唯一、気懸りだったのが、雪乃どの、あなたのことです。井上どのから雪乃どのが女将として幸せに暮らしておられると聞きましたが、我が目で確かめてみないと、どこかまだ安堵できませんでした。が、雪乃どのにお逢《あ》いして、心から安堵いたしました。現在《いま》のあなたは輝いておいでだ。国許におられた頃は、美しさの中にも、どこか翳《かげ》りが漂っていましたが、現在のあなたにはそれがない。凛然《りんぜん》とした輝きを持っておられる。その輝きは、何万遍《なんまんべん》の幸せという言葉にも勝《まさ》っています。ですから、このような雪乃どのにお逢い出来、これでもう、わたくしの杞憂《きゆう》や迷いも吹っ切れました。今後は、なんら危惧《きぐ》することなく、柔術ひと筋に生きていきたいと思っています」

東吾の目は、爽やかであった。

そうなのだ。わたくしとて、立場茶屋おりきと所帯を持ったのではないか……。

ふっと、おりきの脳裡《のうり》をそんな想いが駆け抜けていく。

それからの東吾は、巳之吉の料理の一つひとつに舌鼓《したづつみ》を打ち、

「これが真《まこと》の料理人の料理なのですね。国許にいたのでは、生涯、味わうことが出来ないでしょう」

と目を細めた。

そして、最後に、おりきの点《た》てたお薄《うす》を旨そうに飲み干すと、改まったように、膝《ひざ》を正した。

「雪乃どの、今更《いまさら》、わたくしが詫《わ》びるというのもおかしな話ですが、やはり、一度、あなたにきっちりと謝《あやま》っておきたい。藤田のことでは、姑息《こそく》な真似《まね》をしてしまいました。あのときのわたくしには、自分の姑息さ、狡猾《こうかつ》さが見えていなかったのです。道場の後継者になりたいがために、おくにという女性がいながら紙屑《かみくず》のように捨てようとした藤田が、ただただ、許せなかったのです。目先の利を追い、簡単に女を捨てるような男は、仮に、雪乃どのと所帯を持ったところで、再び、新たなる利が目先にちらつけば、今度は、雪乃ど

のをも捨ててしまう。あなたを護らなければ……。そんな正義感《せいぎかん》から、わたくしはおくにに何もかもをぶちまけてしまったのです。あのときのわたくしは、自分の小狡《こずる》さに気づくどころか、正しいことをしたとさえ思っていました。けれども、その結果、どうなったでしょう。妬心に駆られたおくには藤田に無理心中を強いてしまった……。そして、絶望《ぜつぼう》された雪乃どのは、悲嘆《ひたん》にくれ、国許も道場も捨てると、忽然《こつぜん》と姿を消してしまわれた。わたくしは肝心《かんじん》の雪乃どのの心を全《まった》く顧《かえり》みていなかったのです。あなたがそれほど藤田のことを慕《した》われていたとは……。薄々《うすうす》とは気づいていました。垢抜《あかぬ》けない、田舎侍《いなかざむらい》丸出《まるだ》しのわたくしに比べ、藤田はどこから見ても色男《いろおとこ》です。どこか斜《しゃ》に構えた不良っぽいところが女心をそそるのか、おくにだけでなく、藤田には片惚《かたぼ》れする女性が絶《た》えなかった。雪乃どのが藤田を慕われるのは当然です。けれども、わたくしは、誠意《せいい》を以《もっ》て尽《つ》くせば、いつか必《かなら》ず、雪乃どのが目を向けて下さるのではないかと、浅《あさ》はかにも思ってしまったのです。それなのに、誠意どころか、あのような姑息な真似をしてしまった……。今思えば、怖《こわ》かったのだと思います。御前試合《ごぜんじあい》にて二人の間で決着《けっちゃく》をつけ、勝者が立木《たちき》道場を継《つ》ぎ、雪乃どのを娶《めと》ることになっていましたが、力は互角《ごかく》といえど、雪乃どののお心は藤田に傾《かたむ》いておられた。その分、精神的な部分で、わたくしが負けていたのです。わたくしは卑劣《ひれつ》な男です。どうしても、あなたを諦《あきら》めることが出来なかった……。だから、あんな真似をしてしまったのです。今更、謝ったところで、藤田はもう戻って来ないし、あなたの受けた心の疵《きず》は癒《い》えないでしょう。ですが、謝らせて下さい。申し訳なかった。本当に済まないことをした……」

東吾は深々と頭を下げた。

「真山さま、どうか、頭をお上げ下さい。あなたさまはもう充分苦しまれたではありませんか。久方ぶりにお目にかかりましたが、わたくしはひと目で真山さまがご自分を律《りっ》し、苦悩《くのう》し、それを乗り越えることで、一回りも大きくおなりになったと悟りました。わたくしは今、三百落とした心持《こころも》ちにございます。わたくしこそ、上辺《うわべ》でしか人を見ていなかったと、我が愚《おろ》かさを恥《は》じているほどです」

「有難きお言葉、痛み入ります」

おりきと東吾は瞠め合い、どちらからともなく、互いに、ふっと目許を弛《ゆる》めた。


翌朝、おりきは街道まで出て、江戸に旅立つ東吾の後ろ姿《うし》が、傍示杭《ぼうじくい》の先へと消えるまで、見送った。

永《なが》いこと胸のどこかに巣くっていた蟠《わだかま》りが消えたような想いに、ふと、寂寞《せきばく》とした、うら寂《さみ》しさを覚《おぼ》えるのは何故《なぜ》だろう……。

三百落としたような心持ち……。

昨夜、ふいに口を衝《つ》いて出た言葉だが、まさに、その通りなのかもしれない。

人は失ってみて初めて、失ったものの値打《ねうち》や大きさに気づくというが、気づいたときには、もう遅い。

「雪乃どの、先生のご位牌《いはい》はお持ちですか？」

昨夜、浜千鳥の間を辞《じ》そうとすると、東吾が唐突に問いかけてきた。

おりきはえっと東吾に視線を戻した。

「ええ、国許を出ます折、父と母の位牌だけは持ち出しました」

「そうですか。安堵いたしました。あれから、先生の月命日《つきめいにち》には、欠かさず墓詣《はかまい》りをさせていただいてきましたが、道場にも母屋《おもや》にも、お二人の位牌が見当たらないので、雪乃どのがお持ちになったのならよいが、そうでないとしたら如何《いかが》したものかと思っていましたが、それならば良かった。ご安心下さい。これからも、お二人の月命日には、必ず、詣らせていただきますゆえ」

「まあ……。そうでしたか。有難うございます。本来《ほんらい》ならば、わたくしが墓守《はかもり》をしなければならないのですが、叶わぬことと諦めていました。申し訳ございません」

「なに、道場を継ぐ者として、当然のことをしているまでです。現在のわたくしがあるのも、何もかも、青雲斉先生のお陰と感謝しているのです」

東吾は澄《す》んだ瞳《ひとみ》を、ひたと、おりきに向けた。

それは、迷いもなければ衒《てら》いもない、真摯《しんし》な眼差《まなざ》しであった。

おりきは、今まで東吾のことを何ほども見ていなかったことに、忸怩とした。

見ていなかったというより、見ようとしなかったのである。

いずれ、また……。

東吾は涼《すず》やかな笑《え》みを見せ、去っていった。

が、恐らく、この後、二度と東吾に逢《あ》うことはないだろう。

東吾は西国の地で、父立木青雲斉の遺した新起倒流柔術の普及に励み、後輩を指導することに生命《いのち》を注《そそ》ぎ込むであろうし、おりきもまた、立場茶屋おりきの女将として、生涯を捧《ささ》げるつもりでいるのである。

一旦、外れてしまった歯車《はぐるま》は、二度と、元に戻すことは出来ない。

が、それぞれが別の場所で、決して留《とど》まることなく、こつこつと動き続ければ、それはそれでよいのではなかろうか……。

そう思うと、ようやく、少しばかり楽になった。

「なんでェ、やけに名残惜《なごりお》しそうじゃねえか！」

その声に振り返ると、亀蔵親分が茶飯屋一膳のほうから歩いてくるところだった。

「おや、親分。今日は随分とお早いお出ましですこと」

「なに、一膳の嫁がよォ……」

親分はちらと背後を振り返り、取ってつけたように、肩を竦《すく》めて見せた。

「おはんさんですか？　どうかしましたか」

「どうもこうもねえのよ。そのおはんだがよ……。ほんじゃよ、茶でもご馳《ち》になるとしようか。往来で立ち話もねえだろう」

「あら、気がつきませんで……。どうぞ、どうぞ」

おりきが先に立ち、茶屋の脇を通って、中庭へと入っていく。

珍しく風もなく、海を背景に、麗《うら》らかな春の陽射しに草木が陽炎《かげろう》に絲遊《いとゆう》ている。

その中に、おきちとおいねの飛ばしたシャボン玉がふわりと漂い、パチンと弾《はじ》けた。

シャボンは貴重品《きちょうひん》だというのに、子供に甘い善助《ぜんすけ》が、どうやら、おりきの鏡台《きょうだい》からひと欠片《かけら》持ち出したようである。

「おっ、おいねか。元気そうじゃねえか」

「ええ。毎朝、北馬場《きたばば》町《ちょう》からおきわと一緒に通ってくるのですがね、おきわが働いている間、ああして、おきちが遊んでくれますので、助かっていますの」

「そうけえ。彦次《ひこじ》が亡くなって、まだ二月《ふたつき》も経たねえんだもんな」

亀蔵親分がしんみりとした口調《くちょう》で言う。

「けれども、子供は無邪気《むじゃき》なものですわ。おきわの話では、現在《いま》では、おとっつァんという言葉すら、口にしないのですって。まっ、あの娘《こ》は賢《かしこ》い娘ですから、言うと、おきわを哀しませるとでも思っているのでしょう……。さっ、どうぞ、帳場にお上がり下さいませ」

おりきは親分を促《うなが》すと、自分は水口《みずぐち》のほうから板場を通って、帳場へと上がって行く。

板場脇の配膳室《はいぜんしつ》で、おきわが蕎麦《そば》を打つ姿が、目に留《と》まった。

傍《そば》で、板脇《いたわき》の市造《いちぞう》がいかめしい顔をして、腕組みをしたまま、おきわに何事か指示を下している。

おきわが市造から蕎麦打ちの指導を受けるようになって、ひと廻り（一週間）が経つ。

板場が手《て》隙《すき》になった時間帯、蕎麦打ちを教えてくれと頼み込んだのは、おきわからであった。

「実現するかどうか判《わか》んないけど、いつか、彦さんの夢を叶えてあげたいと思って……」

おきわは品川宿に小体な蕎麦屋を出したいのだという。

と言うのも、彦次が亡くなって初めて判ったことなのだが、彦次は二十両の金を遺していた。

屋台見世《やたいみせ》では、おきわを嫁にくれと言ったところで、到底《とうてい》、凡太《ぼんた》の許しが出ないと思ったのであろう。

小さくても良い。雨風が吹こうが、びくりともしない見世を持ち、胸を張って、おきわを嫁にくれと言うまでは……。

そう思い、彦次が病を圧して、こつこつと溜《た》めた金である。

「だから、あたしがその夢を叶えてあげるの。見世を出すには、まだ少しお金が足《た》りないかもしれない。だから、これからも始末して溜めるし、その間に、あたしが蕎麦打ちくらい出来るようになっていたら、何もわざわざ高い給金を払って、職人を雇《やと》わなくて済むでしょ？」

おきわのその覚悟を聞いたとき、おりきは胸に熱いものが込《こ》み上げてくるのを感じた。

おきわは彦次を失った哀しみを乗り越えるためにも、強く生きようとしているのである。

思い通りにおやんなさい……。

そのときが来たら、どんな形であれ、協力を惜《お》しみませんぞ！

おりきも堅《かた》く心に誓ったのだった。

「おきわ、蕎麦打ちを習ってるんだって？」

帳場に入って行くと、亀蔵親分が待ち構えたように言う。

「ええ。なかなか上手《うま》くいかないようですけど……」

「杢助《もくすけ》が零《こぼ》してたぜ。ここんとこ毎日、賄《まかな》いに蕎麦が出るってよ。それが蕎麦というより、蕎《そ》麦《ば》掻《が》きに近ェ代物《しろもの》で、バサバサしてて、とても食えたもんじゃねえってよ！」

亀蔵親分がちょっくら返したように言う。

「まっ、杢助がそんなことを？　今に上手くなりますわよ。皆で協力してやらなければ……」

おりきは眉《まゆ》を顰《ひそ》める。

「おいおい、冗談《じょうだん》だからよ。杢助を叱《しか》るんじゃねえぞ。それでどうでェ、凡太のとっつァんは、あのままかよ？」

亀蔵親分がおりきの淹れた茶を口に含み、にっと笑う。

「やっぱ、旨《うめ》ェ……」

「彦次さんの通夜《つや》には姿を見せてくれたのですけどね。その後、凡太さんが何か言ってきたのかと、おきわに尋《たず》ねたのですけど、あれっきりですって。けれども、おたえさんは毎日のように北馬場町を訪《たず》ねてくれるそうです。魚を届けたり、お菜《さい》を作りすぎたからと言っては顔を見せ、現在《いま》では、おいねちゃんもおたえさんのことを、婆《ば》っちゃん、と慕っているそうですの」

「へん、凡太の臍曲《へそま》がりが！　海とんぼ（漁師）ってェのは、どうも鉄梃《かなてこ》が多くて敵《かな》わねえ。心根《こころね》は優しいんだがよ、元々、口下手《くちべた》なもんだからよ、一旦、言い出したが最後、梃《て》子《こ》でも後に退こうとしねえ」

「けれども、おたえさんが北馬場町に行くのは公認《こうにん》と言いますので、凡太さん、自分が顔を出したいところを、おたえさんに託しているのでしょう。魚なんて、漁から帰ったときには、既に、売り物と別に、北馬場町行きへと分けてあるそうですもの」

「凡太のうつけが……。へっ、泣かせるじゃねえか」

「それで、親分、おはんさんのことは？」

「おお、そうよ。その、おはんだがよ。今朝、木戸が開くと同時に、八文屋《はちもんや》の障子《しょうじ》を叩《たた》きやがった。驚いて、おさわが障子を開けると、おはんが風呂敷《ふろしき》包み一つ抱えて、寒そうな顔をして立ってるじゃねえか。なんでも、腹に子がいるってェのに、姑にいびり出された。亭主との約束では、すぐに後から追いかけて来るということだったのに、待てど暮らせど、亭主が来てくれない。手持ちの金も少なくなったし、この先、自分はどうしていいか分からない。それで、この際、頭を下げてでも家に戻ろうと思うのだが、亭主だけならまだしも、あの姑がいるのでは、すんなり迎え入れてくれそうもない。ここはひとつ、親分から姑を説得してもらえないだろうかと、涙ながらに頼み込むのよ。俺ャよ、嫁ぎ先《とつ》の名を聞いて、びっくらこいたぜ。なんと、茶飯屋一膳の嫁だというじゃねえか……。となれば、姑というのは、あの、おさだだ。こいつァ、一筋縄《ひとすじなわ》にゃいかねえわな？　ところがよ、話を聞いて、こうめとおさわが激怒《げきど》してよ。腹に子がいるというのに、酷《ひで》ェ話じゃないか。姑も姑なら、亭主も亭主だと怒《いか》りまくってよ。こうめなんざァ、義兄《にい》さんがなんとかしてやらないのなら、あたしが怒鳴《どな》り込んでやると息巻《いきま》いてよ。それで、しょうがねえもんだから、おはんを連れて、一膳に行ったのよ」

　亀蔵親分は蕗味噌《ふきみそ》を嘗《な》めたような顔をして、太息《ふといき》を吐いた。

「それで、おさださんは……」

「へん、なんでェ、あれは！　おはんの顔を見た途端、まあ、おまえ、どこに行ってた、心配させちゃってと、猫撫《ねこな》で声を出しやがってよ！　それだけじゃねえ。お腹に子がいると、女《おな》ごなんて皆こうなのでしょうかね。あたしも晋作を身籠《みご》もったときは、大したことでもないのに癇《かん》が立って、被害妄想《ひがいもうそう》に陥《おちい》ったことがありましてね、とこう来るのよ。そう言われた日にゃ、俺としちゃ、何も言えねえわな。それで、まっ、せいぜい仲良くするんだなと帰《けえ》って来たってわけよ。へん、朝っぱらから、いい迷惑《めいわく》よ！」

「まあ……。でも、本当に、大丈夫でしょうか」

「大丈夫《でえじょうぶ》とは?」

おりきは昨日の朝、往来で見た、母子喧嘩のことを話した。

「…………」

亀蔵親分は、うむっ、と腕を組んだ。

「だがよ、おはんは帰《けえ》りてェと言った。それで、おいらがおはんを送って行った。おさだ母子は、よくぞ帰って来たと笑っておはんを迎えた……。とまあ、流れはこうでェ。確かに、心配《しんぺえ》にゃ違《ちげ》ェねえが、今のところ、横から手出しも口出しも出来ねえからよ」

「そうですよね。やはり、成行きを見るより仕方がないのでしょうかね」

「そういうこった。夫婦喧嘩は犬も食わねえが、親子喧嘩は鬼も食わねえ……」

おや、どこかで聞いたような、と思ったが、おりきには微笑《ほほえ》む余裕《ゆとり》もなかった。

髪を振り乱し、晋作の脚《あし》にしがみついた、おさだの姿がゆるりと過ぎっていく。

何事か起こらなければよいが……。

おりきはふと過ぎった杞憂を払い、ひたすら願った。

だが、おりきのその願いは届かなかった。

春の日和《ひより》はなんとも猫の目のように変わりやすく、気紛《きまぐ》れである。

七ツ（午後四時）を過ぎた頃、昼間、あれほど長閑《のどか》な風情《ふぜい》の中にたゆとうていた海面《うみも》に瞑《くら》い影が差し、山並《やまな》みから渦《うず》を巻《ま》くように、富士南が吹き下ろしてきた。

街道を土埃《つちぼこり》が叩きつけるように流れていき、突風《とっぷう》に飛ばされた旅人の菅笠や立て看板が、からんころんと空々《そらぞら》しい音を立て、転がっていった。

街道で客引きをしていた留女《とめおんな》たちも、慌てふためいたように、見世の中に引き上げていく。

「なんともはや、春嵐《はるあらし》さながらでェ。目に塵《ごみ》が入《へえ》っちまってよ……」

達吉が目をしばしばさせながら、帳場に入って来る。

「今宵の泊まり客は皆さまお着きです。表戸を閉めてしまってよいでしょう。で、茶屋のほうはどうですか？」

おりきは客室の挨拶に上がろうとして、達吉に声をかけた。

「あと四、五人ってとこでやすかね」

「そうですか。では、お客さまが帰られたら、少し早いようですが、店仕舞《みせじま》いしておしまい。雨にはならないようですが、こう風が強くては、通いの者が心細いでしょうから」

「さいですか。では、茶屋番頭にそのように伝えておきましょう」

達吉が再び表に出て行くのを見届け、おりきは階段を上がって行った。

「下りんす！」

空《から》になった一の膳を手に、おきわが二階から下りてくるのとすれ違った。

「おきわ、おまえはもうお帰り。風が強くなりましたので、遅くなると、おいねちゃんが不安がるでしょう」

おきわはえっと目を瞠った。

「でも、生田屋《いくたや》さんが……」

「ああ、そうでした。生田屋さんがお見えになっていましたね」

遠江《とおとうみ》の材木問屋生田屋清十郎《せいじゅうろう》は少しばかり偏屈者《へんくつもの》で、どういうわけか、おきわの給仕でないと機嫌が悪い。

いつだったか、たまたまおきわの非番と生田屋の宿泊が重なったことがあり、清十郎が、今からでもおきわを呼び出せ、呼び出さないのであれば何も食わぬ、と幼児のように駄々《だだ》を捏《こ》ねたことがある。

そのときは、善助が大慌てで猟師町《りょうしまち》までおきわを呼びに走ったのだが、おきわのどこが六十路《むそじ》を越えた老人に気に入られているのか、今もって、判らない。

「あたし、別に、何ひとつ、他の客と違ったことをしているわけじゃないんですけどね」

おきわも首を傾げるが、その実、なんら変わったことをしているわけではないようである。

「大丈夫ですよ、女将さん。おいねはこの程度の風を怖がるほど、柔《やわ》な娘じゃありませんよ。今、一の膳が終わったところですから、ちゃんと最後まで生田屋さんの給仕をさせてもらいます」

「そう？　では、もう少し様子を見て、風がもっと強くなるようでしたら、今宵は、おいねちゃんもおまえも、おきちの部屋に泊まるといいわ」

「はい。都合《つごう》で、そうさせてもらうかもしれません」

おきわはにっこりと笑うと、下りていった。

磯千鳥《いそちどり》の部屋に赴くと、生田屋清十郎が鯛《たい》の刺身《さしみ》を頬張《ほおば》っているところだった。

清十郎はおりきの顔を見ると、まるで、幼児か猫でも呼ぶように、おいで、おいで、と大仰《おおぎょう》に手招《てまね》きした。

「まあまあ、如何いたしました？」

「のう、この鯛よのっ。脂《あぶら》が乗って、実に旨い。鯛は今が旬《しゅん》と見えるの。それに、このウ、ウ、ウマヅラハ、ハ、ハゲの味噌仕立《みそじた》ての旨いこと！　肝《きも》がなんとも言えん。木の芽の香りとウマヅラの肝の見事《みごと》な調和……。巳之吉という男は、大した男だえ！　そうよ、巳之吉に祝儀《しゅうぎ》を弾《はず》まなきゃな。のう、女将、これを巳之吉に……」

清十郎は懐《ふところ》の中から金唐革《きんからかわ》の財布《さいふ》を取り出すと、小判を一枚摘《つま》み出した。

「まあ、これは……。いけませんわ、生田屋さま」

「なに、わしからの祝儀は受け取れないと？」

「いえ、そういうわけではございません。但し、これは少々多うございます」

「何が多い！　だから、おきわでなくては駄目なのだ。おきわを呼べ！　おきわを」

生田屋清十郎が額《ひたい》に青筋《あおすじ》を立て、胴間声《どうまごえ》を上げたときである。

「はァい、お待たせ！　あらあら、大きなお声で。なんですか？　お爺《じい》ちゃま」

二の膳を手に、折良《おりよ》く、おきわが入って来る。

「この不届《ふとど》き者が！　わしの金を受け取れないと抜かしよった！」

「いけませんねえ、不届き者なんて言っちゃ。女将さんではないですか。じゃ、あたしがそれを頂きましょう。ねっ、それなら、いいでしょう？」

おきわは何喰《なにく》わない顔をして小判を手にすると、すっと帯の間に滑らせた。

おりきは唖然《あぜん》としたように、そんな二人を瞠めた。

そうして、最後のお薄が出た後である。

おりきはおきわの耳許に、そっと囁いた。

「床を取ったら、後で帳場まで来て下さいな」

おきわは素直《すなお》に、はい、と頷《うなず》いた。

帳場に戻ると、達吉が待っていた。

「茶屋はお言いつけ通り、店仕舞いをさせやした。あっ。それから、おいねは夜食を食べた後、眠気《ねむけ》づいちまったようで、現在《いま》、おきちの部屋に寝かしてやす。これからじゃ、起こすのも大変《てえへん》だろうから、今宵は泊めてやっちゃいかがでしょう」

「そのつもりですよ。では、茶屋は通いの者はもう帰ったのですね？」

「先程、弥次郎《やじろう》が声をかけて行きやしたので、恐らく、皆、帰《けえ》った後でやしょう。女将さん、どうかしやしたか？　お顔の色が優《すぐ》れねえようだが……」

「それがねえ……」

おりきは清十郎の部屋であったことを、掻《か》い摘んで話した。

「へえ、一両ねえ……」

達吉も驚いたようで、つっと眉根《まゆね》を寄せた。

「今までも、あんなふうに、おきわが生田屋さんから一両もの祝儀を貰っていたとしたら……」

「おきわの奴、蕎麦屋を出すために金を溜めるとは言ってやしたが、まさか……」

そのときである。

「宜しいでしょうか」

障子の外から、おきわの声がした。

「おきわかえ？　お入り」

おきわが入って来る。

おきわは帯の間から小判を取り出すと、猫板の上に置いた。

「このことにございますね」

「一両は大金です。それは解っておいでだね」

おりきが少し厳《きび》しい言い方をすると、おきわは毅《き》然《ぜん》とした声で、解っています、と答えた。

「いつものことですが、一旦は頂きます。そうしないと、生田屋さんの機嫌が悪くなるのは解っていますから……。けれども、翌朝、出立《しゅったつ》の仕度《したく》をする際、何気なく、振分《ふりわ》け荷物の傍に戻しておきます。それで、身支度が出来たところで、あら、こんなところにお金が落ちていますよ。駄目ですねえ、大切なお金を粗末《そまつ》にしないで下さいねと、拾って差し上げるんです。生田屋さんは、おお、そうか、よく見つけてくれた、助かったよ、と財布に戻されます。それだけなんですよ。正直に言って、あたしにも生田屋さんがどこまで解っていらっしゃるのか解りません。解っていて、態《わざ》と、ああして遊んでいらっしゃるのか、それとも、本当に、自分がお金を出したことも、戻してもらったことも解っていらっしゃらないのか……。ただ、あたしは生田屋さんの面子《めんつ》を潰《つぶ》さないようにと、そのことだけを気にかけているのです」

どうやら、おきわの言葉に嘘はなさそうである。

「成程ねえ……。あの爺さん、少し、惚《ぼ》けが始まってるってことか……。それで、おきわでないと相手が務《つと》まらねえということかよ」

「おきわ、許して下さいね。正直に言うと、おまえを疑《うたが》ってしまいました。堪忍《かんにん》して下さいね」

「いえ、疑われて当然です。生田屋さんの性癖《せいへき》を話しておかなかった、あたしも悪いのです。でも、なんだか、お客さまの耳こすりをするみたいで、言えなかった……」

「さあ、お腹が空《す》いたでしょう？　お夜食を食べなさい。あっ、それから。おいねちゃんはもう眠ったようですので、今宵は、おまえもおきっちゃんの部屋で休んで下さいな」

「では、現在《いま》、おいねは茶屋の二階に？」

おきわがそう言ったときである。

「なんだか、きな臭《くさ》くねえか！」

板場のほうで、誰かが叫んだ。

水口の扉《とびら》が開いたのか、びゅうんと、風の唸《うな》りと共に、か、火事だァ！　という甲張った声が響《ひび》いてくる。

火事……。

おりきは達吉に視線を送ると、水口に向かって駆け出した。


火元は茶飯屋一膳であった。

が、西からの強風に、瞬《また》く間に、焔《ほのお》が立場茶屋おりきの茶屋部分へと燃え広がった。

「やべェ！　燃え移っちまったよ。おい、二階の連中は全員避難《ひなん》したのかよ！」

巳之吉が叫んでいる。

「大番頭さん、旅籠の客を全員海辺《うみべ》に避難させて下さい！　おうめ、おきわ、頼みましたよ！」

おりきの言葉に、達吉とおうめが頰を強張《こわば》らせて頷くと、旅籠の二階へと駆けて行く。

だが、おきわだけは凍《こお》りついたように、身を竦めた。

「女将さん！　確か、おいねは茶屋の二階で寝ていると言いましたよね！」

「おいねちゃん……。おきっちゃんも……」

おりきもあっと息を呑んだ。

そのときである。茶屋のほうから男が転がるように飛び出してきた。

茶屋の追廻《おいまわし》又市《またいち》である。

「おう、又市。おめえ、無事だったんだな。他の連中は？　おまき、おなみ、おきちは？」

市造が又市を抱え込む。

又市は安堵したせいか、腰砕《こしくだ》けしたように、ふらふらと蹲《うずくま》った。

「階段に火が回っちまってよ……。おいらはなんとか、火をかい潜《くぐ》ったがよ、女《おな》ご、子供は無理だ。皆、東側の小窓の下で固まってる……」

「東の小窓だな？　おっ、見ろや、ありゃ、おまきだぜ！」

見ると、おまきが小窓から半身を乗り出すようにして、助けを求めている。

「おっ、誰か梯子《はしご》を持って来な！　蒲団《ふとん》もでェ！」

巳之吉や市造、旅籠の板場《いたば》衆《しゅう》が駆け寄っていく。

「おいね！　おいねェ！　誰か、おいねを助けておくれ！」

おきわが悲痛《ひつう》の声を上げたときである。

旅籠のほうから、おみのが駆けて来た。

「おきわ、生田屋の旦那がどうしても避難してくれないんだよ！　おきわが来ないと、一歩も動かないって！」

「えっ！」

おきわはハッと旅籠に目をやったが、また、茶屋へとその目を戻した。

「達吉はどうしました？　何をしているのですか！　この際、生田屋さんを無理にでも背《せ》負《お》って、避難させるべきでしょうが！」

「それが……大番頭さんがどこにいるんだか……」

おりきとおみのは途《と》方《ほう》に暮れたように、四囲《しい》を見回した。

すると、おきわが意を決したように、きっと顔を上げた。

「解りました。生田屋さんのところに行きます。女将さん、おいねのこと、宜しく頼みます」

おきわはそう言うと、旅籠に向かって駆けて行った。

そのときである。

二階の小窓から、おまきが身体を乗り出し、何か黒い塊《かたまり》を放り出した。

下で蒲団を広げた男たちが、おおっと、声を上げる。

おいねであった。

続いて、おきちが放られ、梯子を伝って次々に女たちが下りて来る。

おりきはほっと息を吐いた。

だが、茶屋は西側半分までを焼かれ、今まさに、東半分に燃え移ろうとしている。

「大丈夫ですね！　全員、無事ですね？　一人でも欠けた者がいないか、もう一度、確認して下さい」

おりきは一人一人の顔を確認していく。

が、そのときである。

帳場脇の飯台《はんだい》に置かれた信楽《しがらき》の大壺《おおつぼ》が、おりきの脳裡をゆるりと過ぎっていった。

先代おりきが大切にしていた、大壺である。

掛《か》け向かいに坐る、二人用の小さな飯台に置かれた大壺……。

立場茶屋おりきがこの品川宿門前町に出来て以来、一度として客が坐ったことがなく、常に、明日来る客のために空けられていた席……。

その席に飾《かざ》られた大壺には、四季折々《しきおりおり》の草花が活《い》けられてきた。

明日来る客とは、先代が愛した板前の兆治《ちょうじ》であり、先代は板場の見えるあの場所を、兆治のために空けていたのである。

とすれば、信楽の大壺は、兆治であり、また、先代そのものとも言える。

大壺を……。なんとしても、大壺を持ち出さなければ……。

おりきは焔の中に飛び込もうとした。

「女将さん！」

巳之吉が追いかけて来て、おりきの腕をぐいと摑む。

「どこに行きなさる！」

「大壺を！　大壺を出さなければ！」

「駄目だ。焔に巻かれちまう」

「いいえ、駄目です！　あれだけは……。お願い、どうしても、助けてほしいの。あれは先代の生命《いのち》。先代の生命は、わたくしの生命でもあります！」

「女将さん、お願《ねげ》ェだ。おいらの生命《いのち》なんだ。おいら、女将さんのためならなんだってする！　止めとくれよ！　女将さんはおいらが行くから、女将さんはここで待っていて下せえ」

「おまえ独りでは無理です。水も入っていれば、花も活けてあります。解ったよ。なら、おいらも行かなければ！」

「ほい来た！　誰が巳之《みの》を独りで行かせやしょう。おっ、巳之よ、おいらも行くぜ！」

とっくに家路《いえじ》についたと思った、茶屋の板頭弥次郎が駆けて来る。

どうやら、火事と聞きつけ、舞い戻ったようである。

「済まねえな」

巳之吉が弥次郎の目を瞠める。

日頃、どことなく折の合わない巳之吉と弥次郎であるが、二人は視線を絡《から》ませると、どちらからともなく、茶屋の中に駆け込んでいった。

ガラガラと音を立て、茶屋半分が崩れ落ちる。

どこからともなく、悲鳴にも似た声が聞こえてくる。

おおっ……。

おりきは居ても立ってもいられない想いに、再び、焔に向かって歩きかけた。

すると、おおっというどよめきと共に、パチパチと拍手《はくしゅ》が起こった。

巳之吉と弥次郎が、信楽の大壺をしっかと両脇から抱え込むようにして、出てきたのである。

「巳之吉、弥次郎……、有難う。本当に、有難う」

おりきが駆け寄っていく。

「怪我《けが》はありませんか？　火傷《やけど》はしませんでしたか？」

「大丈夫《でえじょうぶ》だ。安心して下せえ。壺はどこも傷ついちゃねえ」

「壺のことではありません。おまえたち二人のことですよ」

「当た棒《ぼう》よ！　俺たちゃ、そんな柔な身体にゃ出来てねえ。なっ？」

巳之吉が弥次郎に笑いかける。

「おう！」

弥次郎もにっと笑った。

茶飯屋一膳から出た火は、東隣《ひがしどなり》の立場茶屋おりきの茶屋部分と、その東隣の旅籠三国屋《みくにや》の三棟《さんむね》を焼き尽くし、鎮火《ちんか》した。

幸い、立場茶屋おりきは茶屋部分と旅籠部分の間に中庭があり、西から吹く風に焔が東へと流れたため、旅籠にも茶室にも、被害らしき被害をもたらさなかったのである。

何より、客や使用人に被害がなかったのが、幸いであった。

翌朝、おりきは泊まり客に丁重《ていちょう》に詫びを入れ、旅籠が調達《ちょうたつ》した旅四手《たびよつで》で一人一人を送り出すと、使用人たち全員を、旅籠の一室に集めた。

「まずは、皆、よう、ご無事でした。礼を言いましょうぞ。わたくしは昨夜おまえたちが一丸《いちがん》となって、懸命《けんめい》に仲間を助けようとしている姿を見て、胸が熱くなりました。これまで、ことある毎《ごと》に、わたくしたちは仲間なのだ、家族なのだと言ってきたことに間違いはなかったのだと、改めて、思いました。けれども、わたくしたちは先代女将の作られた、歴史ある立場茶屋おりきの茶屋部分を失ってしまいました。断腸《だんちょう》の思いに堪えません。立場茶屋おりきは茶屋と旅籠が一体となって、初めて、立場茶屋おりきと言えます。ですから、わたくしは一日も早く、立場茶屋おりきを再建《さいけん》したいと思っています。それが、先代女将の意思《いし》を継ぐことにもなり、何より、あなたたちの居場所を確保することになるからです。けれども、再建するには、どう見繕《みつくろ》っても、早くて三月《みつき》、半年かかるかもしれません。被害のなかった旅籠は従来《じゅうらい》通り営業いたしますが、茶屋衆《ちゃやしゅう》にはその間遊んでもらうことになります。焼け跡《あと》の片づけ、再建に際しての細々《こまごま》とした手助け、旅籠の雑用と、極力仕事は作るつもりでいますし、茶屋の二階を宿舎としていた者には、裏店《うらだな》を幾つか借りるつもりでいます。一人一部屋とはいかず何人かで使用することになり、それでは窮屈《きゅうくつ》だとか、いっそこの際、他の見世に移りたいという者がいるかもしれません。それはそれで構いませんので、申し出て下されば、他の見世に斡旋《あっせん》を図《はか》りましょう。ただ、わたくしの願いは、茶屋が再出発するとき、この家族の顔が全員揃っていてくれることです。けれども、それぞれに事情を抱えていると思います。どうか、遠慮《えんりょ》なく申し出て下さい」

おりきは弥次郎へ、およねへ、又市へと、視線を移していく。

「莫迦《ばか》なことを言っちゃいけやせんや！　女将さん、たった今、俺たちゃ、家族と言いなすったばかりじゃねえか。家族が困ったとき、助け合わねえで、どうして家族と言えようか！　へっ、俺ャよ、今まで茶屋の板頭だなんて偉《えら》そうに言ってたがよ。しょうがねえや、茶屋が再建するまで、巳之の下で追廻でもなんでもやらせてもらいまっさ！」

弥次郎が空惚《そらとぼ》けたように言うと、そうだ、そうだ、とあちこちから声が上がる。

「あたし、ここを出たって、行くとこなんてないし……」

おまきが言う。

「そうだよ、今更、この歳して、知らない見世でなんて働けっこないよ！」

茶立女《ちゃたておんな》として古株《ふるかぶ》のおよねも、相槌《あいづち》を打つ。

おりきの目頭《めがしら》がつっと熱くなる。

「有難うね、皆……」

「さあ、そうと分かっちゃ、ぼやぼやしてられねえや。さっ、片づけに入《へえ》ろうぜ！」

弥次郎の音頭《おんど》に、茶屋衆が立ち上がる。

「聞いたぜ、おりきさん」

その声に振り返ると、亀蔵親分が立っていた。

親分の背に、近江屋忠助の顔も見える。

「まあま、お二人とも、いらっしゃってたのですか。さっ、帳場のほうにどうぞ」

おりきが立ち上がると、巳之吉やおうめたち旅籠衆《はたごしゅう》も、それぞれの持ち場へと散ってい
く。

「大変《てえへん》だったな、夕《ゆん》べは。俺《おり》ャ、今朝になって知った始末でよ。驚いたのなんのって……。俺ャよ、心配《しんぺえ》してたのよ。何かあった場合、なんせ、高輪《たかなわ》と門前町じゃ離れすぎててよ。駆けつけようにも土台《どだい》無理な話だ」

亀蔵親分が芥子粒《けしつぶ》のような目を、しわしわさせる。

「いえ、親分、近くたって、あの場合、手も脚も出やしない。何しろ、火の回りが早くってね。あの強風じゃ、無理もない話なのだが……。だが、旅籠が焼けなくて、本当に良かった。何しろ、先代が宮大工《みやだいく》に頼んで、特別に作らせた数寄屋《すきや》ですからな。今じゃ、こんな丁寧《ていねい》な仕事をする大工もいないって話だ。その点、茶屋のほうは、なに、三月《みつき》もすれば、立派なのが建《た》ちますすよ」

近江屋忠助が仕こなし顔に言う。

「そのことなのですが、近江屋さんには是非とも力になっていただきたく存じます。本来ならば、こちらからお願いに上がらなくてはならないのですが、何しろ、昨日の今日でして……」

「おりきさん、何をおっしゃる。そのために、あたしが来たのではありませんか。だが、先程の見世の者への言葉……。何気なく耳にしてしまいましたが、頭の下がるような想いです。人間、窮地《きゅうち》に陥ったとき、わたしたちは家族だ。再建するまで支え合って、苦しいだろうが、ついて来ておくれとは、なかなか言えるものじゃありません。稼《かせ》ぎのない間も、彼らの面倒《めんどう》を見るということですからね。あたしはね、あの言葉を聞いたとき、やはり、この女《ひと》は違う、と思いました。本物《ほんもの》なのですよ、おまえさんは。ですからね、あたしは無論のこと、組合にも声をかけて、立場茶屋おりきが一日も早く再建するよう、協力を惜しまないつもりです。融資《ゆうし》が必要なら言って下さい。なに、案ずることはありませんよ。おりきさんのためだ。融資したいと手を挙《あ》げる者が、掃《は》いて捨てるほど出ることでしょうて」

「金か……。哀しいかな、金だけは、俺の手にゃ負《お》えねえ。だがよ、他のことなら、なんでも言ってくれ。大工なら、余所《よそ》の普請場《ふしんば》から幾らでも引き抜いてくるぜ」

「まあ、親分、決して、そんなことをなさらないで下さいね。けれども、お二人とも、有難うございます。立場茶屋おりき、今日ほど、皆さまのお心を有難く感じたことはありません。どうか、宜しくお願い致します」

「いけねえや、俺たちの仲じゃねえか。頭を上げてくんな。おっ、それよりな、火元の一膳な、焼け跡から、おさだとおはんの遺体《いたい》が見っかってよ」

「まあ……」

「ちょと待って下さいよ、親分。おさだとおはんてェと、すると、晋作の遺体は？」

　忠助が身を乗り出す。

「それが、どこを捜《さが》しても、見当たらねえ……」

「すると、昨夜の火事は、晋作の火付《ひつ》けってことで？」

「あり得《え》る話だ。だがよ、晋作をとっ捕《つか》まえてみねえと、はっきりとしたことは判らねえ。今し方、品川宿だけじゃなく、江戸市中にも、手配書《てはいしょ》が廻ったというが……」

「だが、晋作が火付けしたとして、何故また……。焼死体がおさだと晋作というなら、解りますよ。晋作とおはんだとしても、解る。それが、おさだとおはんとなると、もう一つ、晋作の心が解《げ》せませんなァ……」

「近江屋の言うとおりでェ……。だがよ、どっちにしたって、昨日、おいらがおはんを一膳に戻したのが原因のような気がしてよ。あんまし良い気がしねえのよ。そのせいで、立場茶屋おりきまで、巻《ま》き添《ぞ》えを食っちまった……。いや、済まねえ。おりきさん、改めて、詫びを言うよ」

「親分のせいではありませんよ。で、現在《いま》、おさださんとおはんさんの遺体は？」

「取り敢《あ》えず、自身番で預《あず》かってるが、おさだの身寄りと言ャ、晋作だけだ。その晋作が行方不明《ゆくえふめい》じゃしょうがねえわな。しかもよ、火付けの犯人《ほし》は、晋作かもしれねえしよ。それに、おはんのほうは、これまた、一膳をいびり出されても行き場がねえほどで、当然、引き取り手はねえだろう。となると、まっ、どっちにしたって、行き着く先は、海蔵寺《かいぞうじ》の投込《なげこ》み寺ってことだろうよ」

「まあ……。でも、せめて、供養《くよう》だけでも……」

「おいおい、まさか、おりきさん、おめえが二人の供養というんじゃねえだろうな？」

亀蔵親分が唖然としたように言うと、忠助も慌てて首を振った。

「それはなりませんぞ。こんな場合に備えて、組合があるのです。一膳はこの門前町で老舗ですからね。形だけでも、組合が供養の真似事《まねごと》をするでしょう。委《まか》せておけばよいのです。それより、現在《いま》は、おまえさんには、茶屋の再建という大仕事が控えているのですよ」

忠助がまるで幼児でも窘《たしな》めるように、めっと、おりきを目で押さえる。

おりきも照れたように、肩を竦めた。

「全く、この女《ひと》と来たら、男が舌を巻くほど鉄火《てっか》なところがあるかと思えば、唖然としてしまうほど、無垢《むく》とくる。本当に、いつまで経っても、解らぬお女《ひと》よのう」

忠助が呆《あき》れたような顔をすると、早速《さっそく》、亀蔵親分も茶を入れてくる。

「何言ってるんでェ！　俺もそうだがよ、近江屋、おめえもおりきさんのそこに惚れてるんだろうが！」

近江屋忠助と亀蔵親分を送り出し、おりきは焼け跡へと出た。

昨日あれほど荒れたのが嘘のように、空は冴《さ》え冴《ざ》えと澄み渡っている。

頬を撫《な》でていく風も、晩春のどこかのったりとしたものだった。

弥次郎とおよねが先頭に立ち、焼け跡を探索《たんさく》しているようである。

「ねえ、この刺身《さしみ》皿《ざら》、どこも欠けちゃいないわよ！」

「この大つけが！　焼け残った皿小鉢《さらこばち》が客に出せるかよ！」

「だって、勿体《もったい》ないじゃないか。客に出すのじゃなくて、あたしたちが使えばいいんだからさ！」

おりきはおよねたちの会話に、ふっと頬を弛め、中庭の真ん中に無造作《むぞうさ》に置かれた、信楽の大壺へと寄って行く。

青柳《あおやぎ》と小手毬《こでまり》が枝垂《しだ》れ落ち、根付《ねつ》けで蘇枋《すおう》の赤紫《あかむらさき》が風に揺《ゆ》られている。

昨夜は気が動転《どうてん》してしまい、巳之吉たちが大壺を抱え出したとき、花が活けてあったかどうか頭の片隅《かたすみ》にも留めていなかったが、どうやら、彼らは花が活けられたままの状態で運び出したようである。

まあ、おまえたち、よくぞ無事で……。

おりきは草木に語りかけ、指先を青柳の葉に触《ふ》れようとして、あっと、息を呑んだ。
葉の先がちりちりに焦《こ》げ、縮《ちぢ》こまっている。
おりきの胸が、カッと熱くなった。
巳之吉たちは、いよいよ火の手の迫った中、この大壺を運び出してくれたのである。
おりきの目に、改めて、熱いものが込み上げてくる。
有難うね。有難うね……
おりきは壺の肌を撫で回した。
一旦、振りがついてしまうと、止め処《ど》もなく、涙が衝き上げてくる。
泣こう。ほんの少しだけ……。
大丈夫だ。わたくしには、皆がついていてくれる……。
彼らのためにも、毅然と顎《あご》を上げて、生きていかなければならないのだから……。
「ねえ、この擂鉢《すりばち》、びくともしてないよ。やっぱ、擂鉢って丈夫《じょうぶ》なんだね！」
おまきの声が聞こえてくる。
おりきは懐紙《かいし》でそっと涙を拭《ぬぐ》うと、立ち上がった。
その項《うなじ》を、柔らかな風が、舐《な》めるように撫でて通る。
おりきは海へと視線を送った。
海を渡る風に、水面《みなも》でちらちらと光が踊《おど》っている。
宝石を鏤《ちりば》めたような、光の戯《たわむ》れ……。

天道《てんどう》人を殺さず……。
おりきはハッと信楽の大壺を振り返った。
今、確かに、先代の声が……。
おりきはなんだか勇気を貰ったような想いに、ふっと微笑んだ。

時代小説文庫
い6-7

秋《あき》の蝶《てふ》 立場茶屋《たてばぢゃや》おりき

著者 今井絵美子《いまいえみこ》

2008年 4月18日第一刷発行
2021年12月18日第七刷発行

発行者 角川春樹

発行所 株式会社 角川春樹事務所
〒102-0074 東京都千代田区九段南2-1-30 イタリア文化会館

電話 03(3263)5247[編集] 03(3263)5881[営業]

印刷・製本 中央精版印刷株式会社

フォーマット・デザイン＆シンボルマーク 芦澤泰偉

ISBN978-4-7584-3330-3 C0193
http://www.kadokawaharuki.co.jp/[営業]
fanmail@kadokawaharuki.co.jp[編集] ご意見・ご感想をお寄せください。